岩 波 文 庫

31-022-7

あらくれ・新世帯

徳田秋声作

岩 波 書 店

目　次

あらくれ

一

お島《しま》が養い親の口から、近いうちに自分に入り婿の来るよしをほのめかされた時に、彼女の頭脳《あたま》には、まだ何らのはっきりした考えも起こって来なかった。

十八になったお島は、そのころその界隈《かいわい》で男ぎらいという評判を立てられていた。そんなことをしずとも、町屋の娘と同じに、裁縫やお琴の稽古《けいこ》でもしていれば、立派に年ごろのきれいな娘で通して行かれる養家の家柄ではあったが、手さきなどの器用に産まれついていない彼女は、じっと部屋《へや》のなかにすわっているようなことはあまり好まなかったので、稚《ちい》さいおりからよく外へ出て田畑の土をいじったり、若い男たちと一緒に、田植えに出たり、稲刈りに働いたりした。そうしてそんな荒仕事がどうかするとむしろ彼女に適しているようにすら思われた。養蚕の季節などにも彼女は家《うち》じゅうのだれよりもよく働いてみせた。そうして養父や養母の気に入られるのが、何よりの楽しみであった。界隈の若いものや、傭《やと》い男などから、彼女は時々からかわれたり、みだらなまねをされたりする機会が多かった。お島はそうした男たちと一緒に働いたり、ふざけたりしてはしゃぐことが好きであったが、だれもまだ彼女の頬《ほお》や手に触れたという者はなかった。そういう場合には、お島はいつも荒れ馬のようにあばれて、小《こ》ッぴどく男の手顔を引っかくか、さもなければ人前でそれをすっぱぬいて辱《はじ》をかかせるかして、自らよろこばなければやまなかった。

　お島は今でもそのころのことをよく覚えているが、彼女がここへもらわれて来たのは、七つの年であった。お島は昔気質《むかしかたぎ》の律義《りちぎ》な父親に手をひかれて、ある日の晩方、自分に深い憎しみを持っている母親の暴《あら》い怒りと惨酷な折檻《せっかん》からのがれるために、野原をそっちこっち彷徨《うろつ》いていた。時は秋の末であったらしく、近在の貧しい町の休み茶屋や、飲食店などには赤い柿《かき》の実が、枝ごと吊《つる》されてあったりした。父親はそれらの休み茶屋へ入《はい》って、子供の疲れた足をいたわり休めさせ、自分も茶をのんだり、莨《たばこ》をふかしたりしていたが、無知なお島は、茶屋の女がむいてくれる柿や塩煎餅《しおせんべい》などを食べて、臆病《おくびょう》らしい目でそこらを見まわしていた。今まで赤々していた夕陽《ゆうひ》がかげって、野面《のづら》からは寒い風が吹き、方々の木立《こだち》や、木立の陰の人家、黄色い懸稲《かけいね》、黝《くろ》い畑などが、一様に夕靄《ゆうもや》につつまれて、一日こき使われて疲れたからだを慵《ものう》げに、往来を通ってゆく駄馬《だば》の姿などが、物悲しげにみえた。お島は大きな重い車をつけられて、柔順に引っぱられてゆく動物のしょぼしょぼした目などを見ると、何となし涙ぐまれるようであった。気の荒い母親からのがれて、娘のやり場に困っている自分の父親もかわいそうであった。

お島はその時、ひろびろした水のほとりへ出て来たように覚えている。それは尾久《おぐ》の渡しあたりでもあったろうか、のんどりした暗碧《あんぺき》なその水の面《おも》にはまだ真珠色の空の光がほのかに差していて、静かに漕《こ》いでゆくさびしい舟の影が一つ二つみえた。岸には波がだぶだぶと浸って、怪獣のような暗い木の影が、そこにゆらめいていた。お島の幼い心も、この静かな景色《けしき》をながめているうちに、頭のうえから爪先《つまさき》まで、一種の畏怖《いふ》と安易とにうたれて、黙ってじっと父親のやせた手にすがっているのであった。

二

その時お島の父親は、どういう心算《つもり》で水のほとりへなぞ彼女をつれていったのか、今考えてみてもその心持ちはもとよりわからない。あるいは渡しを向こうへ渡って、そこで知り合いの家《うち》を尋ねてお島のからだの始末をする目算であったであろうが、お島はその場合、水を見ている父親の暗い顔の底に、ある恐ろしい惨忍な思いつきが潜んでいるのではないかと、ふと幼心に感づいて、おびえた。父親の顔には悔恨と懊悩《おうのう》の色が現われていた。

赤児《あかご》のおりから里にやられていたお島は、家へ引き取られてからも、気強い母親に疎《うと》まれがちであった。始終めそめそしていたお島は、どうかすると母親から、小さい手に焼け火箸《ひばし》を押しつけられたりした。お島は涙の目で、その火箸を見つめていながら、剛情にもその手を引っ込めようとはしなかった。それが一層母親の憎しみを募らせずにはおかなかった。

「この業《ごう》つくばりめ。」彼女はじりじりして、そう言ってののしった。

昔は庄屋であったお島の家《うち》は、そのころも界隈《かいわい》の人たちから尊敬されていた。祖父が将軍家の出遊のおりの休憩所として、ひろびろした庭を献納したことなどが、家の由緒《ゆいしょ》に立派な光を添えていた。その地面は今でも市民の遊園地としてのこっている。庭造りとして、高貴の家へ出入りしていたお島の父親は、彼が一生の瑕《きず》としてお島たちの母親である彼が二度目の妻を、賤《いや》しいところから迎えた。それは彼が、時々酒を飲みに行く、近辺のある安料理屋にいる女の一人《ひとり》であった。彼女は家にいてはよく働いたがその身状《みじょう》をだれもよく言うものはなかった。

お島が今の養家へもらわれて来たのは、渡し場でその時行きあった父親の知り合いの男の口入れであった。紙漉場《かみすきば》などをもって、細々と暮らしていた養家では、そのころ不思議な利得があって、にわかに身代が太り、地所などをどしどし買い入れた。お島は養い親の口から、時々そのおりの不思議をもれ聞いた。それはまるで作り物語にでもありそうな事件であった。ある冬の夕暮れに、放浪《さすらい》の旅に疲れた一人の六部が、そこへ一夜の宿を乞《こ》い求めた。夜があけてから、思いがけない幸いが、この一家を見舞うであろう由を言い告げて立ち去った。その旅客の迹《あと》に、貴《とうと》い多くの小判が、外に積んだ楮《かぞ》のなかから、二、三日たって発見せられた。養父は大分たってから、一つはその旅客のあとを追うべく、一つは諸方の神仏に、自分の幸《さち》を感謝すべく、同じ巡礼の旅に上ったが、ついにそれらしい人の姿にも出あわなかった。とにかく、養家はそれからよい事ばかりが続いた。ちょいちょい町の人たちへ金を貸しつけたりして、夫婦は財産のふえるのを楽しんだ。

「その六部が何者であったかな。」養父はまれに門辺《かどべ》へ来る六部などへ、厚く報謝をするおりなどに、そのころの事を想《おも》い出して、お島に語り聞かせたが、お島はそんな事には格別の興味もなかった。

養家へ来てからのお島は、生みの親や兄弟たちと顔を合わす機会は、めったになかった。

三

しかし時がたつに従って、その時の事実の真相が少しずつお島の心にしみ込むようになって来た。養家の旧《もと》を聞き知っている学校友達《ともだち》などから、ちょいちょい聞くともなし聞きかじったところによると、六部はその晩急病のためにそこで落命したのであった。そして死んだ彼のふところに、小判の入《はい》った重い財布があった。それをそっくり養父母は自分の有《もの》にしてしまったというのであった。お島はその説の方に、より多く真実らしいところがあると考えたが、やっぱりいい気持ちがしなかった。

「言いたがるものには、何とでも言わしておくさ。お金ができると何とかかとか言いたがるものなのだよ。」

お島がその事を、そっと養母に糺《ただ》したとき、彼女はそう言って苦笑していたが、養父母に対する彼女のこれまでの心持ちは、だんだん裏切られて来た。自分の幸福にさえ黒い汚点《しみ》ができたように思われた。そしてそれからというもの、できるだけ養父母の秘密と、心の傷をいたわりかばうようにつとめたが、どうかすると親たちから疎《うと》まれ憚《はばか》られているような気がさしてならなかった。

六部の泊まったという、仏壇のある寂しい部屋《へや》を、お島は夜廁《よるかわや》への往来《ゆきき》に必ず通らなければならなかった。そこは畳の凸凹《でこぼこ》した、昼でも日の光の通わないような薄暗い八畳であった。夫婦はそこから一段高い次の部屋に寝ていたが、お島は大きくなってからは大抵勝手に近い六畳の納戸《なんど》に寝かされていた。お島はその八畳を通るたんびに、そこに財布をふところにしたまま死んでいる六部の蒼白《あおじろ》い顔や姿が、まざまざ見えるような気がして、身うちが慄然《ぞっ》とするような事があった。夜はいつでも宵の口から臥床《ふしど》に入ることにしている父親の寝言などが、ふと寝ざめの耳へ入ったりすると、それが不幸な旅客の亡霊か何ぞにうなされている苦悶の声ではないかと疑われる。

陽気のぽかぽかする春先などでも家《うち》のなかには始終湿っぽく、陰惨な空気がこもっているように思えた。そして終日庭むきの部屋で針をもっていると、頭脳《あたま》がのうのうして、寿命がちぢまるような鬱陶《うっとう》しさを感じた。お島は糸くずを払いおとして、裏の方にある紙漉場《かみすきば》の方へ急いで出ていった。

藪畳《やぶだたみ》を控えた広い平地にある紙漉場の葭簀《よしず》に、温《あたた》かい日がさして、楮《かぞ》を浸すためになみなみとたたえられた水が生《なま》暖かくぬるんでいた。そこらには桜がもう咲きかけていた。板に張られた紙が沢山日に干されてあった。この商売も、この三、四年近辺に製紙工場ができなどしてからは、早晩やめてしまうつもりで、養父はあまり身を入れぬようになった。今は職人の数も少なかった。そして幾分不用になった空地《あきち》は庭に作られて、洒落《しゃれ》た枝《し》折門《おりもん》などがしつらわれ、石や庭木が多く植え込まれた。住居《すまい》の方もあちこち手入れをされた。養父は二、三年そんな事にかかっていたが、今は単にそればかりでなく、抵当流れになったような家屋敷もほかに二、三か所はあるらしかった。けれど養父母はお島に詳しいことを話さなかった。

「貧乏くさい商売だね。」お島は自分の稚《ちいさ》い時分から居《い》ずわりになっている男に声かけた。その男は楮の煮らるる釜《かま》の下の火を見ながら、しゃがんで莨《たばこ》をすっていた。顎《あご》ひげの伸びた蒼白い顔は、明るい春先になると、一層貧相らしくみえた。

「お前さんの紙漉も久しいもんだね。」

「だめだよ。旦那《だんな》が気がないから。」作《さく》というその男はうつむいたまま答えた。「もう楮のなかから小判の出て来る気づかいもないからね。」

「ほんとうだ。」お島は鼻のさきで笑った。

四

お島はちいさい時分この作という男に、よく学校の送り迎えなどをしてもらったものだが、養父の甥《おい》に当たる彼は、長いあいだ製紙の職工として、多くの女工と共に働かされたのみならず、野良《のら》仕事や養蚕にも始終こき使われて来た。そうして気の強い主婦からはがみがみ言われ、お島からは豚か何ぞのように忌みきらわれた。絶え間のない労働に堪えかねて、彼はどうかすると気分がわるいといって、少しおそくまで寝ているようなことがあると、主婦のおとらはじきに気荒くののしった。

「おいおい、この忙《せわ》しいのに寝ているやつがあるかよ。旧《もと》を考えてみろ。」

おとらは作の隠れて寝ている物置きのようなきたないその部屋をのぞき込みながらいつものお定例《きまり》を言ってどなった。甲走《かんばし》ったその声が、彼の脳天までぴんと響いた。作は主人の兄にあたるやくざ者と、どこのものともしれぬ旅芸人の女との間《なか》にできた子供であった。彼の父親は賭博や女に身上《しんしょう》を入り揚げて、そのころから弟の厄介ものであったが、ある時身寄りをたよって、上州の方へかせぎに行っていたおりにその女に引っかかって、それから乞食のように零落《おちぶ》れて、間もなくまた二人《ふたり》でこの町へかえって来た。その時身重であったその女が、作を産みおとしてからほどなく、子供を弟の家に置き去りに、どこともなく旅へ出て行った。男が病気で死んだという報知《しらせ》が、木更津《きさらづ》の方から来たのは、それから二、三年も経ってからであった。

お島はおとらが、そのころのことを何かのおりには作に言い聞かせているのをよく聞いた。おとらは兄夫婦が、汽車にも得《え》乗らず、夏の暑い日と、野原の荒い風に焼けやつれた黝《くろ》い顔をして、疲れきった足を引きずりながら這い込んで来た光景を、口癖のように作に語って聞かせた。少しでもなまけたり、ずるけたりするとそれを持ち出した。

「あの衆《しゅ》と一緒だったら、お前だって今ごろは乞食でもしていたろうよ。それでも生みの親が恋しいと思うなら、いつだって行くがいい。」

作は親のことを言い出されると、時々ぽろぽろ涙を流していたものだが、しまいにはえへへへと笑って聞いていた。

作はそんなに醜い男ではなかったが、いじけて育ったのと、発育盛りをはげしい労働にこき使われて栄養が不十分であったので、皮膚の色沢《いろつや》が悪く、青春期に達しても、ばさばさしたような目に潤いがなかった。主人にいいつかって、雨降りに学校へ迎えに行ったり、宵に遊びほうけて、いつまでも近所に姿のみえないおりなどは、遠くまで捜しにいったりして、負《おぶ》ったり抱いたりして来たお島の、手足や髪の見ちがえるほど美しく肉づき伸びて行くのが物めずらしくふと彼の目に映った。たっぷりしたその髪を島田に結って、なまめかしい八つ口から、むっちりした肱《ひじ》を見せながら、襷《たすき》がけで働いているお島の姿が、長いあいだ彼の心を苦しめて来た、彼女に対する淡い嫉妬をさえ、吸い取るようにぬぐってしまった。それまで彼はれっきとした生みの親のある、家のあと取り娘として、何かにつけておとらから衒《ひけ》らかすように、隔てをおかれるお島を、のろわしくも思っていた。

五

お島が作を一層きらって、侮蔑するようになったのもそのころからであった。

蒸し暑い夏のある真夜中に、お島はそこらを開《あ》け放して、蚊帳《かや》のなかで寝苦しいからだを持て余していたことがあった。酸《す》っぱいような蚊のうなり声が夢現《ゆめうつつ》のような彼女のいらいらしい心を責めさいなむように耳についた。その時ふとお島の目を脅かしたのは、蚊帳のそとからのぞいている作の蒼白《あおじろ》い顔であった。

「ばか、おっ母《か》さんに言っつけてやるぞ。」

お島は高い調子に叫んだ。それで作はのそのそと出ていったが、それまで何の気もなしに見ていたそれと同じような作の挙動が、その時お島の心に一々意味をもって来た。お島ははげしい侮蔑を感じた。ある時は野良《のら》仕事をしている時につけ回されたり、ある時は湯殿にいる自分のからだに見入っている彼の姿を見つけたりした。

お島はそれ以来、作の顔を見るのも胸が悪かった。そして養父から、よく働く作を自分の婿に択《えら》ぼうとしているらしい意向をもらされたときに、彼女はからだがすくむほどいやな気持ちがした。しかし養父のその考えが、だんだんはっきりして来たとき、お島の心は、おのずから生みの親の家《うち》の方へ向いていった。

「何しろ作はおれの血筋のものだから、同じ継がせるなら、あれにあとを取らせた方が道だ。」

養父は時おり妻のおとらと、その事を相談しているらしかったが、お島はふとそれを立ち聞きしたりなどすると、堪《た》えがたい圧迫を感じた。わがままな反抗心が心にわき返って来た。

作の自分を見る目が、だんだん親しみを加えて来た。彼はできるだけ打ちとけた態度で、お島に近づこうとした。畑で桑など摘んでいると、彼はどんな遠いところで、忙《せわ》しい用事に働いている時でも、彼女を見回ることを忘れなかった。彼はそのころから、働くことがおもしろそうであった。叔父《おじ》夫婦にも従順であった。お島は一層それが不快であった。

おとらが内々《ないない》お島の婿にしようと企てているらしいある若い男の兄が、そのころおとらのところへ入り浸っていた。青柳《あおやぎ》というその男は、その町の開業医としてかなりに顔が売れていたが、ある私立学校を卒業したというその弟をも、お島はちょいちょい見かけて知っていた。

気さくで酒のお酌などのうまいおとらは、夫の留守などに訪《たず》ねて来る青柳を、よく奥へ通して銚子《ちょうし》のお燗《かん》をしたりしているのを、お島は時々見かけた。一日かかって四十把《ぱ》の楮《かぞ》を漉《す》くのは、普通一人前の極度の仕事であったが、おとらは働くとなると、それを八十把も漉くほどの働きものであった。そして人のいい夫をそっちのけにして、傭《やと》い人を見張ったり、金の貸し出し方や取り立て方に抜け目のない頭脳《あたま》を働かしていたが、青柳の顔が見えると、どんな時でも彼女の様子がそわそわしずにはいなかった。

お島の目にも、愛相《あいそ》のいい青柳の人柄は好ましく思えた。彼女は青柳から始終お島坊お島坊と呼びなずけられて来た。最近青柳がいつか養父から借りて、新座敷の造営につかった金高は、少ない額ではなかった。

六

お島は作との縁談の、まだ持ちあがらぬずっと前から、よく養母のおとらに連れられて青柳と一緒に、大師《だいし》さまやお稲荷《いなり》さまへ出かけたものであった。天性目性《うまれつきめしょう》のよくないお島は、いつのころからこの医者に時々かかっていたか、はっきり覚えてもいないが、そこにいたお花という青柳の姪《めい》にあたる娘とも、遊び友達であった。

おとらは時には、青柳の家《うち》で、お島と対《つい》の着物をお花にこしらえるために、そこへ反《たん》物屋《ものや》を呼んで、柄《がら》の品評《しなさだめ》をしたりしたが、仕立てあがった着物を着せられた二人《ふたり》の娘は、近所の人の目には、双児《ふたご》としかみえなかった。おとらは青柳と大師まいりなどするおりには、初めはお島だけしか連れていかなかったものだが、たまにはお花をも誘い出した。

お花という連れのある時はそうでもなかったが、自分一人《ひとり》のおりには、お島は大人《おとな》同志からは、まるでのけものにされていなければならなかった。

「じゃね、おじさんとおっ母《か》さんは、ここで一服しているからね、お前は目がわるいんだからよくお詣《まい》りをしておいで。ゆっくりでいいよ。おっ母さんたちはどうせ遊びに来たんだからね。おじさんもせっかく来たもんだから、お酒の一口も飲まなければつまらないだろうし、おっ母さんだってたまに出るんだからね。」

おとらはそう言って、博多《はかた》と琥珀《こはく》の昼夜帯の間から紙入れを取り出すと、多分のお賽《さい》銭《せん》をお島の小さい蟇口《がまぐち》に入れてくれた。そこは大師から一里も手前にある、ある町の料理屋であった。二人はその奥の、母屋《おもや》から橋がかりになっている新築の座敷の方へ落ち着いてから、お島を出してやった。

それはちょうど初夏《はつなつ》ごろの陽気で、肥《ふと》ったお島は長い野道を歩いて、背筋が汗ばんでいた。顔にも汗がにじんで、白粉《おしろい》のはげかかったのを、懐中から鏡を取り出して、直したりした。山がかりになっている料理屋の庭には、躑躅《つつじ》が咲き乱れて、泉水に大きな緋《ひ》鯉《ごい》が絵に描《か》いたように浮いていた。始終働きづめでいるお島は、こんなところへ来て、たまに遊ぶのはそんなに悪い気持ちもしなかったが、落ち着きのない青柳や養母の目色をうかがうと、何となく気がつまって居づらかった。そして小さいおりから母親に媚《こ》びることを学ばされて、そんな事にのみ敏《さと》い心から、ひとりでにことさら二人に甘えてみせたり、はしゃいでみせたりした。

「ええ、よござんすとも。」
お島は大きくうなずいて、威勢よくそこを出ると、急いで大師の方へと歩き出した。町には同じような料理屋や、休み茶屋がほかにも四、五軒目に着いたが、人家を離れるとじきに田圃道《たんぼみち》へ出た。野や森は一面に青々して、空が美しく澄んでいた。白い往来には、大師詣りの人たちの姿が、ちらほら見えて、ある雑木林《ぞうきばやし》の片陰などには、きたない天刑病者が、そこにもここにも頭を土にすりつけていた。それらのある者は、お島のあとからまつわり着いて来そうな調子で恵みをねだった。お島はどうかすると、蟇口をあけて、銭を投げつつ急いで通り過ぎた。

七

曲がりくねった野道を、人の影についてたどって行くと、やがて大師道へ出て来た。お島はぞろぞろ往来《ゆきき》している人や俥《くるま》の群れに交って歩いていったが、本所《ほんじょ》や浅草辺の場末から出て来たらしい男女のなかには、美しく装った令嬢や、意気な内儀《かみ》さんもたまには目についた。金縁眼鏡《めがね》をかけて、細巻きを用意した男もあった。ひとりぼっちのお島は、草履《ぞうり》や下駄《げた》にはねあがる砂ぼこりのなかを、人なつかしいようないじらしい心持ちで、ぱっぱと蓮葉《はすは》に足を運んでいた。ほてる脛《はぎ》にまつわる長襦袢《ながじゅばん》の、ぽっとりとした膚ざわりが、気持ちがよかった。今別れて来た養母や青柳のことはじきに忘れていた。

　大師前には、いろいろの店が軒を並べていた。張り子の虎《とら》や起きあがり法師《ぼうし》を売っていたり、おこしやぶつ切り飴《あめ》を鬻《ひさ》いでいたりした。栄螺《さざえ》や蛤《はまぐり》なども目についた。山門の上には馬鹿囃《ばかばやし》の音が聞こえて、境内にも雑多の店が居並んでいた。お島は久しく見たこともないような、かりん糖や太白飴《たいはくあめ》の店などをながめながら本堂の方へあがって行ったが、どこもかしこも在郷《ざいごう》くさいものばかりなのを、心寂しく思った。お島は母に媚《こ》びるためにお守り札や災難除けのお札などを、こてこて受けることを怠らなかった。

　そこを出てから、お島は野広い境内を、そっちこっち歩いてみたが、ところどころに海獣の見せものや、田舎回りの手品師などがいるばかりで、一緒に来た美しい人たちの姿もみえなかった。お島はひまをつぶすために、若い桜の植えつけられた荒れた貧しい遊園地から、墓場までまわって見た。田舎爺《いなかじじい》の加持《かじ》のお水を頂《いただ》いて飲んでいるところだの、蠟燭《ろうそく》のあがった多くの大師の像のあるところの前にたたずんでみたりした。木立《こだち》のなかには、海軍服を着たやせ猿の綱渡りなどが、多くの人を集めていた。お島はそこにもしばらく立とうとしたが、いらだつような気分が、長く足を止《とど》めさせなかった。

　休み茶屋で、ラムネに渇《かわ》いた咽喉《のど》や熱《いき》るからだを癒《いや》しつつ、帰路についたのは、日がもう大分かげりかけてからであった。田圃《たんぼ》に薄寒い風が吹いて、野末のここかしこに、千住《せんじゅ》あたりの工場の煙が重くたなびいていた。疲れたお島の心は、取り留めのない物足りなさにかき乱されていた。

旧《もと》のお茶屋へかえってゆくと、酒に酔《え》った青柳は、取りちらかった座敷のまん中に、座ぶとんを枕《まくら》にして寝ていたが、おとらも赤い顔をして、小楊枝《こようじ》を使っていた。

「まあよかったね。お前お腹《なか》がすいて歩けなかったろう。」おとらはお愛相《あいそ》を言った。

「お前、お水を頂いて来たかい。」

「ええ、どっさり頂いて来ました。」

お島はそうしたうそをつくことに何の悲しみも感じなかった。

おとらはお島に御飯を食べさせると、脱いで傍に畳《たた》んであった羽織《はおり》を自分に着たり、青柳に着せたりして、やがてそこを引き揚げたが、町へ帰り着くころには、もうすっかり日がくれて蛙《かえる》の声が静かな野中に聞こえ、人家には灯《ひ》がともされていた。

「みんな御苦労御苦労。」おとらは暗い入り口から声かけながら入って行ったが、養父は裏でしきりに何か取り込んでいた。

八

お島は養父がいつまでも内《うち》へ入って来《こ》ようともしず、入って来ても、飯がすむとすぐ帳簿調べに取りかかったりして、無口でいるのを自分のことのように気味悪くも思った。お島はいつもするように、「肩をもみましょうか」といって、養父の手のすいた時に、後ろへ回って、養母に代わって機嫌を取るようにした。お島は九つ十の時分から、養父の肩をもませられるのが習慣になっていた。

おとらはひと休みしてから、晴れ着の始末などをすると、そっちこっち戸締まりをしたり、一日取りちらかったそこらを疳性《かんしょう》らしく取り片づけたりしていたが、そのうちに夫婦の間にぼつぼつ話がはじまって、今日《きょう》行ったお茶屋のうわさなども出た。そのお茶屋を養父も昔から知っていた。

ここから三、四里もある或る町の農家で同じ製紙業者の娘であったおとらは、その父親が若いおりに東京で懇意になったある女に生まれた子供であったので、東京にも知り合いが多く、都会のことはよく知っているが、今の良人《おっと》が取り引き上のことで、ちょくちょくそこへ出入《ではい》りしているうちに、いつか親しい間《なか》になったのだということは、お島もおとらから聞かされて知っていた。そのころ痩世帯《やせじょたい》を張っていた養父は、それまで義理の母親に育てられて、不仕合わせがちであったおとらと一緒になってから、二人《ふたり》で心を合わせて一生懸命にかせいだ。その苦労をおとらはよくお島に言い聞かせたが、身《しん》上《しょう》ができてからのこの二、三年のおとらの心持ちには、いくらかたるみができて来ていた。世間の快楽については、何もしらぬらしい養父から、少しずつ心が離れて、長いあいだの圧迫の反動が、彼女をともすると放肆《ほうし》な生活におびき出そうとしていた。

お島は長いあいだ養父母のからだをもんでから、やっと寝床につくことができたが、お茶屋の奥の間での、刺激の強い今日の男女《ふたり》の光景を思い浮かべつつ、じきに健やかな眠りにおちてしまった。蛙《かえる》の声がうとうとと疲れた耳に聞こえて、発育盛りの手足がだるく熱《ほて》っていた。

翌朝《あした》も養父母は、何のこともなげな様子で働いていた。

お花を連れ出すときも、男女の遊び場所はやはり同じお茶屋であったが、お島はお花と一緒に、浅草へ遊びにやってもらったりした。お島はお花と俥《くるま》で上野の方から浅草へ出ていった。そして観音さまへお詣《まい》りをしたり、花屋敷へ入《はい》ったりして、時を消した。二人は手を引き合って人込みのなかを歩いていたが、やっぱり心が落ち着かなかった。

おとらは時とすると、若い青柳の細君をつれだして、東京へ遊びに行くこともあったが、内気らしい細君は、誘わるるままに素直についていった。おとらは往《い》き返りには青柳の家《うち》へ寄って、姉か何ぞのようにふるまっていたが、細君は心の侮蔑《ぶべつ》を面《おもて》にも現わさず、物静かにあしらっていた。

九

いつのころであったか、多分その翌年《よくどし》ごろの夏であったろう、その年重《おも》にお島の手に委《まか》されてあった、わずか二枚ばかりの蚕が、できあがるに間《ま》のないある日、養父とごたごたした物言いのあげく、養母は着物などを着替えて、ぶらりとどこかへ出ていってしまった。

養母はその時、青柳にその時々に貸した金のことについて、養父から不足を言われたのが、気にさわったといって、大声をたてて良人《おっと》に食ってかかった。話の調子の低いのが天性《もちまえ》である養父は、嵩《かさ》にかかって言い募って来るおとらのためにやり込められて、しまいにはなだめるようにことばを和らげたが、やっぱりいつまでもぐずぐず言っていた。

「ちっと昔を考えて見るがいいんだ。お前さんだっていいことばかりもしていないだろう。旧《もと》を洗ってみた日には、あんまり大きな顔をして表を歩けた義理でもないじゃないか。」

養蚕室にあてた例の薄暗い八畳で、給桑に働いていたお島は、甲高《かんだか》なその声をもれ聞くと、胸がどきりとするようであった。お島はじきに六部のことを思い出さずにいられなかった。ぶすぶす言っている哀れな養父《ちち》の声も途ぎれ途ぎれに聞こえた。

青柳に貸した金の額は、お島にはよくはわからなかったが、家《うち》の普請に幾分用立てた金を初めとして、ちょいちょい持っていった金は少ない額ではないらしかった。この一、二年青柳の生活が、いくらか華美になって来たのが、お島にも目についた。養父の知らないような少額の金や品物が、始終養母の手からそっと供給されていた。

お島はその年の冬のころ、一度青柳と一緒に落ち会った養母のお伴《とも》をしたことがあったが、十七になるお島を連れ出すことはおとらにもようやくはばかられて来た。場所も以前のお茶屋ではなかった。

その日も養父は、使い道のはっきりしないような金のことについて、昼ごろからおとらとの間にいざこざをひき起こしていた。長いあいだ不問に付して来た、青柳への貸しのことが、ふとその時彼の口から言い出された。そして日ごろ肚《はら》にもっていたいろいろの場合のおとらの挙動《ふるまい》が、ねちねちした調子で詰《なじ》られるのであった。

結句おとらは、きれいに財産を半分わけにして、別れようと言い出した。そして良人のそばを離れると、奥の間へ入《はい》って、しばらく用箪笥《ようだんす》の抽斗《ひきだし》の音などをさせていたが、それきり出ていった。

「まあおっ母《か》さん、そんなに御立腹なさらないで、後生ですから家にいてください。おっ母さんが出ていってしまいなすったら、わたしなんざどうするんでしょう。」

お島はそのそばへいって、目に涙をためて哀願したが、おとらは振りむきもしなかった。

夜になってから、お島は養父にいいつかって、近所をそっちこっち尋ねてあるいた。青柳の家へもいって見たが、見つからなかった。

おとらのまだ帰って来ない、ある日の午後、蚕に忙《せわ》しいお島の目に、ふと庭向きの新《しん》建《だち》の座敷で、おとらを生家《さと》へ出してやった留守に、いつかしたように、おびただしい紙《さ》幣《つ》を干している養父の姿を見た。八畳ばかりの風通しのいいその部屋には、紙幣の幾束が日当たりへ取り出されてあった。

一〇

お島は養父が、二、三軒の知り合いの家《うち》へはがきを出したことを知っていたが、おとらが帰ってから、やっと届いたおとらの生家のほかは、その返辞はどこからも来なかった。

養父はどうかすると、蚕室にいるお島のそばへ来て、もうひきるばかりになっている蚕をながめなどしていた。蚕のある物はその蒼白《あおじろ》い透きとおるような軀《からだ》を硬《こわ》ばらせて、細い糸を吐きかけていた。

「お前おっ母《かあ》から口止めされてることがあるだろうが。」

養父はこの時に限らず、おとらのいないところで、どうかするとお島にたずねた。

「どうしてです。いいえ。」お島は顔をあからめた。

しかし養父はそれ以上深入りしようとはしなかった。お島にはおとらに対する養父の弱点が見えすいているようであった。

もう遊びあいて、家が気にかかりだしたというふうで、おとらの帰って来たのは、その日の暮れ近くであった。養父はまだ帳場の方を離れずにいたが、おとらは亭主にもことばもかけず、「はいただいま」と、お島に声かけて、茶の間へ来て足を投げ出すと、せいせいするような目つきをして、庭先をながめていた。濃い緑の草や木の色が、まだ油絵の具のように生々《なまなま》してみえた。

お島は脱ぎすてた晴れ着や、汗ばんだ襦袢《じゅばん》などを、風通しのいい座敷の方で、衣紋竹《えもんだけ》にかけたり、茶をいれたりした。

「こんな時に顔を出しておきましょうと思って、方々歩きまわって来たよ。」おとらは行水《ぎょうずい》をつかいながら、背なかを流しているお島に話しかけた。その行った先には、種違いのおとらの妹の片づき先や、子供のおりの田舎の友達の縁づいている家などがあった。それらはみんな東京のごちゃごちゃした下町の方であった。そしてだれもいい暮らしをしているものはないらしかった。そして一日二日もいると、じきにいや気《け》がさして来た。おとら夫婦は、金ができるにつれて、それらの人たちとの間にだんだん隔てができて、往来《ゆきき》も絶えがちになっていた。生家《さと》ともやっぱりそうであった。

湯から上がって来ると、おとらは東京からこてこて持って来た海苔《のり》や塩煎餅《しおせんべい》のようなものを、明りの下で亭主に見せなどしていたが、飯がすむと蚊のうるさい茶の間を離れて、じきに蚊帳《かや》のなかへ入《はい》ってしまった。

毎夜毎夜寝苦しいお島は、白い地面の瘟気《いきれ》の夜露に吸い取られるころまで、外へ持ち出した縁台に涼んでいたが、近所の娘たちや若いものも、時々そこに落ち会った。町の若い男女のうわさがにぎわったり、悪ふざけで女を怒らせたりした。仕舞湯《しまいゆ》をつかった作が、浴衣《ゆかた》を引っかけて出て来ると、うそうそそばへ寄って来た。

「このばかまた出て来た。」お島は腹立たしげについとそこを離れた。

一一

おとらと青柳との間に成り立っていたお島と青柳の弟との縁談が、養父の不同意によって、立ち消えになったころには、おとらもだんだん青柳から遠ざかっていた。一つはお島などの口から、自分と青柳との関係が、うすうす良人《おっと》の耳に入ったことが、その様子で感づかれたのにいや気がさしたからであったが、一つは青柳夫婦がぐるになって、欲一方でかかっていることがあまりに見えすいて来たからであった。

お島が十七の暮れから春へかけて、作の相続問題が、また養父母のあいだに持ちあがって来た。お島はそのことで、養父母の機嫌をそこねてから、一度生みの親たちのそばへ帰っていた。お島はそのころ、だれが自分の婿であるかをはっきり知らずにいた。そして婚礼じたくの自分の衣装などを縫いながら、時々青柳の弟のことなどを、ぼんやり考えていた。東京の学校で、機械の方をやっていたその弟と、お島はついこれまで口をきいたこともなかったし、自分をどう思っているかを知らなかったが、深川の方に勤め口が見つかってから、毎朝はやく、詰入《つめいり》の洋服を着て、鳥打ちをかぶって出て行く姿をちょいちょい見かけた。途中であうおりなどには、双方でお辞儀ぐらいはしたが、お島自身は彼について深く考えて見たこともなかった。そして青柳とおととの間に、その話の出るときいつも避けるようにしていた。

ある時そんな事については、から薄ぼんやりなお花の手を通して、きれいな横封に入った手紙を受け取ったが、洋紙にペンで書いた細かい文字が、何を書いてあるのかお花にはよくもわからなかったが、双方の家庭に対する不満らしいことの意味が、お島にもぼんやり頭脳《あたま》に入った。お島のそんな家庭に縛られている不幸に同情しているような心持ちも、かすかに受け取れたが、お島は何だかいや味なような、くすぐったいような気がして、あとでもみくしゃにしてすててしまった。その事を、多少は誇りたい心で、おとらに話すと、おとらも笑っていた。

「あれも妙な男さ。養子なんかに行くのはいやだといって置きながら、そんな物をくれるなんて。」

お島は養父母が、すっかり作に取り決めていることを感づいてから、仕事も手につかないほど不快を感じて来た。おとらは不機嫌なお島の顔をみると、お島が七つのとき初めて、人につれられてもらわれて来た時のみじめなさまを掘り返して聞かせた。

「あの時お前のお父《とっ》さんは、お前のやり場に困って、おっ母《か》さんへの面《つら》あてに川へでもすててしまおうと思ったくらいだったという話だよ。あのおっ母さんの手にかかっていたら、お前は産まれもつかぬ不具《かたわ》になっていたかもしれないよ。」おとらはそう言って、生みの親の無情なことを語り聞かせた。

一二

近所でも知らないような、作とお島との婚礼談《こんれいばなし》が、遠方の取り引き先などで、おもいがけなくお島の耳へ入《はい》ったりしてから、お島は一層はっきり自分のみじめな今の身のうえを見せつけられるような気がして、腹立たしかった。そしてその事を吹聴してあるくらしい、作の顔が一層間ぬけてみえ、いやらしく思えた。

「まだ帰らねえかい。」そう言って、小さい時分から学校へ迎えに来た作は、昔も今も同じような顔をしていた。

「外に待っておいで。」お島はよくしかりつけるように言って、入り口の外に待たしておいたものだが、今でもやっぱり、下駄《げた》に手をふれられても身ぶるいがするほどいやであった。

婚礼談が出るようになってから、作は懲りずまによくお島のそばへ寄って来た。よそ行きの化粧をしているとき、彼は横へ来てにこにこしながら、横顔をながめていた。

「あっちへ行っておいで。」お島はのしかかるような疳癪声《かんしゃくごえ》を出して逐《お》い退けた。

「そんなにきらわんでもいいよ。」作はのそのそ出ていった。

作の来るのを防ぐために、お島は夜自分の部屋《へや》の襖《ふすま》に心張棒《しんばりぼう》を突っかえておいたりしなければならなかった。

「いやだいやだ、わたし死んでも作なんどと一緒になるのはいやです。」お島は作のいる前ですら、始終母親にそう言って、剛情を張り通して来た。

「作さんがとうとうお島さんのお婿さんに決まったそうじゃないか。」

お島は仕切りを取りに行く先々で、からかい面《づら》できかれた。足まめで、口のてきぱきしたお島は、十五、六のおりから、そうした得意先まわりをさせられていた。お島のきびきびした調子と、蓮葉《はすは》な取り引きとが、いたるところで評判がよかった。物なれてくるに従って、お島の顔は一層広くなって行った。

それが小心な養父には、気に入らなかった。時々お島は養父から小言を言われた。

「いいじゃありませんかお父《とっ》さん、家《うち》の身上《しんしょう》をへらすような気づかいはありませんよ。」お島はうるさそうに言った。

「お父さんのようにけちけちしていたんじゃ、手広い商売はできやしませんよ。」

ぱっぱっとするお島のやり口に、不安をいだきながらも、気無性《きぶしょう》な養父は、お島の働きぶりを調法がらずにはいられなかった。

「うそですよ。」

お島は作と自分との結婚を否認した。

「それでも作さんがそう言っていましたぜ。」取り引き先のある人は、そう言っておもしろそうにお島の顔をみつめた。

「あのばかの言うことが、信用できるもんですか。」お島は鼻で笑っていた。

王子《おうじ》の方にある生家へ逃げて帰るまでに、お島の周囲には、そのうわさがいたるところに拡《ひろ》がっていた。

「それじゃお前は、どんな男が望みなのだえ。」おとらはしまいにお島にたずねた。

「そうですね。」お島はいつもの調子で答えた。

「わたしはあんなぐずぐずした人は大きらいです。ちっとは何か大きい仕事でもしそうな人できれいに暮らしていけるような人でなければ、つまりません。一生紙をすいたり、金の利息の勘定して暮らすのはわたしいやです。」

一三

盆か正月でなければ、めったに泊まったことのない生みの親たちの家へ来て二、三日たつと、じきに養母が迎いに来た。

お島が盆暮れに生家を訪《たず》ねる時には、砂糖袋か鮭《さけ》をたずさえて作がきっとお伴《とも》をするのであったが、この二、三年商売の方を助《す》けなどするために、時には金のしまってある押入れや用箪笥《ようだんす》の鍵《かぎ》を委《まか》されるようになってからは、不断は仲のわるい姉や、母親の感化から、これもともすると自分に一種の軽侮を持っている妹に、半衿《はんえり》や下駄や、いろいろの物を買って行って、お辞儀をされるのを矜《ほこ》りとした。姉や妹に限らず、養家へ出入《ではい》りする人にも、お島はぱっぱと金や品物をくれてやるのが、気持ちがよかった。貧しい作男の哀願に、堅く財布の口を締めている養父も、そばへお島に来られて喙《くち》を容《い》れられると、因業を言い張ってばかりもいられなかった。遊女屋から馬をひいて来る職工などに、お島は自分の考えで時々金を出してくれた。それらの人は、途《みち》でお島にあうと、心から丁寧にお辞儀をした。

大方の屋敷まわりを兄に委《まか》せかけてあった実家の父親は、兄が遊蕩《ゆうとう》を始めてから、また自分で稼業《かぎょう》に出ることにしていたので、お島はそうして帰って来ていてもめったに父親と顔を合わさなかった。毎日毎日箸《はし》の上げおろしに出る母親の毒々しい当てこすりが、お島の頭脳《あたま》をくさくささせた。

「そう毎日毎日働いてくれても、お前のものといっては何《なん》にもありゃしないよ。」

母親は、外へ出て広い庭の草を取ったり、父親が古くから持っていて手放すのを惜しんでいる植木に水をくれたりして、まめに働いているお島の姿をみると、家のなかから言い聞かせた。広い門のうちから、垣根《かきね》に囲われた山がかりの庭には、松や梅の古木の植わった大きな鉢《はち》が、幾つとなく置きならべられてあった。庭の外には、幾十株松を育ててある土地があったり、雑多な庭木の植木溜《だま》りがあったりした。この界隈《かいわい》に散らばっているそれらの地面が、近ごろ兄弟たちの財産として、それぞれ分割されたということはお島も聞いていた。

いつか父親が、自分の隠居所にするつもりで、安く手に入れた材木を使って建てさせた屋敷も、それらの土地の一つのうちにあった。

「ええ。ちっとばかりの地面や木なんぞもらったって、何になるもんですか。水島の物にだって目をくれてやしませんよ。」お島は跣足《はだし》で、井戸から如露に水をくみ込みながら言った。

「いい気前だ。その根性骨だから人様に憎がられるのだよ。」

「憎むのはおっ母《か》さんばかりです。わたしはこれまで人に憎がられた覚えなんかありやしませんよ。」

「そうかい、そう思っていれば間違いはない。他人のなかにもまれて、ちっとは直ったかと思っていれば、だんだんいけなくなるばかりだ。」

「よけいなお世話です。自分が育てもしないくせに。」お島は如露をさげて、さっさと奥の方へ入《はい》って行った。

一四

お島はもう大概水をくれてしまったのであったが、家《うち》へ入ってからの母親とのいさくさが気うるささに、やっぱり大きな如露をさげて、そっちこっち植木の根にそそいだり、かなりの距離から来る煤煙《ばいえん》に汚《よご》れた常磐木《ときわぎ》の枝葉を払いなどしていたが、目が時々にじんで来る涙に曇った。

「お島さん、どうも済んませんね。」などと、仕事からかえって来た若いものが声をかけたりした。

「わたしはじっとしていられない性分だからね。」とお島はくっきりと白い頰《ほお》のあたりへたれかかって来る髪をかきあげながら、繁《しげ》みの間から晴れやかな笑い声をもらしていたが、預けられてあった里から帰って来て、今の養家へもらわれて行くまでの短い月日のあいだに、母親から受けた折檻《せっかん》の苦しみが、おもい起こされた。四つか五つの時分に、焼け火箸《ひばし》をおしつけられたあとは、今でも丸々した手の甲の肉のうえにあざのように残っている。父親に告げ口をしたのが憎らしいといって、口をつねられたり、妹をいじめたといっては、二、三尺も積もっている背戸の雪のなかへ小突き出されて、息のつまるほどぎゅうぎゅう圧《お》しつけられた。兄弟たちに食べ物をわけるとき、お島だけはそばに突っ立ったまま、物ほしそうに、黙ってみている様子が太々しいといって、何もくれなかったりした。土搔《か》きや、木鋏《きばさみ》や、鋤鍬《すきくわ》のしまわれてある物置きにお島はいつまでも、めそめそ泣いていて、日の暮れにそのまま錠をおろされて、地《じ》だんだふんで泣き立てたことも一度や二度ではなかったようである。

父親は、そのたんびに母親をなだめて、お島をゆるしてくれた。

「多勢子供ももってみたが、こんな意地っぱりは一人《ひとり》もありゃしない。」母親はお島をひねりもつぶしたいような調子で、父親と争った。

お島はわが子ばかりをいたわって、人の子を取って食ったという鬼子母神が、自分の母親のような人であったろうと思った。母親はお島一人を除いては、どの子供にも同じような愛執を持っていた。

日が暮れるころに、お島は物置きの始末をして、やっと夕飯に入《はい》って来たが、父親はむずかしい顔をして、いつか長火鉢のそばで膳《ぜん》に向かって、お仕着せの晩酌をはじめていたところであった。外はもう夜の色が這《は》い拡《ひろ》がって、近所の牧場では牛の声などがしていた。往来の方で探偵ごっこをしていた子供たちも、姿をかくして、空には柔らかい星の影が春めいてみえた。

「まあ一月でも二月でも家《うち》においてやるがいい。奉公に出したって、もう一人前の女だ。」父親はそんなことを言って、何かぶつくさ言っている母親をなだめているらしかったが、お島は台所で、それを聞くともなしに、耳を立てながら、自分の食器などを取り出していた。

「今に見ろ、目の飛び出るようなことをしてやるから。」お島はむらむらした母への反抗心を抑《おさ》えながら、平気らしい顔をしてそこへ出て行った。せめて自分を養家へ口入れした、西田というじいさんのやっているような仕事に活動してみたいとも思った。そのじいさんは、近ごろ陸軍へ馬糧などを納めて、めきめき家《うち》を大きくしていた。実直に働いて来た若いものにくれてやった姉などを、さも幸福らしく言っている母親を、お島は苦々しく思っていたが、それにつけても、一生作などと婚礼するためには、養家の閾《しきい》はまたぐまいと考えていた。食事をしている間《ま》も、興奮した頭脳《あたま》が、時々ぐらぐらするようであった。

一五

ある日の午後におとらが迎いに来たとき、父親もちょうど家に居合わせて、ここから二、三町先にある持ち地《じ》で、三、四人の若い者をさしずして、かなり大きな赤松を一株《ひともと》、ある得意先へ持ち運ぶべく根ごしらえをしていた。

お島はおとらを客座敷の方へ案内すると、じきに席をはずしてしまったが、実母のいいつけで父親を呼びに行った。お島はこうして邪慳《じゃけん》な実母のそばへ来ていると、小さい時分から自分をかわいがって育ててくれた養母の方に、多くのなつかしみのあることがはっきり感ぜられて来た。養家や長い馴染《なじみ》のその周囲も恋しかった。

「島ちゃん、お前さんそう幾日《いくか》も幾日もこちらの御厄介になっていても済まないじゃないか。今日《きょう》はわたしがつれに来ましたよ。」おとらにいきなりそう言って上がり込んで来られた時、お島は反抗する張り合いがぬけたような気がして、何だか涙ぐましくなって来た。

「手前の躾《しつけ》がわりいから、あんなわがままを言うんだ。この先もあることだからうっちゃっておけと、宅ではそう言って怒《おこ》っているんですけれど、わたしもかかり子《ご》にしようと思えばこそ、今日まで面倒を見てきたあの子ですからね。」

おとらのそう言っている挨拶《あいさつ》を茶の間で茶をいれながら、お島は聞いていたが、お島のことというと、だれに向かってもひり出すように言いたい実母も、ただ簡短な応答《うけごたえ》をしているだけであった。

こんな出入りに口不調法な父親は、さも困ったような顔をしていたが、やがて井戸の方へまわって手顔を洗うと、内へ入《はい》って来た。お島は母親のいないところで、ついこの一両日前にも、父親が事によったら、母親に秘密で自分にわけてもいいと言った地面の坪数や価格などについて、父親にいろいろ聞かされたこともあった。その坪は一千弱《たらず》で、安く見積もっても木ぐるみ一万円が一円でも切れるということはなかろうというのであった。お島は心強いような気がしたが、母親の目の黒いうちは、めったにその分け前にありつけそうにも思えなかった。「家の地面は、全部でどのくらいあるの。」お島はその時も父親にきいてみた。

「そうさな」と、父親は笑っていたが、それが大見一万《おおけん》近いものであることは、お島にも考えられた。なかには野菜畠《ばたけ》や田地も含まれていた。子供が多いのと、この二、三年兄の浪費が多かったのとで、借金の方《かた》へ入っている場所も少なくなかった。去年の秋から、家《うち》を離れて、田舎《いなか》へかせぎにいっている兄のそばには、しばらく係り合っていた商売人《くろうと》あがりの女がいまだに付きまとっていたり、嫂《あによめ》が三つになる子供と一緒に、東京にあるその実家へ引き取られていたりした。父親の助けになる男片《おとこきれ》といっては、十六になるお島の弟が一人家にいるきりであった。

家がだんだんばたばたになりかかっているということが、そうして五日も六日も見ているお島の心に感ぜられて来た。母親のやきもきしている様子も、見えすいていた。

一六

お島は父親が内へ入ってからも、しばらく裏の植木畑《うえきばた》のあたりをぶらついていた。どうせここにいても、母親と毎日毎日いがみあっていなければならない。いがみ合えば合うほど、自分の反抗心と、憎悪の念とが募って行くばかりである。長いあいだ忘れていた自分の子供の時分に受けた母親の仕打ちが、心に熟《う》みただれてゆくばかりである。一万二万と弟や妹の分け前はあっても、自分には一握《ひとつかみ》の土さえないことを思うとたよりなかった。それかと言って、養家へ帰れば、寄ってたかってきっと作と結婚しろと責められるにきまっていた。多くの取り引き先や出入《ではい》りの人たちには、もうそれが単なるうわさではなくて、事実となって刻まれている。お島は作の顔を見るのもいやだと思った。あの禿《は》げあがったような貧相らしい頸《えり》から、いつも耳までかかっている尨犬《むくいぬ》のような髪の毛や赤い目、鈍《のろ》くさい口のきき方や、卑しげな奴隷根性などが、一緒に育って来た男であるだけに、一層醜くも蔑《さげす》ましくも思えた。あんな男と一緒に一生暮らせようとは、どうしても考えられなかった。実母がそれを生意気だといってののしるのはまだしも、実父にまで、時々それを圧《お》しつけようとする口吻《こうふん》をもらされるのは、堪《た》えられないほど情けなかった。

大分たってからみんなの前へ呼ばれていった時、お島はやっと目ににじんでいる涙をふいた。

「わしもこの四、五日忙《せわ》しいんで、聞いてみるひまもなかったが、全体お前の了簡はどういうんだな。」

お島が太《ふ》てたような顔をして、そこへすわったとき、父親が硬《かた》い手に煙管《きせる》を取りあげながらたずねた。お島は曇《うる》んだ目つきをして、黙っていた。

「今日《こんにち》までのおっ母《か》さんの恩を考えたら、お前が作さんをきらうの何のと、わがままを言えた義理じゃなかろうじゃねえか。ようく物を考えてみろよ。」

「わたしはいやです。」お島は顔の筋肉をわななかせながら言った。

「他《ほか》の事なら、何でもして御恩返しをしますけれど、これだけはわたしいやです。」

父親は黙って煙管をくわえたままうつむいてしまったが、母親は憎さげにお島の顔をみつめていた。

「島、お前よく考えてごらんよ。みなさんの前でそんな御挨拶をして、それで済むと思っているのかい。義理としても、そうは言わせておかないよ。ほんとにあきれたもんだね。」

「どうしてまたそう作太郎をきらったものだろうねえ。」おとらは前屈《まえこご》みになって、華車《きゃしゃ》な銀煙管に煙草《たばこ》をつめながら一服ふかすと、「だからね、それはそれとして、とにかくわたしと一緒に一度かえっておくれ。そんなにいやなものを、わたしだって無理にとは言いませんよ。出入《ではい》りの人たちの口もうるさいから、今日はまあ帰りましょう。ねえ。話はあとでもできるから」となだめるように言って、そろそろ煙管をしまいはじめた。

お島をうなずかせるまでには、大分手間がとれたが、帰るとなると、お島は自分の関係がはっきりわかって来たようなこの家《うち》を出るのに、何の未練げもなかった。

「どうも済みません。いろいろ御心配をかけました。」お島はそう言って挨拶をしながら、おとらについて出た。

そしていつにかわらぬ威勢のいい調子で、気さくにおとらと話を交えた。

「男前がよくないからったって、そうきらったもんでもないいんだがね。」

おとらは途々《みちみち》お島に話しかけたが、とにかく作の事はこれきり一切口にしないという約束が取りきめられた。

一七

おとらは途《みち》で知り合いの人に行きあうと、きっとお島が、生家の母親の病気を見舞にいった体《てい》に吹聴していたが、お島にもその心算《つもり》でいるようにと言い含めた。

「作太郎にもあまりつんけんしない方がいいよ。あれだってお前、することはのろまでも、人間はいいものだよ。それにあの若さで、女買い一つするじゃなし、お前をお嫁にすることとばかり思って、ああやって働いているんだから。あれに働かしておいて、お島ちゃんが商売をやるようにすれば、鬼に鉄棒《かなぼう》というものじゃないか。お前は今にきっとそう思うようになりますよ。」おとらはそうも言って聞かせた。

お島は何だか変だと思ったが、だましたり何かしたら承知しないと、ひとりで決心していた。

家《うち》へ帰ると、気をきかしてどこかへ用達《ようた》しにやったとみえて、作の姿はどこにも見えなかったが、紙漉場《かみすきば》の方にいた養父は、おとらの声を聞きつけると、じきに裏口から上がって来た。お島はおとらに途々言われたように、「お父《とっ》さんどうも済みません」と、虫を殺してそれだけ言っておじぎをしたきりであったが、おとらが、さも自分が後悔してでもいるかのような取りなし方をするのを聞くと、急にいや気がさして、かっと目がくらむようであった。お島はこの家がにわかに居心《いごころ》がわるくなって来たように思えた。取り返しのつかぬ破滅《はめ》に陥《お》ちて来たようにも考えられた。

「あの時王子のお父《とっ》さんは、家へ帰って来るとお島は隅田川へ流してしまったといって、おっ母《か》さんに話したということは、お前も忘れちゃいないはずだ。」養父はねちねち
ちした調子で、そんな事まで言い出した。

お島はつんと顔をそむけたが、涙がほろほろと頰へ流れた。

「旧《もと》を忘れるくらいな人間なら、だめのこった。」

お島がいらいらして、そこを立ちかけようとすると、養父はまた言い足した。

「それで王子の方では、皆さんどんな考えだったか。よもやお前に理があるとは言う

まいよ。」

お島はうつむいたまま黙っていたが、気がじりじりして来て、じっとしていられなかった。

おとらが汐《しお》を見て、用事をいいつけて、そこをたたしてくれたので、お島はやっと父親のそばから離れることができた。そして八畳の納戸《なんど》で着物を畳みつけたり、散らかったそこいらを取り片づけて、ごみを掃き出しているうちに、自分がひどく脅《おど》かされていたような気がして来た。

夕方裏の畑へ出て、明朝《あした》のお汁《つゆ》の実にする菜っ葉をつみこんで入《はい》って来ると、今し方帰ったばかりの作が、台所の次の間で、晩飯の膳《ぜん》に向かおうとしていた。作は少し慍《おこ》ったようなふうで、お島の姿を見ても、声をかけようともしなかったが、大分たってから明朝《あした》の仕かけをしているお島のそばへ、汚《よご》れた茶碗や小皿《こざら》を持ち出して来た時には、やっぱりいつものとおり、にやにやしていた。

「きたない、そっちへやっとおき。」お島はそんな物に手も触れなかった。

一八

お島が作との婚礼の盃《さかずき》がすむか済まぬに、二度目にそこを飛び出したのは、その年の秋の末であった。

残暑のころから悩んでいた病気の予後を上州の方の温泉場で養生していた養父が、急にその事が気にかかり出したといって、予定よりもずっと早く、持っていった金も半分弱《たらず》も剰《あま》して、帰って来てから、この春の時に用意したお島の婚礼着の紋付や帯がまた箪《たん》笥《す》から取り出されたり、足りない物が買い足されたりした。

お島はこの夏は、いつもの養蚕時が来ても、毎年毎年しなれた仕事が、不思議に興味がなかった。そして病床に寝ている養父が、時々じれじれするほど、すべてのことに以前のような注意と熱心とを欠いて来た。家《うち》におって薬や食べ物の世話をしたり、汚《よご》れものを洗濯したりするよりも、市中や田舎の方の仕切り先を回って、うかうか時間を消すことが、多かった。七つのおりからの、いろいろの思い出をたどってみると、養父や養母に媚《こ》びるために、物の一時間もじっとしている時がないほど、がさつではあったが、きりきり働いて来たことが、今になってみると、自分にとって身にも皮にもなっていないような気がした。ある時は着物のできるのがうれしかったり、ある時は財産を譲り渡されるという、遠い先のことにおぼろげな矜《ほこ》りを感じていた。そして妹たちに比べて、自分の方が、一層慈愛深い人の手に育てられている一人娘の幸福をよろこんでいた。

「お島さんお島さん」といって、周囲の人が、挙《こぞ》って自分を崇《あが》めているようにも見えた。馬糧用達《ようたし》の西田の爺《じじ》いから、不断ここの世話になっている、小作人に至るまで、お島では随分助かっている連中も、お島が一切を取り仕切る時の来るのを待ち設けているらしくも思われた。

「くよくよしないことさ。今にみんなよくしてあげようよ。ここの身代一つつぶそうと思えば、何でもありやしない。」

お島は借金の言い訳に、ぺこぺこしている男を見ると、そういって大束《おおたば》をきめ込んだ。病気の間もそうであったが、養父が湯治に行ってからは、青柳がまたちょくちょく入り込んでいた。それでなくとも、十年来住みなれて来ながら、一生ここで暮らせようとは思えなくなった家に、めっきり親しみがなくなって来たお島は、よく懇意の得意先へあがっていって、半日も話し込んでいた。主人《あるじ》に代わって、店頭《みせさき》にすわってお客にお世辞を振りまいたり、気の合った内儀《かみ》さんの背後《うしろ》へまわって髪を取りあげてやったりした。

「わたし二、三年東京で働いてみようかしら。」お島は何か働きがいのある仕事に働いてみたい望みがわいていた。

「戯談《じょうだん》でしょう。」内儀さんは笑っていた。

「いいえまったく。わたしこのごろつくづくあの家がいやになってしまったんです。」

「でもあなたにぬけられちゃ、お家で困るでしょう。」

「どうですかね。安心してわたしに委《まか》せておけないような人たちですからね。何をしでかすかと思って、おっかないでしょう。」お島はおかしそうに笑った。目こする間《ま》に、さっさと髷《まげ》に取り揚げられた内儀《かみ》さんの頭髪《あたま》は、地《じ》がところどころ引き釣るようで、痛くてしかたがなかった。

一九

お島はある時は、それとなく自分に適当した職業を捜そうと思って、人にも聞いてみたり、自分にも市中をぶらついてみたりしたが、自分の知識が許しそうな仕事で、一生懸命になりうるような職業はどこにも見当たらなかった。すわって事務を取るようなところは、ろくろく小学校すら卒業していない彼女の学力が不足であった。

お島は時とすると、口入れ屋の暖簾《のれん》をくぐろうかと考えて、その前を往《い》ったり来たりしたが、そこに田舎の駈出《かけだ》しらしい女の無知な表情をした顔だの、みすぼらしい蝙蝠《こうもり》や包みやレーザの畳のついた下駄などが目につくと、もういやになって、その仲間に成り下がってまでゆこうという勇気は出なかった。

お島は日がくれても家《うち》へ帰ろうともしず、上野の山などにひとりでぼんやり時間を消すようなことが多かった。山の下の多くの飲食店や商い家《や》には灯《ひ》が青黄色い柳の色と一つに流れて、そこを動いている電車や群衆の影が、夢のように動いていた。お島はそんな時、恩人の子息《むすこ》で、今アメリカの方へ行っているという男のことなどを憶《おも》い出していた。そして旅費さえぬすみ出すことができれば、いつでもその男をたよって、外国へ渡って行けそうな気さえするのであった。

「ここまで漕《こ》ぎつけて、今ひと息というところで、あの財産をうっちゃって出るなんて、そんなやつがあるものか。」

お島がその希望をほのめかすと、西田の老人は頭からそれを排斥した。この老人の話によると、養家の財産は、お島などの不断考えているよりは、はるかに大きいものであった。動産不動産を合わせて、十万より凹《へこ》むことはなかろうというのであった。床下の弗函《どるばこ》にしまってあるという有り金だけでも、少ない額ではなかろうというのであった。そのなかには幾分例の小判もあろうという推測も、あながちうそではなかろうと思われた。

小《こま》かい子供を多勢持っているこのおじいさんも、旧《もと》はやっぱりお島の養父から、資金の融通を仰いだ仲間の一人《いちにん》であった。今でも未償却のままになっている額が、少なくなかった。老人は、何をおいてもまず、欲を知らなければ一生の損だということをお島にくどくど言いきかした。

お島はそれでその時はまた自分の家《うち》の閾《しきい》をまたぐ気になるのであったが、この老人や青柳などの口ききで、婿が作以外の人に決めらるるまでは、動きやすい心が、ともすると家を離れて行こうとした。

二〇

婚礼ざたが初まってから、毎日のように来ては養父母と内密《ないしょ》で談《はなし》をしていた青柳は、その当日も手すきを見てはやって来て、床の間に古風な島台を飾りつけたり、どこか持って来た箱のなかから鶴亀《つるかめ》の二幅対《ふくつい》を取り出して、懸《か》けてながめたりしていた。

「今度という今度は島ちゃんもにげ出す気づかいはあるまい。おれの弟は男がいいからね。」青柳はそう言いながら、この二、三日得意先まわりもしないでいるお島の顔をながめた。青柳は頭顱《あたま》の地がやや薄く透けてみえ、明るみで見ると、小鬢《こびん》に白髪《しらが》も幾筋かちかちかしていたが、顔はてらてらして、張りのある美しい目をしていた。弟はそれほど立派ではなかったがすったもんだのあげくに、札《ふだ》がまたその男におちたと聞かされたとき、お島は何となく晴れがましいような気がせぬでもなかった。彼はそのころ通いつつある工場の近くに下宿していて、兄の家にはいなかった。お島はこの正月以来その姿を見たこともなかった。一度自分に付文《つけぶみ》などをしてから、妙に疎々《うとうと》しくなっていたあの男が、婚礼の晩にどんな顔をして来るかと思うと、それが待ち遠しいようでもあり、不安なようでもあった。

その日は朝からお島は、気がそわそわしていた。そしてまだ夜露のじとじとしているような畠《はたけ》へ出て、根芋《ねいも》を掘ったきりで、何事にも外の働きはしなかった。畑《はた》にはもう刈り残された玉蜀黍《とうもろこし》や黍《きび》に、ざわざわした秋風が渡って、さえずりかわしてゆく渡り鳥の群れが、晴れきった空を遠く飛んで行った。

午《ひる》ごろに頭髪《かみ》ができると、自分が今婚礼の式を挙《あ》げようとしていることが、一層はっきりして来るようであったが、その相手が、十三、四のころからなじんで、よくからかわれたり何かして来た気象の剽軽《ひょうきん》な青柳の弟に当たる男だと思うと、あらたまったような気分にもなれなかった。おとらと三人でいる時でも、青柳はよくめきめき娘になってゆくお島の姿形をながめて、おとらに油断ができないと思わせるようなみだらなことばを浴びせかけた。

作太郎はというと、彼も今日は一日一切の仕事を休ませられて、朝から床屋へいったり、湯に入《はい》ったりしてめかしていた。そしてお島の顔さえみるとにこにこして、座敷へ入って、ごたごた積み重ねられてある諸方からの祝いの奉書包みや目録を物珍しそうにながめていた。

頼んであった料理屋の板前が、車に今日の料理を積ませて曳《ひ》き込んで来たころには、羽織袴《はおりはかま》の世話焼きが、そっち行きこっちいきして、家《うち》じゅうが急に色めき立って来た。そのなかには、始終気づかわしげな顔をして、ひそひそ話をしている西田の老人もあった。

「今夜にげ出すようじゃ、お島さんも一生まごつきだぞ。何でもいいから、おれに委《まか》して我慢をしておいで。」

箪笥《たんす》によりかかって、ぼんやりしているお島の姿を見つけると、老人はそばへよって来て力をこめて言いきかせた。

二一

お島が、これも当夜の世話をしに昼から来ていた髪結いに、黒の三枚襲《がさ》ねを着せてもらったころには、王子の父親も古めかしい羽織袴をつけ、扇子などを帯にはさんで、もうやって来ていた。あまり人なかへ出たことのない母親は、初めから来ないことになっていた。

川へすてようかとまで思い余したお島が、ここの家を相続することになりさえすれば、婿がだれであろうと、そんな事には頓着《とんちゃく》のない父親は、お島の姿を見ても見ぬ振りをして、茶の間で養父と、地所や家屋に関して世間話にふけっていた。日ごろ内輪同様にしている二、三の人の顔もそこに見えた。不断養父らの居間にしている六畳の部屋《へや》に敷かれた座ぶとんも、大概ふさがっていた。なかには濁声《だみごえ》で高話をしている男もあった。

外が暗くなる時分に、白粉《おしろい》をこてこて塗って繰り込んで来た若い女連とむだ口をきいたりして、お島は時の来るのを待っていた。女連は大方は一度か二度以上口をききあった人たちであったが、それがいずれも、式のあとの披露《ひろう》の席に、酌や給仕をするためにやとわれて来たのであった。そのなかには着物の着こなしなどの、きりりとした東京ものもいた。

女たちが、膳椀《ぜんわん》などの取り出された台所へ出て行く時分に、やっと青柳の細君や髪結いにつれられて、お島は盃《さかずき》の席へ直された。

「まあ今日《こんにち》のベールだね」などと、青柳が心持ちわなないているお島の綿帽子をながめながら気軽そうに言った。そんな物を着ることをお島が拒んだので、着せる着せないで談《はなし》がその日ももつれていたが、とうとう被《かぶ》せられることになってしまった。

盃がすむと、お島は逃げるようにして、自分の部屋へ帰って来た。それまでお島は綿帽子をぬぐことを許されなかった。

着替えをして、再び座敷の入り口まで来たときには、人の顔がそこにいっぱい見えていたが、手をひかれて自分の席へ落ち着くまでは、今日の盃の相手が、作であったことには少しも気がつかなかった。折り目の正しい羽織袴をつけて、彼はそこに窮屈そうにすわっていた。そして物におびえたような目で、お島をじろりと見た。

お島は頭脳《あたま》が一時にかっとして来た。女たちの姿の動いている明るいそこいらに、旋風《つむじ》がおこったような気がした。そしてじっとうつむいていると、からだがぞくぞくして来てしかたがなかった。

「どうだい島ちゃん、こうして並んでみると万更《まんざら》でもないだろう。」青柳が一、二杯猪口《ちょこ》をあけた時分に、前屈《まえこご》みになってなめるような調子で、そっとお島の方へ声かけた。

吸い物椀《わん》にぎこちない箸《はし》をつけていた作は、「えへへ」と笑っていた。

お島は年取った人たちのすることや言うことが、恐ろしいような気がしていたが、作の物をむさぼり食っている様子が神経に触れて来ると、胸がむかむかして、からだじゅうがふるえるようであった。やがてふらふらとそこをたったお島の顔は真蒼《まっさお》であった。

二、三人の人が、ばらばらとあとを追って来たとき、お島は自分の部屋で、夢中で着物をぬいでいた。

二二

追いかけて来た人たちは、いろいろにいってお島をなだめたが、お島は箪笥《たんす》をはめ込んである押入れの前にぴったりくっついたなりで、身動きもしなかった。

「これあしょうがない。」幾たび手を引っぱっても出て来ぬお島の剛情にあきれて、青柳が出ていったあとに、西田の老人と王子の父親とが、そこへお島を引き据えて、低声《こごえ》で脅《おど》したりすかしたりした。

「あれほどおれが言っておいたに、今ここでそんなことを言い出すようじゃ、まるで打《ぶ》ちこわしじゃないか。」おじいさんはくやしそうに言った。

「ですから行きますよ。少し気分がよくなったらきっと行きます。」お島は涙をふきながら、やっと笑い顔を見せた。

「いやなものはいやでいいてこと。それはそれとしてどこまでもがんばっていなければ損だよ。なに財産と婚礼するのだと思えば肚《はら》はたたねえ。」おじいさんは、そう言いながら、やっと安心して出て行った。

しんとして白《しら》けていた座敷の方が、また色めき立って来た。ちょいちょい立ってはお島をのぞきに来た人たちも、やっと席に落ち着いて、銚子を運ぶ女の姿が、ひとしきり忙《せわ》しく往来《ゆきき》していた。

「おい島ちゃん、そんなに拗《す》ねんでもいいじゃないか。」作が部屋の前を通りかかったとき、薄暗がりのなかにお島の姿を見つけて、言い寄って来た。お島は帯をときかけたままの姿で、押入れによっかかって、組んだ手のうえに面《おもて》を伏せていた。痼癪《かんしゃく》まぎれに頭顱《あたま》を振りたくったとみえて、きれいに結った島田髷《しまだまげ》の根が、がっくりとなっていた。お島は酒くさい熱い息がほっと、自分の顔へ通《かよ》って来るのを感じたが、同時に作の手が、脇明《わきあき》のところへ触れて来た。

「何をするんだよ。」お島はいきなり振りかえると、平手でぴしゃりとその顔を打《ぶ》った。

「おお痛《いて》え。えれえ見脈《けんまく》だな。」作は頬《ほお》っぺたをおさえながら、うらめしそうにお島の顔をながめていた。

髪結いが来て、顔を直してくれてから、お島が再び座敷へ出て行ったころには、席はもう乱れ放題に乱れていた。お島はぐでぐでに酔っている青柳に引っぱられて、作のそばへ引きすえられたが、父親や養父の姿はもうそこには見えなかった。作は四、五人の若いものに取り囲まれて、しきりに酒をしいられていたが、その目は見据わって、あんぐりした口やぐたりとしたからだが、たわいがなかった。

二三

その夜の黎明《ひきあけ》に、お島が酔いつぶれた作太郎の寝息をうかがって、そこを飛び出したころには、おしまいまで残ってつい今し方まで座敷で騒いで、ぐでぐでに疲れた若い人たちも、もう寝静まってしまっていた。

お島は庭の井戸の水で、白粉《おしろい》のはげかかった顔を洗いなどしてから、裏の田圃道《たんぼみち》まで出て来たが、濛靄《もや》の深い木立《こだち》ぎわの農家の土間から、釜の下を焚《た》きつける火の影が、ちょろちょろ見えたり、田圃へ出て行く人の寒そうな影が動いていたりした。じっとりした往来には、荷車の軋《きし》みが静かなあたりに響いていた。徹宵《よっぴて》眠られなかったお島は、熱病患者のようにほてった頬を快い暁の風に吹かれながら、野良道《のらみち》を急いだ。酒くさい作の顔や、ごつごつした手足が、まだ頬やからだにまつわりついているようで、気味がわるかった。

王子の町近く来た時分には、もう日が高くのぼっていた。そこにもここにも烟《けぶり》が立って、目ざめた町の物音が、ごやごやと聞こえていた。

「今時分はみんな起きて騒いでるだろうよ。」お島はそう思いながら、町はずれにある姉の家《うち》の裏口の方へ近寄っていった。

山茶花《さざんか》などの枝葉の生《お》い茂った井戸ばたで、子供を負《おぶ》いながら襁褓《むつぎ》をすすいでいる姉の姿が、垣根のうちに見られた。花畠の方で、手桶《ておけ》から柄杓《ひしゃく》で水をくんでは植木に水をくれているのは、以前生家《さと》の方にいた姉の婿であった。水入らずで、二人《ふたり》でこうして働いている姉夫婦の貧しい生活が、今朝《けさ》のお島の混乱した頭脳《あたま》にはうらやましく思われぬでもなかった。姉は自分から好きこのんで、貧しいこの植木職人と一緒になったのであった。畠には春になってから町へ持ち出さるべき梅や、松などがどっさり植えつけられてあった。旭《あさひ》が一面にきらきらとさしていた。はね釣瓶《つるべ》が、ぎーいとゆるい音を立てて動いていた。

「長くはいませんよ、ほんの一日か二日でいいから。」お島はそう言って、姉に頼んだ。そして、いきなり洗いものに手を出して、水をくみそそいだり、絞ったりした。

「そんな事をしていいのかい。どうせおわびを入れて、こっちから帰って行くことになるんだからね。」姉は手ばしこく働くお島の様子をながめながら、子供をゆすりゆすり突っ立っていた。

「なに、そんな事があるもんですか。何といったって、わたし今度という今度は帰ってなんかやりませんよ。」

お島は絞ったものを、片端から日当たりのいいところへ持っていって棹《さお》にかけたりした。日光が腫《は》れただれたように目にしみ込んで、頭痛がし出して来た。

「またお島ちゃんが逃げて来たんですよ。」姉は良人《おっと》に声かけた。

良人は柄杓《ひしゃく》を持ったまま「へへ」と笑って、お島の顔をながめていた。お島もまぶしい目をふいて笑っていた。

二四

晩方近くに、様子を探りかたがた、ここからいくらもない生家を見舞った姉は、養家の方からお島を尋ねに出向いて来た人たちが、その時ちょうど奥で父親とその話をしているところを見て帰って来た。それらの人をねぎらうために、台所で酒の下物《さかな》のしたくなどをしていた母親と、姉はしばらく水口のところで立ち話をしてから、お島のところへ戻って来たのであった。

「島ちゃん、お前さん今のうちちょっと顔をだしといた方がいいよ。」

一日痛い頭脳をかかえて奥で寝ころんでいたお島のそばへ来て、姉は説き勧めた。

お島は何だか胸がむしゃくしゃしていた。今夜にも旅費をこしらえて、田舎の方にいる兄のところへ遠《とお》っ走《ぱし》りをしようかとも考えていた。どこか船で渡るような遠い外国へいって、労働者の群れへでも身を投じようかなどと、棄鉢《すてばち》な空想にふけったりした。夜明け方まで作とたたかったたからだのふしぶしが、ところどころ痛みをおぼえるほどであった。

姉婿も同じようなことを言って、お島に意見を加えた。お島はくどくどしいそれらの忠告が、耳にも入《はい》らなかったが、いつまでがんばってもいられなかった。

「ふん、お父《とっ》さんやおっ母《か》さんに、わたしのことなんかわかるものですか。あいつらは寄ってたかってわたしをいいようにしようと思っているんだ。」お島はぷりぷりしてつぶやきながら出ていった。

外はもうとっぷり暮れて、立ちのぼった深い水蒸気のなかに、山の手線の電燈や、人家の灯影《ほかげ》が水々して見えた。茶畑などの続いている生家《さと》の住居《すまい》の周囲《まわり》の垣根《かきね》のあたりは、一層静かであった。

お島が入っていった時分には、もうみんなは弓張り提灯《ぢょうちん》などをともして、一同引き揚げていったあとであった。お島は両親《ふたおや》の前へ出ると、急に胸苦しくなって、昨夜《ゆうべ》から張り詰めていた心が一時に弛《ゆる》ぶようであった。

「御心配をかけて、どうも済みません。」お島はそう言っておじぎをしようとしたが、筋肉がこわばったようで首も下がらなかった。

「なんてばかなまねをしてくれたんだ。」父親はお島に口も開《あ》かせず、いきなり熱《いき》り立って来たが、養家の財産のために、何事にも目をつぶろうとして来たらしい父親の心が、やっとお島にも見えすいて来た。

二五

お島が数度《すど》の交渉の後、とうとうまた養家へ帰ることになって、青柳につれられて家を出たのは、ある日の晩方であった。

お島はそれまでに、幾たびとなく父親や母親に逆らって、彼らを怒らせたり悲しませたり、絶望させたりした。めったに手荒なことをしたことのなかった父親をして、しまいにお島の頭髪《たぶさ》をつかんで、彼女をそこにねじ伏せて打《ぶ》ちのめすような憤怒を激発せしめた。お島を懲らしておかなければならぬような報告が、この数日のあいだに養家から交渉に来た二、三の顔利きの口から、父親の耳へも入っていた。それらの人の話によると、安心して世帯を譲りかねるような挙動《ふるまい》が、お島に少なくなかった。金づかいの荒いことや、気前のよすぎることなどもその一つであった。おとらと青柳との秘密を、養父に言いつけて、内輪もめをさせるというのもその一つであったが、すべてをひっくるめて、養家に辛抱しようという堅い決心がないというのが、養父らのお島に対する不満であるらしかった。

「だから言わんこっちゃない。稚《ちい》さい時分からわたしが黒い目でちゃんとにらんでおいたんだ。こっちから出なくたって、先じゃとうの昔に愛相《あいそ》をつかしているのだよ。」母親はまた意地っぱりなお島の幼《ちいさ》い時分のことを言い出して、まだ娘に愛着を持とうとしている未練げな父親をのろった。

「こんなやくざものに、五万十万という身上《しんしょう》を渡すようなばかが、どこの世界にあるものか。」

太《ふ》てていて、飯にも出て来ようとしないお島を、妹や弟の前で口ぎたなくあざけるのが、この場合母親にとって、自分に隠して長いあいだお島をかばいだてして来た父親に対する何よりの復讐《ふくしゅう》であるらしく見えた。

お島も負けていなかった。母親が、角張って度強《どづよ》い顔に、青い筋を立てて、わなわなふるえるまでに、毒々しい言葉を浴びせかけて、幼いおりの自分に対する無慈悲を数えたてた。目からはぽろぽろ涙が流れて、抑《おさ》えきれない悲しみが、やる瀬なくわきたって来た。

「手前《てめえ》」とか、「くたばってしまえ」とか、「親不孝」とか、「鬼婆」とか、「子殺し」とかいうようなありたけの暴言が、激しきった二人《ふたり》の無思慮な口から、しきりにほとばしり出た。

そんな争いの後に、お島は言葉巧みな青柳につれられて、またすごすご家《うち》を出て行ったのであった。

二六

その晩は月はどこの森の端《は》にも見えなかった。深く澄みわたった大気の底に、銀梨地《ぎんなしじ》のような星影がちらちらして、水藻《みずも》のような蒼《あお》い濛靄《もや》が、一面に地上から這《は》いのぼっていた。思いがけない足もとに、濃い霧を立てて流れる水の音が、ちょろちょろと聞こえたりした。お島はこの二、三日、気が狂ったような心持ちで、あらん限りの力を振り絞って、母親とたたかって来た自分が、不思議なように考えられた。時々顔を上げて、彼女は太息《といき》をもらした。道が人けの絶えた薄暗い木立《こだち》ぎわへ入《はい》ったり、線路ぞいの高い土堤《どて》の上へ出たりした。底にはレールがきらきらと光って、虫が芝生に途ぎれ途ぎれに啼《な》き立っていた。青柳がいなければ、お島はそこに疲れたからだを投げ出して、ひとりでいつまでも心の限り泣いていたいとも考えた。

けれどお島は、長くは青柳と一緒に歩いてもいなかった。松の下に、墓石や石地蔵《いしじぞう》などのちらほら立った丘のあたりへ来たとき、さっきからお島がかすかな予感におびえていた青柳の気まぐれな思い付きが、とうとう彼女の目の前に、実となって現われた。

「ちょッ……戯談《じょうだん》でしょう。」

道ばたに立ちすくんだお島は、いたずらな男の手を振り払って、笑いながら、さっさと歩きだした。

甘い言葉をかけながら、青柳はしばらく一緒に歩いた。

「おっ母《か》さんにしかられますよ。」お島は軽《かろ》くあしらいながら歩いた。

「現にそのおっ母さんがどうだと思う。だから、あの家《うち》のことは、一切おれの掌《て》のうちにあるんだ。ここで島ちゃんの籍をぬいてしまおうと、無事に収めようと、すべておれの自由になるんだよ。」

威嚇《いかく》のことばと誘惑の手からのがれて、絶望と憤怒に男をいら立たせながら、もとの道へかけ出すまでに、お島はかなりもがき争った。

じきにお島は、息せき家へかけつけて来た。そしていきなり父親の寝室《ねま》へ入って行った。

「それがほんとうとすれあ、おれにだって言い分があるぞ。」いつか眠りについていた父親は、床のうえに起きあがって、煙草をふかしながら考えていた。

「あいつはあんなやつですよ。畜生、人を見そこなっていやがるんだ。」お島は乱れた髪をかきあげながら、腹立たしそうに言った。そしてはずんだ調子で、現場の模様を誇張して話した。父の信用をとりかえせそうなのと、母親に鼻を明かさせるのが、気色がよかった。

二七

お島が不断から目をかけてやっている銀さんという年取った車夫が、だれのさしずとも知れず、俥《くるま》を持って迎えに来たのは、お島たちがやっと床につこうとしているころであった。

「何だ今時分……。」玄関わきの部屋《へや》に寝ていたお島は、その声を聞きつけると、寝衣《ねまき》に着替えたまま、門の潜《くぐ》りをあけに出たが、盆暮れにお島が子供に着物や下駄を買ってくれたり、餅をついてやったりしていた銀さんは、どうでも今夜じゅうに帰ってくれないと、家の首尾がわるいと言って、門の外に立ったまま動かなかった。

「きっと青柳とおっ母さんと相談ずくで、よこしたんだよ。」お島は一応その事を父親に告げながら笑った。

父親は、お島から養家のいろいろの事情を聞いて、七分通りあきらめているようであったが、やっぱりこのまま引き取ってしまう気にはなっていなかった。作太郎と表向き夫婦にさえなってくれれば、少しくらいの気ままや道楽はしても、大目に見ていようといったという養母の弱味なども、父親には初耳であった。

「芸人を買おうと情人《おとこ》をこしらえようとお前の腕ですることなら、ちっともかまやしないなんて、そこは自分にも覚えがあるもんだから、お察しがいいと見えて、よくそう言いましたよ。どうして、あのおっ母さんは、若い時分はもっと悪いことをしたでしょうよ。」お島は頑固な父親をおひゃらかすように、そうも言った。

そんな連中のなかにお島をおくことの危険なことが、今夜の事実と照り合わせて、一層はっきりして来るように思えた父親は、いよいよお島を引き取ることに、決心したのであったが、迎えが来たことが知れると、やっぱり心が動かずにはいなかった。

「作さんをきらって、お島さんが逃げたっていうんで、近所じゃ大評判さ。」とにかく今夜は帰ることにして、銀さんは、ようようお島を俥《くるま》に載せると、梶棒《かじぼう》につかまりながら話しはじめた。

「だが今あすこを出ちゃ損だよ。あの身代を人に取られちゃ詰まらないよ。」

「作のばかはどんな顔をしている。」お島は車のうえから笑った。

家《うち》へ入っても、いつものように父親の前へ出てあやまったり、おじぎをしたりする気になれなかったお島は、自分の部屋へ入ると、急いで寝じたくに取りかかった。

「帰ったら帰ったと、なぜおれんとこへ来て挨拶をしねえんだ。」養母にさえられながら、疳癪声《かんしゃくごえ》を立てている養父の声が、お島の方へ手に取るように聞こえた。

「お前がまたわるいよ。」おとらは、寝衣《ねまき》のまま呼びつけられて枕もとにすわっているお島をたしなめた。

「それに自分の着物を畳《たた》みもせずに、脱ぎっぱなしで寝てしまうなんて、それだからお父《とっ》さんも、この身上《しんしょう》は譲られないと言うんじゃないか。」

剛情なお島は、とうとう麺棒《めんぼう》でなぐられたり足蹴《あしげ》にされたりするまでに、養父の怒りを募らせてしまった。

二八

植源《うえげん》という父の仲間うちの隠居の世話で、父や母にやいやい言われて、翌年《よくとし》の春、神田の方のある鑵詰屋《かんづめや》へ縁づかせられることになったお島は、長いあいだの掛け合いで、やっと幾分かを養家から受け取ることのできた着物や頭髪《あたま》のものを持って、心さびしい婚礼をすましてしまった。

植源の隠居の生まれ故郷から出て来て、長いあいだ店でも実直に働き、得意先まわりにも経験を積み、北海道の製造場にも二年弱《たらず》もいて、職人と一緒に起臥《おきふし》して来たりした主人は、お島より十近《とおぢか》くも年上であったが、家付きの娘であった病身がちのその妻と死に別れたのは、つい去年の秋のころだというのであった。

鶴《つる》さんというその主人を、お島の姉もよく知っていた。神田の方のある棟梁《とうりょう》の家から来ている植源の嫁も、その主人のことを始終鶴さん鶴さんといって、うわさしていた。植源の嫁は、生家《さと》の近所にあったその鑵詰屋のことを、何でもよく知っていたが、色白で目鼻立ちのやさしい鶴さんをも、まだ婿に直らぬずっと前から知っていた。そのころ鶴さんは、鳥打ち帽をかぶって、自転車で方々の洋食店のコック場や、普通の家の台所へ、自家製の鑵詰ものや、西洋食料品の注文を持ちまわっていた。

先《せん》の上《かみ》さんが、肺病で亡くなったことを、お島はいよいよ片づくという間ぎわまで、だれからも聞かされずにいたが、姉の口からふとそれがもれたときには、何だかいやなような気もした。

「先の上さんのような、しなしなした女は懲り懲りだ。何でも丈夫で働く女がいいと言うのだそうだから、島ちゃんなら持って来いだよ。」姉は肥《ふと》りきったお島の顔をながめながらからかったが、男のいい鶴さんを旦那に持つことになったお島の果報に嫉妬を持っていることが、お島に感づかれた。死んだ上さんの衣装が、そっくりそのまま二階の箪笥に二棹《さお》もあるということも、姉にはうらやましかった。

結納《ゆいのう》の取りかわせがすんで、目録が座敷の床の間にうやうやしく飾られるまでは、お島は天性《もちまえ》の反抗心から、はたで強《し》いつけようとしているようなこの縁談について、結婚を目の前に控えている多くの女のように、素直な満足と喜悦《よろこび》に和らぎ浸ることができずに、暗い日陰へ入《はい》っていくような不安を感じていた。養家にいた今までの周囲の人たちに対する矜《ほこ》りを傷つけられるようなのも、肩身が狭かった。作太郎に嫁が来たといううわさが、年のうちにこっちへも伝わっていた。お島はそのことを、糧秣《りょうまつ》問屋のじいさんからも聞いたし、その土地の知り合いの人からも話された。その嫁はお島も知っている、男に似合いの近在の百姓家の娘であった。

「あのばかが、どんな顔してるか一度見にいってやりましょうよ。」お島はおもしろそうに笑ったが、何かにつけ、それを引き合いに自分をわるく言う母親などから、そんな女と一つに見られるのが腹立たしかった。

二九

結婚の翌日、新郎の鶴さんは朝早くから起き出して、店で小僧と一緒に働いていた。昨夜《ゆうべ》ごく親しい少数の人たちを呼んで、二人《ふたり》が手軽《てがる》な祝言をすました手狭《てぜま》な二階の部屋《へや》には、まだ新郎の礼服がしまわれずにあったり、新婦の紋付や長襦袢《ながじゅばん》が、屏風の陰に畳《たた》みかけたまま重ねられてあったりした。蓬莱《ほうらい》を飾った床の間には、いろいろの祝い物が秩序もなくおかれてあった。

客がみなお開きになってからも、それだけは新調したらしい黒羽《くろは》二重《ぶたえ》の紋付をぬぐ間がなく、新郎の鶴さんは二度も店へ出て、戸締まりや何かを見まわったりしていたが、いつのまにかだれが延べたともしれぬ寝床のそばにすわっているお島のそばへ戻って来ると、いきなり自分の商売上のことや、財産の話を花嫁にして聞かせたりした。そして病院へ入れたり、海べへやったりして手を尽くして来た、前《せん》の上《かみ》さんの病気の療治に骨の折れたことや、金のかかった事をもこぼした。先代の時から続いてやっている、確かな人に委《まか》せて、監督させてある北海道の方へも、東京での販路拡張の手隙《てすき》には、年に一度くらいは行ってみなければならぬことも話して聞かせた。そういう時には、お島は店を預かって、しっかりやってくれなければならぬというので、多少そんなことに経験と技量のあるように聞いているお島に、望みをおいているらしかった。

部屋などの取り片づけをしているうちに、翌日一日はじきにたってしまった。お島は時々細かい格子《こうし》のはまった二階の窓から、往来をながめたり、向かいの化粧品屋や下駄屋や莫大小《めりやす》屋の店を見たりしていたが、檻《おり》のような窮屈な二階にすくんでばかりもいられなかった。それで階下《した》へおりてみると、下は立て込んだ廂《ひさし》の差しかわしたあいだから、やっとかすかな日影が茶《ちゃ》の室《ま》の方へもれているばかりで、そこにも荷物が沢山入れてあった。店には厚司《あつし》を着た若いものなどが、帳場の前の方に腰かけていた。鶴さんがそこにすわって帳簿を見たり、新聞を読んだりしていた。お島はそこへ姿を現わして、しばらくすわってみたがやっぱり落ち着きがなかった。
　二日三日と日がたって行った。お島は頭髪《あたま》を丸髷《まるまげ》に結って、少しは帳場格子のなかにすわることにもなれて来たが、鶴さんはどうかすると自転車で乗り出して、半日の余《よ》も外回りをしていることがあった。そして夜は疲れて早くから二階の寝床へ入ったが、お島はだんだん日の暮れるのを待つようになって来た、自分の心が不思議に思えた。姉や植源の嫁が騒いでいるように、鶴さんがそんなに好《い》い男なのかと、時々帳場格子のなかにすわっている良人《おっと》の顔をながめたり、ひとりいるときに、そんな思いを胸に育《はぐく》み温《あたた》めていたりして、自分の心が次第に良人の方へひきつけられてゆくのを、感じないではいられなかった。

三〇

　うららかな春らしい天気の続いたある日、鶴さんは一日つぶしてお島と一緒に、媒介《なこうど》の植源などへ礼まわりをした。それからお島の生家《さと》の方へもいってみようかと言い出した。同じ鑵詰屋《かんづめや》を出している、前の上さんの義理の弟――先代の妾《めかけ》とも婢《はした》とも知れないようなある女にできた子供――のいる四谷の方へもお島は顔出しをしなければならないように言われていたが、それはもう商売上の用事で、二度も尋ねて来たりして、大概その様子がわかっていたが、鶴さんはそのお袋が気に食わぬといって、あと回しにすることにした。

お島はこのごろようやく落ち着いて来た丸髷《まるまげ》に、赤いのは、道具の大きいやや強味《きつみ》のある顔に移りが悪いというので、オレンジがかった色の手絡《てがら》をかけて、こってりと濃い白粉《おしろい》にいくらか荒性《あれしょう》の皮膚を塗りつぶして、首だけできあがったところで、何を着て行こうかと思い惑っていた。

鶴さんはそばで、髷《まげ》の型の大きすぎたり、化粧の野暮《やぼ》くさいのに、当惑そうな顔をしていたが、着物の柄《がら》も、鶴さんの気に入るような落ち着いたのは見当たらなかった。

「かねのを少し出してごらん。お前に似合うのがあるかもしれない。」

鶴さんはそう言って、押入れの用箪笥《ようだんす》のなかから、じゃらじゃら鍵《かぎ》を取り出して、そこへほうり出した。

「でも初めていくのに、そんな物を着てなぞ行かれるものですか。」

「それもそうだな。」と、鶴さんはさびしそうな顔をして笑っていた。

「それにおかねさんの思いに取っ着かれでもしちゃ大変だ。」お島はそう言っては自分の箪笥のなかを引っくら返していた。

「でもどんな意気なものがあるんだか拝見しましょうか。」

「何のかのと言っちゃ、四谷のお袋が大分持っていったからね。」鶴さんは心からそのお袋を好かぬらしく言った。

「あの欲ばり婆《ばば》あめ、これも廃《すた》れた柄だ、あれも老人《としより》じみてるといっちゃ、かねの生きてるうちから、ぽつぽつ運んでいたものさ。」鶴さんはさも惜しいことをしたように、舌打ちばかりしていた。

お島は錠をはずして、抽斗《ひきだし》を二つ三つぬいて、そっちこっち持ちあげてのぞいていたが、お島の目には、まだそれがじみすぎて、着てみたいと思うようなものは少なかった。

「そんなに思いをかけてる人であるなら、みんなくれておしまいなさいよ。その方がせいせいして、どんなにいいかしれやしない。」お島は蓮葉《はすっぱ》に言って笑った。

「戯談《じょうだん》じゃない。くれるくらいなら古着屋へ売っちまう。」

とにかく二人《ふたり》は初めてそろって、外へ出てみた。鶴さんは先へ立って、近所隣をさっさと小半町も歩いてから振りかえったが、お島はクレーム色のパラソルに面《おもて》を隠して、長襦袢《ながじゅばん》の裾《すそ》をひらひらさせながら、足早に追っついて来た。外はようやくぽかぽかする風に、軽く砂がたって、いつのまにか芽ぐんで来た柳条《やなぎのえだ》が、たおやかにしなっていた。お島は何となく胸をそそられるようで、今までとはまるでちがった明るい世間へ出て来たような歓喜を感じていたが、良人《おっと》の心持ちがまだ底の底からくみ取れぬような不安と哀愁とが、時々心を曇らせた。今まで人に恵んだり、助力を与えたりしたことは、養父母の非難を買ったほどであったが、矜《ほこ》りと満足はあっても、心から愛しようと思おうとしたような人は、一人《いちにん》もなかった。ほんとに愛せられることもかつてなかった。愛しようと思う鶴さんの心の奥には、まだおかねの亡霊が潜みわだかまっているようであった。鶴さんは、それはそれとして大事に秘めておいて、自身の生活の単なる手助けとして、自分を迎えたのでしかないように思えた。ならんで電車に乗ってからも、お島はそんなことを思っていた。

三一

奉公人などに酷だというので、植源いこうか茨背負《ばらしょ》おうか、ということばと共に、界隈《かいわい》では古くから名前の響いたその植源は、お島の生家《さと》などとは違って、かなり派手な暮らしをしていたが、今は有名なやかまし家《や》の女隠居も年取って、家風はいくらかゆるんでいた。お島は一、二度ここへ来たことはあったが、奥へ入ってみるのは、今日《きょう》が初めであった。

大政《だいまさ》の娘である嫁のおゆうが、鶴さんの口にはゆうちゃんと呼ばれて、小僧時代からのなじみであることが、お島には何となし不快な感を与えたが、それもしみじみ顔を見るのは、初めてであった。

おゆうは、浮気ものだということを、お島は姉から聞いていたが、あってみると、芸《げい》事《ごと》の稽古などをしたせいか、しとやかな落ち着いた女で、生《は》えぎわの富士形《ふじがた》になった額が狭く、切れの長い目が細くて、口もやや大きい方であったが、薄皮出《うすかわで》の細やかな膚の、くっきりした色白で、小作りなからだの様子がいかにもいいと思った。いつも通るところとみえて、鶴さんは仕立て物などを散らかしたその部屋《へや》へいきなり入っていこうとしたが、おゆうは今日はあらたまったお客さまだから失礼だといって、座敷の床の前の方へ、お島のと並べてわざとらしく座ぶとんをしいてくれた。

「そう急に他人行儀にしなくてもいいじゃありませんか。」鶴さんは座ぶとんを少しずらかしてすわった。

「いいじゃありませんか。もうきまりのわりいお年でもないでしょう。」おゆうは顔をあからめながら言って、二人を見比べた。

「あなたちっとは落ち着きなさいましてすか。」おゆうはお島の方へも言葉をかけた。

「何ですか、わたしはこういうがさつものですから、しかられてばかりおりますの。」

お島は体《てい》よくあしらっていた。

「でもあの辺はようございますのね、周囲《まわり》がおにぎやかで。」おゆうはじろじろお島の髷《まげ》の形などを見ながら自分の髪《あたま》へも手をやっていた。

性急《せっかち》の鶴さんは、蒲団《ふとん》の上にじっとしてはおらず、縁側へ出てみたり、隠居の方へいったりしていたが、おゆうも落ち着きなくそわそわして、時々鶴さんのそばへいって、はしゃいだ笑い声をたてていたりした。広い庭の方には、薔薇《ばら》の大きな鉢《はち》が、温室の手前の方に幾十となく並んでいた。植木棚のうえには、紅《あか》や紫《むらさき》の花をつけている西洋草花が取り出されてあった。四阿屋《あずまや》の方には、遊覧の人の姿などが、働いている若い者に交ってちらほら見えていた。

「どうしよう、これからお前の家《うち》へまわっているとおそくなるが……。」鶴さんは時計を見ながらお島に言った。「何なら一人《ひとり》でいっちゃどうだ。」

「いけませんよ、そんなことは……。」おゆうはいれ替えて来たお茶を注《つ》ぎながら言った。

それで鶴さんはまた一緒にそこを出ることになったが、お島は何だか張り合いがぬけていた。

三二

日がそろそろかげり気味であったので、このうえ二、三十町もある道を歩くことが、二人《ふたり》には何となし気《け》だるい仕事のように思えた。鶴さんは植源へ来るのが今日《きょう》の目的で、お島の生家《さと》へ行ってみようという興味は、もうすっかり殺《そ》げてしまったもののように、途中で幾たびとなく引き返しそうな様子を見せたが、お島も自分が全くきらわれていないまでも、鶴さんの気持ちが自分と二人ぎりの時よりも、おゆうの前にいる時の方が、話の調子がはずむようなので、古なじみのなかを見せつけにでも連れて来られたように思われて、腹立たしかった。二人は初めほど睦《むつ》み合っては歩けなくなった。

「でもここまで来て寄らないといっちゃ、義理が悪いからね。」

今夜はお島が立ち寄るまいと言い出したのを、鶴さんはどこか商人風の堅いところを見せて、すっかり気が変わったように言った。

「それほどにしていただかなくってもいいんですよ。あの人たちは、親だか子だか、わたしなぞ何とも思っていませんよ。生家は生家でも、縁も由縁《ゆかり》もない家ですからね。」

お島はそう言いながら、従《つ》いて行った。

生家では母親がいるきりであった。母親はお島の前では、初めて来た婿にも、愛相《あいそ》らしい言葉をかけることもできぬほど、お互いに神経が硬《こわ》ばったようであったが、鶴さんと二人ぎりになると、そんなでもなかった。お島は母親の口から、自分の悪口を言われるような気がして、ちょいちょい様子を見に来たが、鶴さんは植源にいた時とはまるで様子がかわって、自分が先代に取り立てられるまでになって来た気苦労や、病身な妻を控えて商売に励んで来た長いあいだの身の上談《ばなし》などを、例のせかせかした調子で話していた。

「ここんとこで、一つ気をそろえて、みっちりかせがんことにゃ、このとりかえしがつきません。」

鶴さんはそばへ寄って来るお島に気もつかぬらしい様子であったが、お島には、それがすっかり母親の気に入ってしまったらしく見えた。

「どうか店の方へも、時々お遊びにおいでくださすって……。」

鶴さんは言葉のはずみで、そう言っていたが、お島は、何を言っているかというような気がして、しまいにばかばかしかった。それでけろりとした顔をして、外を見ていながら、時々帰りを促した。

「こういう落ち着きのない子ですから、お骨も折れましょうが、厳《やかま》しくおっしゃって、どうかこき使ってやってください。」母親はじろりとお島を見ながら言った。

鶴さんは感激したような調子で、しゃべるだけのことをしゃべると、煙管《きせる》を筒に収めて帰りかけた。

「何を言っていたんです。」お島は外へ出ると、いらいらしそうに言った。「あのおっ母《か》さんに、商売のことなんかわかるものですか。人間は牛馬のようにこき使いさえすればいいものだと思っている人間だもの。」

三三

夏の暑い盛りになってから、鶴さんはある日急に思い立ったように北海道の方へ旅立つことになった。気の早い鶴さんは、晩にそれを言い出すと、もうその翌朝夜のあけるのも待ちかねるふうで、着替えを入れた袋と、手提鞄《てさげかばん》と膝懸《ひざか》けと細巻きとを持って、停車場《ステーション》まで見送りの小僧を一人《ひとり》つれて、ふらりと出ていってしまった。三、四か月のあいだに、商売上のことは大体頭脳《あたま》へ入《はい》って来たお島は、すっかりあとを引き受けて良人《おっと》を送り出したが、意気な白地の単衣物《ひとえもの》に、絞りの兵児帯《へこおび》をだらりと締めて、深いパナマをかぶった彼の後ろ姿を見送ったときには、かつて覚えたことのない物寂しさを感じた。

それにお島は今月へ入ってからも、いつものその時分になっても、まだ先月から自分一人の胸に疑問になっている月のものを見なかった。そうしてやっとそれを言い出すことのできたのは、鶴さんが気ぜわしそうに旅行のしたくを調えてからの昨夜《ゆうべ》であった。

「わたし何だかからだの様子がおかしいんですよ。きっとそうだろうと思うの。」一度床へついたお島は、厠《かわや》へいって帰って来ると、やっとうとうとと眠りかけようとしている良人《おっと》の枕もとにすわりながら言った。蒸し暑い夏の夜は、まだ十時を打ったばかりの宵の口で、表はまだぞろぞろ往来《ゆきき》の人の足音がしていた。朝の早い鶴さんは、いつも夜が早かった。

「そいつあちっと早いな。怪しいもんだぜ」などと、鶴さんは節《ふし》ののびのびした白い手をのばして、莨盆《たばこぼん》を引き寄せながら、お島の顔を見あげた。鶴さんはそのころ、お島の籍を入れるために、彼女の戸籍を見る機会を得たのであったが、戸籍のうえでは、お島は一度作太郎と結婚しているからだであった。それを知ったときには、鶴さんは欺かれたものとばかり思い込んで、お島を突っ返そうと決心した。しかし鶴さんはその当座だれにもそれを言い出す勇気を欠いていた。そしてお島だけには、ちょいちょい当てこすりやいや味を言ったりしてやっと鬱憤《うっぷん》をもらしていたが、どうかすると、得意まわりをして帰る彼の顔に、酒気が残っていたりした。お島が帳場へすわっている時々に、優しい女の声で、鶴さんへ電話がかかって来たりしたのも、そのころであった。そんな時は、お島は店の若いもののような仮声《こわいろ》をつかって、先のところと名を突き留めようと骨を折ったが、その効《かい》がなかった。お島はそのころから、鶴さんが外へ出て何をして歩いているか、わからないという不安と猜疑《さいぎ》に悩まされはじめた。植源の嫁のおゆう、それから自分の姉……そんな人たちの身のうえにまで思い及ばないではいられなかった。日ごろ口に鶴さんをほめている女が、片端から恋の仇《かたき》か何ぞであるかのように思え出して来た。姉は、お島が片づいてからも、ちょいちょい訪《たず》ねて来ては、半日も遊んでいることがあった。

「それなら、なぜわたしをもらってくれなかったんです。」姉は、鶴さんにからかわれながら自分の様子をほめられたときに、半分は真剣らしく、半分は戯談《じょうだん》らしく、妹のそこにあることを意《こころ》にかけぬらしく、ぽっと上気したような顔をして言ったことがあったくらいであった。

お島はそれが癪《しゃく》にさわったといって、あとで鶴さんと大げんかをしたほどであった。

三四

鶴さんは、その当座外で酒など飲んで来た晩などには、時々お島が自分のところへ来るまでの、長い歳月の間のことを、根掘り葉掘りしてきくことに興味を感じた。結婚届けまですましてあったお島と作太郎との関係についての鶴さんの疑いは、お島が説明してきかす作太郎の様子などで、その時はそれで釈《と》けるのであったが、その疑いはゴム毬《まり》のように、時がたつとまたもとにかえった。

「うそだと思うなら、まあ一度わたしの養家へいってごらんなさい。へえ、あんなやつがと思うくらいですよ。そうね、何といっていいでしょう……。」お島は身ぶるいが出るような様子をして、その男のことを話した。

「きらうきらわないは別問題さ。とにかく結婚したというのは事実だろう。」

「だから、それが親たちの勝手でそうしたんですよ。そんな届けがしてあろうとは、わたしは夢にも知らなかったんです。」

「しかもお前たち夫婦の籍は、お前の養家じゃなくて、亭主の家《うち》の方にあるんだからおかしいよ。」

最初は心にもかけなかったその籍のことを、二度も三度も鶴さんの口からきかされてから、お島は養家の人たちの、作太郎を自分に押しつけようとしていた真意が、やっとおぼろげに見えすいて来たように思えた。

「そうして見ると、あの人たちは、そっくりわたしに迹《あと》を譲る気はなかったもんでしょうかね。」お島は長いあいだ自分一人《ひとり》できめ込んでいた、養家やその周囲における自分の信用が、今になって根底からぐらついて来たような失望を感じた。

お島は、最近の養家の人たちの、自分に対するその時々の素振りや言葉に、それと思い当たることばかり、憶《おも》い出せて来た。

「畜生《ちきしょう》、今度いったら、一押着《ひともんちゃく》してやらなくちゃ承知しない。」お島はそれを考えると、不人情な養母たちの機嫌《きげん》を取り取りして来た、自分の愚かしさが腹立たしかったが、それよりも鶴さんの目にみえてなれなれしくなった様子に、いや気のさして来ていることがくやしかった。

二年の余《よ》も床についていた前《せん》の上《かみ》さんの生きているうちから、ちょいちょいあっていた下谷《したや》の方の女と、鶴さんが時々媾曳《あいびき》していることが、店のものの口ぶりから、お島にもようやく感づけて来た。お島はそれらの店の者に、時々思いきった小づかいをくれたり、食べ物をおごったりした。彼らはどうかすると、鼻ッ張りの強い女主人から頭ごなしにどなりつけられて、ちりちりするような事があっても、思いがけない気前を見せられることも、めずらしくなかった。

鶴さんの出ていったあとから、自身で得意先を一循まわって見て来たりするお島は、時には鶴さんと二人《ふたり》で、夜おそく土産《みやげ》などをさげて、いい機嫌で帰って来た。

三五

荒い夏の風にやけて、鶴さんが北海道の旅から帰って来たのは、それから二月半もたってからであった。暑い盛りの八月も過ぎて、東京の空には、朝晩にもう秋めかした風が吹きはじめていた。

鶴さんの話によると、帰りのおそくなったのは、東北の方にあるその生まれ故郷へ立ち寄って、年取った父親にあったり、旅でそこねた健康を回復するために、近くの温泉場へ湯治に行っていたりしたためだというのであったが、それからほどなく、鶴さんの留守の間《ま》に北海道から入《はい》って来た数通《すつう》の手紙の一つが、旅でなじみになった女からであることが、その手紙の表記《うわがき》でお島にもたやすく感づけた。

帰ってからも、そっちこっち飛び歩いていて、ろくろく旅の話一つしんみりしようともしなかった鶴さんが、ある日帳簿などを調べたところによると、お島はお島だけで、留守中にかなり販路をひろめていることがわかって来たが、それはおおむね金払いのわるいような家《うち》ばかりであった。これまでに鶴さんが手をやいた質《たち》の悪い向きも二、三軒あったが、なかにはまたお島が古くから知っている堅い屋敷などもあった。お島は少しでも手がかりのあるようなそれらの家から、食料品の注文を取ることが、留守中の毎日毎日の仕事であったが、品物ばかり出て勘定の滞っているのが、そっちにもこっちにも発見せられた。

悪阻《つわり》などのために、夏じゅうややもするとお島は店へも顔を出さず、二階に床を敷いて、一日寝て暮らすような日が多かったが、気分のいい時でも、その日その日の売り揚げの勘定をしたり、店のものと一緒に、掛け取りに頭脳《あたま》を使ったりするのがわずらわしくなると、着飾って生家《さと》や植源へ遊びに出かけるか、なじみの多い旧《もと》の養家の居周《いまわり》やその得意先へ上がって話しこむかして、時間を銷《け》さなければならなかった。養家では、作太郎が近所の長屋を一軒もらって、嫁と一緒に相変わらずまっ黒になって働いていたが、お島はその方へも声をかけた。

「今度田舎の土産でもさげて、お島さんの婿さんの顔を見にいくだかな。」作は帰りがけのお島に言ってにやにや笑っていた。

「まあそうやって、後生大事に働いてるがいいや。わたしもあぶなくだまされるとこだったよ。養母《おっか》さんたちは人がわるいからね。」お島も棄白《すてぜりふ》でそこを出た。

三六

しばらくぶりで、一日遊びに来た姉が、その日も朝から店をあけている鶴さんや、知りたくもない植源の嫁のうわさなどをして、一人《ひとり》でしゃべりちらして帰って行った。お島は気骨《きぼね》の折れる子持ちの客の帰ったあとで、気づかれのしたからだを帳場格子にもたれて、ぼんやりしていた。お島のからだは、単衣《ひとえ》もののこのごろでは、夕方の涼みに表へ出るのもきまりのわるいほど、月が重なっていた。

旅から帰って来た鶴さんは、落ち着いて店で帳合いをするような日とては、ほとんど一日もなかった。たまに家にいても、朝から二階へあがって、枕などを取り出して、横になっているような事が多かった。機嫌のいい時には、これまで口にしたこともなかった、みだらな端唄《はうた》の文句などを低声《こごえ》でうたって、一人ではしゃいでいた。

「おおいやだ、だれにそんなものを教《おそ》わって来ました。」お島はぼつぼつしたくにかかっていた赤子《あかご》の着物の片《きれ》などをいじりながら、そばでくすぐったいような笑い方をした。

「おもしろくでもない。北海道の女のおのろけなんぞ。」

「どうして、そんなんじゃない。」といいそうな顔をして、鶴さんは物珍しげに、形のできた小さい襦袢《じゅばん》などをながめていた。

「ちょいと、あなたはどんな子が産まれると思います。」お島は始終気にかかっている事を、鶴さんにもきいてみた。

「どうせあっしには肖《に》ていまい。そう思っていれあ確かだ。」鶴さんは鼻で笑いながら、後ろ向きになった。

「どうせそうでしょうよ、これはわたしのお土産《みやげ》ですもの。」お島は不快な気持ちに顔をあからめた。

「でも戯談《じょうだん》にもそういわれると、いやなものね。子供がかわいそうのようで。」

「こっちの身もかわいそうだ。」

「それは色女にあえないからでしょう。」

二人の神経がだんだん尖《とが》って来た。そしてお島に泣いて突っかかられると、鶴さんはいきなりはね起きて、家ではめったにあけたことのない折り鞄《かばん》をかかえて、外へ飛び出してしまった。その折り鞄のなかには、女の写真や手紙がいっぱい入っているのであった。

今もお島は、何の気なしに聞き過ごしていた姉の話が、一々深い意味をもって、気づかわしく思い浮かべられて来た。姉の話では、鶴さんの始終抱《かか》えて歩いている鞄のなかの文《ふみ》が、時々植源の嫁の前などで、繰り拡《ひろ》げられるというのであった。

「それはおかしいの。」姉は一つはお島を煽《あお》るために、一つは鶴さんと仲のいい植源の嫁への嫉妬のために、調子に乗って話した。

「その女というのが、美人の本場の越後《えちご》から流れて来たとやらで、島ちゃんの旦那はろくすっぽう工場へ顔出しもしないで、そこへばかり入り浸っていたんだって。それで、その手紙にこんな事まで書いてあるんだってさ。これも東京の人で、あちらへいくたんびに札びら切って、大尽風をふかしているおじいさんが、鉱山《やま》が売れたら、その女を落籍《ひか》して東京へつれていくといってるから、それを踏み台にして、東京へ出ましょうかって。ねえ、お安くないじゃないの。」

姉は植源の嫁から聞いたというその女のうわさを、こまごまと話して聞かした。

「それに鶴さんは、着物や半衿《はんえり》や、香水なんか、ちょいちょい北海道《あちら》へ送るんだそうだよ。島ちゃんしっかりしないとだめよ。」姉はそうも言った。

「何《なあ》に」と思って、お島は聞いていたのであったが、女にどんな手があるかわからないような、恐怖《おそれ》と疑惧《ぎぐ》とを感じて来た。

三七

植源の嫁のおゆうの部屋《へや》で、鶴さんと大げんかをした時のお島は、これまでついぞ見たこともないようなお盛装《めかし》をしていた。

お島が鶴さんに無断で、その取りつけの呉服屋から、成り金の令嬢か新造《しんぞ》の着るような金目のものを取り寄せて、思いきったけばけばしい身装《なり》をして、劈頭《のっけ》に姉を訪《たず》ねたとき、彼女は一調子かわったお島が、何をしでかすかと恐れの目をみはった。みればハイカラに仕立てたお島の頭髪《あたま》は、ぴかぴかする安宝石で輝き、指にも見なれぬ指環《ゆびわ》が光って、からだにむせぶような香水のにおいがしていた。

旅から帰ってからの鶴さんに、始終こってり作りの顔容《かおかたち》を見せることを怠らずにいたお島の鏡台には、何の考慮もなしに自暴《やけ》に費やさるる化粧品の瓶《びん》が、不断に取り出されてあった。夜臥床《よるふしど》につくときも、いろいろのもので塗りあげられた彼女の顔が、電気の灯影《ほかげ》にすごいようないやな美しさを見せていた。

「大した身装じゃないか。商人の内儀《かみ》さんが、そんな事をしてもいいの。」惜しげもなくぬいてくれる、お島が持ち古しの指環や、櫛《くし》や手絡《てがら》のようなものを、このごろに二度も三度ももらっていた姉は、媚《こ》びるように、お島の顔をながめていた。

「どうせ長持ちのしない身上《しんしょう》だもの。今のうち好きなことをしておいた方が、こっちの得さ。あの人だって、わたしに隠して勝手なまねをしているんじゃないか。」

お島はその日も、外へ出ていった鶴さんの行き先を、てっきり植源のおゆうのとこと目星をつけて、やって来たのであった。そして気味をわるがって姉の止めるのもきかずに、出ていった。

おどおどして入《はい》っていった植源の家の、ちょうどお八つ時分の茶《ちゃ》の室《ま》では、隠居や子息《むすこ》と一緒に、鶴さんもお茶を飲みながら話し込んでいたが、お島が手土産の菓子の折りを、裏の方にすすぎものをしているおゆうに示《み》せて、そこでしばらく立ち話をしている間《ま》に、鶴さんも例の折り鞄を持って、そこを立とうとしておゆうに声をかけに来た。

「まあいいじゃありませんか。お島さんの顔をみてじき立たなくたって。御一緒にお帰んなさいよ。」おゆうは愛相《あいそ》よく取りなした。

「自分に弱味があるからでしょう。」お島は涙ぐんだ面《おもて》をそむけた。

夫婦はそこで、二言三言言い争った。

「あっしも、島《これ》のいる前で、一つ皆さんにきいてもらいたいです。」鶴さんは蒼《あお》くなって言った。

そしておゆうがお島をつれて、自分の部屋へ入ったとき、鶴さんもぶつぶつ言いながら、そばへやって来た。

「どっちもどっちだけれど、鶴さんだって随分かわいそうよお島さん。」しまいにおゆうはお島に言いかけたとき、お島はくやしそうにぽろぽろ涙を流していた。

夫婦はそこで、なぐったり、武者振りついたりした。

大分たってから、呼びにやった姉につれられて、お島はそこから姉の家《うち》へかえされていった。

三八

姉の家へ引き取られてからも、お島の口にはまだ鶴さんの悪口《あっこう》が絶えなかった。おゆうにかばわれている男の心が、歯がゆかったり、ねたましく思われたりした。男をわがものにしているようなおゆうの手から、男を取り返さなければ、気がすまぬような不安を感じた。

お島は仕事から帰った姉の亭主が晩酌の膳《ぜん》に向かっているそばで、姉と一緒に晩飯の箸《はし》を取っていたが、心は鶴さんとおゆうのそばにあった。

「そうそう、こんな事しちゃいられないのだっけ。店のものがみんなわたしを待っているでしょう。」お島は蚊帳《かや》のなかで子供を寝かしつけている、姉の枕もとで想《おも》い出したように言い出した。

「良人《うち》はあんなだし、わたしでもいなかった日には、一日だって店が立ち行きませんよ。」

「今度あばれちゃだめよ。」姉は出てゆくお島を送り出しながら言った。

「どうもお騒がせして相済みません。」お島は何のこともなかったような顔をして、外へ出たが、鶴さんがまだ植源にいるような気がして、素直に家へ帰る気にはなれなかった。

外はすっかり暮れてしまって、茶の木畑や山茶花《さざんか》などの木立《こだち》の多い、その界隈《かいわい》はひっそりしていた。お島の足はひき寄せられるように、植源の方へ歩いていった。「鶴さんもかわいそうよ。」そう言ってお島をたしなめたおゆうの目顔が、まだ目についていた。北海道の女よりも、稚馴染《おさななじみ》のおゆうの方に、暗い多くの疑いがかかっていた。

大きな石の門のうえに、植源と出ている軒燈の下に突っ立って、やがてお島は家《うち》の方のけはいに神経を澄ましたが、石を敷きつめた門のうちの両側に、枝を差しかわした木陰から見える玄関には、灯影《ほかげ》一つもれていなかった。お島は樮《かなめ》と欅《けやき》の木とで、二重になっている外囲いのまわりを、そっちこっち回ってみたが、何のこともなかった。

車で家へ帰ったのは、大分おそかった。

「お帰んなさい。」

店のもの二、三人に声をかけられながら、車から降りると、奥の方の帳場にすわっている鶴さんの顔が、ちらと見えたので、お島はやっと胸一杯に安心と歓喜《よろこび》とのあふれて来るのを感じたが、やっぱり声をかける気になれなかった。

上がってみると、二階は出る時、取り散らしていったままであった。脱ぎすてがほうり出してあったり、おおいをとられたままの簞笥《たんす》の上の鏡に、疲れた自分の顔が映ったりした。お島はその前に立って、物足りぬ思いにしばらくぼんやりしていた。

三九

お島は二、三度階下《した》へおりてみたけれど、鶴さんは、いつまでたっても、帳場から離れて来る様子もなかった。そのうちに表がだんだん静かになって、夜がふけて来ると、店を片づけにかかっている物音が聞こえたりして、鶴さんはやがて茶の間へ入《はい》って来た。お島は気持ちわるくくずれた髪を、束髪《そくはつ》に結い直して、長火鉢《ながひばち》のそばへ来てすわってみたりしていたが、頭脳《あたま》がぴんぴん痛みだして来たので、鶴さんが二階へ上がって来る時分には、彼女《かれ》もいつか蒲団を引っかついで寝ていた。

「お先へ失礼しました。何だか気分がわるいので。」お島はそう言いながら、うめき声を立てていた。

鶴さんは床についてからも、白い細長い手を出して、今朝《けさ》から見るひまもなかった新聞を、かさこそ音をたてて、あっちかえしこっち返しして読んでいるらしかったが、するうちに、それをほうりだして、枕につくかと思っていると、ぱちんという音がして、折り鞄をあけて、何か取り出したらしかった。あとはひっそりして、下の茶の室《ちゃま》の簷端《のきば》につるしてある鈴虫の声が時々耳につくだけであった。

お島は後ろ向きになったまま、何をするかと神経をとぎすましていたが、今までだるくてしかたのなかった目までが、ぽっかりあいて来た。そして、ふと紙のうえをきしる万年筆の音が、耳にふれて来ると、渾身《からだじゅう》の全神経がそれに集まって来て、向き返ってその方を見ないわけにいかなかった。

「何をしてるんです、今時分……」

お島はいきなり声を立てて、鶴さんをびっくりさせた。鞄のなかには、女の手紙が一、二通はみ出しているのが見えた。

鶴さんは、ちらとこっちを見たが、黙ってまたペンを動かしはじめた。お島はいらいらしい目をすえて、じっと見つめていたが、たちまち床から乗り出して、その手紙をひったくろうとした。

「おい、戯談《じょうだん》じゃないぜ。」

鶴さんはそれでも落ち着いたもので、そっと書きかけの手紙を床の下へ押し込もうとしたが、同時に、お島の手はそばにあった折り鞄をさらっていくために臂《ひじ》まで這《は》い出して来た。

「おい、ちょっと話がある。」大分たってから、鶴さんは床のうえに起き上がって、疲れて枕に突っ伏しになっているお島に声かけた。暴《あ》れ出すお島を押えたために、かなり興奮させられて来た鶴さんは、爪《つめ》あとのばら桜になっている腕をさすりながら、莨《たばこ》をふかしていた。

お島はまだ肩で息をしながら、やっぱり突っ伏していた。

「……お前のようなものに、勝手なまねをされたんじゃ、商人はとても立って行きっこはありやしないんだからね。」鶴さんは、自分がこの家《うち》に対する責任や、家つきの前《せん》の内儀《かみ》さんに対する立場などを説き立ててから言い出した。

「そんな事は、おゆうさんにでも聞いておもらいなさい。」お島は憎さげに言葉を返したまま、またくるりと後ろ向きになった。

四〇

返したとも返ったとも決まらずに、お島が時々生家《さと》や植源の方へ往《い》ったり来たりしていたころには、鶴さんの家も大分ばたばたになりかけていた。

北海道の女の方のそれはそれとして、以前から関係のあった下谷《したや》の女の方へ、一層熱中して来た鶴さんは、店のものの一人《ひとり》がところどころの仕切り先をごまかして、かなりな穴をあけたことにすら気のつかぬほど、店を外にしていた。

「子供だけはあっしが家において立派に育ててやるつもりです。」

鶴さんは、植源の隠居や嫁の前へ来ると、いつもお島の離縁話を持ち出しては、口癖のように言っていたが、お島に向かってもそれを明言した。

植源の隠居に委《まか》してある、自分の身のうえに深い不安をいだきながら、毎日毎日母親にいびりづめにされていたお島は、ある朝釜《かま》の下の火を番しながら、しゃがんでいたとき言葉を返したのが胸にすえかねたといって、母親のために、そこへ突っ転《こか》されて、竈《へっつい》の角《かど》でわき腹を打ったのがもとで、とうとう不幸な胎児が流れてしまった。

その時お島は、飯のしたくをすまして、みんなと一緒に、朝飯の膳《ぜん》に向かって、箸《はし》を取りかけていた。もう十月の半ばで、七輪のうえに据えた鍋《なべ》のお汁《つゆ》の味噌《みそ》のにおいや、飯櫃《めしびつ》から立つ白い湯げにも、秋らしい朝の気分がなつかしまれた。

女を追って、田舎へ行ったきり、もう大分になる総領の姿のみえぬ家《うち》のなかは、急に衰えのみえて来た父親の姿とともに、このごろきわだって寂しさが感ぜられて来た。食べかけた朝飯の箸を持ったまま、急に目のくらくらして来たお島は、声を立てるまもなく、そこへたおれてしまったのであったが、七月《ななつき》になるかならぬの胎児が出てしまったことに気の付いたのは、時を経てからであった。

一日もみないで、父親や鶴さんの手で、産児の寺へ送られていったのは、その晩方であったが、思いがけなくからだの軽くなったお島の床についていたのは、幾日でもなかった。

健康が回復して来ると同時に、母親と植源の隠居とのどうした談合《はなしあい》でか、当分植源にいっていることに決められたお島は、そこで台所に働いたり、冬物の針仕事にすわったりしていた。ぐれ出した鶴さんは、口やかましい隠居のがんばっているこの閾《しきい》も高くなっていた。お島はおゆうの口から、下谷の女を家へ入れる入れぬで、苦労している彼のうわさをおりおり聞かされたりした。

「あの人もああなってしまっちゃ、だめよ。」おゆうは鶴さんに愛相《あいそ》がつきたように言った。

四一

一つは人に媚《こ》びるため、働かずにはいられないように癖つけられて来たお島は、一年弱《たらず》の鶴さんとの夫婦暮らしになめさせられた、甘いとも苦《にが》いともわからないような苦しい生活のいざこざからのがれて、どこまで弾《はず》むか知れないようなからだを、ここでまた荒い仕事に働かせることのできるのが、むしろその日その日の幸福であるらしく見えた。

植源の庭には、大きな水甕《みずがめ》が三つもあった。お島は男の手の足りないおりおりにはその一つ一つに、水をなみなみくみ込まなければならなかった。そしてそれを沢山の花《はな》圃《ばたけ》や植木にそそがなければならなかった。そのころかかっていた病身な出戻りの姉娘の連れていた二人《ふたり》の子供の世話も、朝晩にしなければならなかった。田舎で鉄道の方に勤めていた官吏のもとへ片づいていたその姉は、以前この家《うち》に間借りをしていたことのあるその良人《おっと》が、田舎へ転任してから、七年目のことしの夏、にわかに病死してしまった。

東北なまりのその子供は、おゆうには二人ともきらわれたが、お島にはよく懐《なず》いた。

お島は暇さえあると、髪を結ったり、リボンをかけてやったり、寝起きや入浴や食事の世話に骨惜しみをしなかった。

嫁にやられるとき、こしらえて行ったものなどをそっくり亡《な》くして、旅費と当分の小づかいにも足りぬくらいの金を、少しばかりの家財を売り払って持って来た姉は、まだ乳離《ちばな》れのせぬ小さい方の男の子を膝《ひざ》にのせて、時々縁側の日南《ひなた》にすわりながら、ぼんやりお島の働きぶりをながめていた。

「よくそんなにからだが動いたもんだわね。」

姉は感心したように言葉をかけた。お島は襷《たすき》がけの素跣足《すはだし》で、手洗鉢《ちょうずばち》の水を取りかえながら、鉢前の小石を一つ一つきれいに洗っていた。夏じゅう縁先に張り出されてあった葭簀《よしず》の日おおいをもれて、まだ暑苦しいような日の差し込む時が、二、三日も続いた。

「ええ、子供の時分から慣れっこになっていますから。」お島は笑いながらこたえた。

「子供を産んだ人とは思われないくらいですよ。」

「だってよう七月《ななつき》ですもの。わたし顔も見ませんでしたよ。さっぱりしたもんです。」

「それにしたって、旦那《だんな》のことは忘れられないでしょう。」

「そうですね。がさがさしてるくせに、あんまりいい気持ちはしませんね。」

「やっぱり惚れていたんだわね。」

「そうかもしれませんよ。」お島は顔をあからめて、

「私があばれて打《ぶ》ちこわしたようなもんですの。あの人はまたどうして、あんなに気が多いでしょう。ちょいと何かいわれると、もういい気になって一人で騒いでいるんですもの。そのくせ嫉妬《やきもち》やきなんですがね。」

「でもよく思い切ってしまったわね。」

「芸者や女郎じゃあるまいし、いつまで、くよくよしていたってしかたがないですもの。わたしはあんなへなへなした男は大きらいです。」

「それもそうね。――わたしも思い切って、どこか働きに行きましょうかしら。」

「御戯談《ごじょうだん》でしょう。そんなかわいい坊っちゃんをおいて、どこへ行けるもんですか。」

四二

夜になると、お島はまた隠居の足腰をさすって、寝かしつけてやるのが、毎日の日課であったが、時とすると子息《むすこ》夫婦に対する、病的な嫉妬から起こるこの老婦《としより》の凶暴な挙動《ふるまい》をもなだめてやらなければならなかった。

四十代時分には、時々若い遊び人などを近づけたといううわさのある隠居は、おゆう

が嫁に来るまでは、ちいさい時から甘やかして育てて来た子息の房吉《ふさきち》を、猫かわゆがりに愛した。一度脳を患《わずら》ったりなどしてから、気に引っ立ちがなくなって、おとなしい一方なのが、彼女《かれ》には不憫《ふびん》でならなかった。房吉は植木屋の仕事としては、これということもさせられずに日を送って来たが、始終家にばかり引っ込んで、母親のそばにひきつけられていたので、友達というものもなかった。絵の好きであった彼は、十六、七の時分には、絵師になろうとの希望を抱《いだ》きはじめたが、それも母親にさえぎられて、修業らしい修業もしずにしまった。

寝るにも起きるにも、自分ばかりをみつめて暮らしているような、年取った母親の苛《か》辣《らつ》な目が、房吉にはだんだんいとわしくなって来た。そしていつのころからか時々顔を合わす機会のあった、おゆうのなつかしい娘姿に心がひきつけられた。どんなことがあっても、おゆうちゃんを嫁にもらってくれなければならない、房吉のそう言ったことばが、母親の口から大政《だいまさ》やおゆうの耳へも入れられた。

結婚してからも、どうかすると、おゆうから離されて、房吉が気鬱《きぶせ》な母親のそばに寝かされたり、おゆうが夜おそくまで、母親のそばにすわって、足腰をもませられたりした。夜なかに目ざとい母親の足音が、夫婦の寝室《ねま》の外の縁側に聞こえたり、夜《よ》の未明《ひきあけ》に板戸を引きあけている、いらいらしい声が聞こえたりした。

お島が来てからも、おゆうが物陰で泣いているようなことが、時々あった。

家《うち》にいても、大抵きちんとした身装《なり》をして、庭の方は職人まかせにして、自身は花を活《い》けたり、書画をいじったりして暮らしている内気な房吉は、どうかすると母親から、きいていられないような毒々しい言葉を浴びせられた。

「あれを手前の子と思ってるのが、大間抜けだ。」母親はそうも言った。

衰えのみえる目などのめっきり水々して来たおゆうは、その時五月《いつつき》の腹を抱《かか》えていた。日に日に気《け》だるそうにみえて来るおゆうのなまめいた姿や、良人《おっと》に甘えるような素振りが、母親には見ていられないほど腹立たしかった。

四三

お島の姉が、暑い日盛りに帽子もかぶせない子供を、手かけに負《おぶ》って、庭の方からまわって、おゆうを呼び出しに来たとき、門のうちに張り物をしていたお島と、自分の部屋《へや》の縁側で、髪を洗っていたおゆうを除いたほか、大抵の人は風通しのよさそうな場所をえらんで、昼寝をしていた。房吉は時々出かけてゆく、近所の釣り堀へ遊びに行っていたし、房吉の姉のお鈴は、小さい方の子供に、乳房《ちぶさ》をふくませながら、茶の室《ちゃのま》の方で、手枕《てまくら》をしながら、だらしなく眠っていた。家のなかは、どこもかしこも長い日の暑熱に倦《う》み疲れたようなだるさに浸っていた。

大輪の向日葵《ひまわり》の、しおれきってうなだれた花畑尻《はなばたじり》の垣根ぎわに、ひらひらする黒い蝶の影などが見えて、あたりは汚点《しみ》のあるような日光が、強くみなぎっていた。

姉はおゆうと、五、六分ばかり縁側で話をしていたが、やがて子供をそこへおろして、袂《たもと》で汗をふいていた。おゆうはまだ水けの取りきれぬ髪の端《はじ》に、紙片《かみきれ》を巻きつけて、それをたらしたまま、あたふた家を出ていった。

「きっと鶴さんが来ているんだ。」

お島はそう思うと、急に張り物が手に着かなくなって、胸がいらいらして来た。

「姉《ねえ》さんも随分な人だよ。」

お島はいきなり姉のそばへ寄っていった。

「どうしてさ。」姉は這《は》っている子供に、乳房を出して見せながら、汗ばんだ顔をあからめた。

「わかってますよ。」

「おかしな人だね。わかっていたらいいじゃないの。」

「そんな事をしてもいいんですか。」

「いいも悪いもないじゃないか。感違いをしちゃ困りますよ。」

二、三度口留めをしてから、姉の話すところによると、金の工面に行き詰まった鶴さんが、隠居や房吉に内密《ないしょ》で、おゆうから少しばかり融通をしてもらうために、そっと姉の家《うち》へやって来たのだというのであった。鶴さんが、そんなに困っているとは、お島には信ぜられないくらいであったが、姉の真顔で、それは事実であるらしく思えた。

「ふむ。」お島は首をかしげて、「じゃもう、あの店もだめだね。」

「そうなんでしょう。事によったら、田舎へ行くて言ってるわ。」

「芸者を引っぱり込むようじゃ、長続きはしないね。さんざ好きなことをして、店を仕舞うがいいや。」

お島はやけに言いすてて、仕事の方へ帰って来たが、目が涙に曇っていた。せかせか出て行った今のおゆうの姿や、おゆうを待ち受けている鶴さんの、このごろの生活に荒《すさ》みきった神経質な顔などが、目について来た。

しばらくたって、帰って来たおゆうの顔には、鶴さんのためなら、何でもしかねないような浮いた大胆さと不安が見えていた。

おゆうの部屋を出て行く姉の手には、小袖《こそで》を四、五枚入れたほどの、ぽっとりした包みがさげられた。

四四

　堅い口留めをして、ふとそれらの事をお鈴にもらしたお島は、それをまたお鈴から聞いて、さながら姦通《かんつう》の手証でも押えたように騒ぎたてる、隠居の病的な苛責からおゆうをかばうことに骨がおれた。

　宵の口に、お島にすかしなだめられて、一度眠りについた隠居は、みんながこれから寝床につこうとしている時分に、目がさめて来ると、ひろびろした蚊帳《かや》のなかに起きすわって、さも退屈な夜の長さに倦《う》み果てたように、あたりを見回していた。

　宵に母親にいましめ責められた房吉は、隠居がじりじりして業《ごう》を煮やせば煮やすほど、その事には冷淡であった。遊び人などを近づけていた母親の過去を見せられて来た房吉の目には、彼女の苦しみが、滑稽にもばかばかしくも見えた。

「だれのためでもない、みんなお前がかわいいからだ。」

　ひ弱かったちいさいころの房吉の養育に、気苦労の多かったことなどを言い立てる隠居の言葉を、いい加減に房吉は聞き流していた。

「不義した女を出すことができないような腑《ふ》ぬけと、一生暮らそうとは思わない。わしの方から出ていくからそう思うがいい。」

思っていることの半分も言えない房吉は、それでも二言三言ことばを返した。

「そんな事があったかないか知らないけれど、あっしの家内なら、おっ母《か》さんは黙ってみていたらいいでしょう。一体だれがそんな事を言い出したんです。」

隠居の肩をもんでいたお島は、それをききながら顔から火が出るように思ったが、やっぱり房吉を歯がゆく思った。

無成算な、その日その日のむだな働きに、一夏を過ごして来たお島は、習慣でそうして来た隠居の機嫌《きげん》取りや、親子の間の争闘の取りなしにも疲れていた。寝苦しい晩などには、お島は自分自身の肉体の苦しみが、まだ戸もしめずに、いつまでもぼそぼそ話し声のもれている若夫婦の寝室《ねま》の方へも見回ってみる、隠居と一つに神経を働かせた。

「まあ、そんな事はいいでしょう。」お島はそっぽうを向きながら鼻で笑った。

「お前がそんな二本棒だから、おゆうが好きなまねをするんだ。お前が承知しても、このわたしが承知できない、さあ今夜という今夜は、立派におゆうの処分をしてみせろ。それができないような意気地《いくじ》なしなら、首でもくってひとおもいに死んでしまえ。」

それよりも、部屋で泣き伏しているおゆうのいじらしい姿に、心のひかるる房吉は、やがてそのそばへ寄って、優しい言葉をかけてやりたかった。妊娠《みもち》だということが、一層男の愛憐《あいれん》をそそった。

お島にささえられないほどの力を出して、隠居が剃刀《かみそり》をふりまわして、二人《ふたり》のなかへ割って入《はい》ったとき、おゆうは寝衣《ねまき》のまま、跣足《はだし》で縁から外へ飛び出していった。

四五

二時過ぎまで、植源の人たちは騒いでいた。

お鈴と二人でやっとなだめて、房吉から引き離して、蚊帳《かや》のなかへ納められた隠居がしずまってからも、お島はじっとしてもいられなかった。

「どうしましょうね。大丈夫でしょうか。」お島は庭の方を捜してから、これもやっぱりそこいらを捜しあぐねて、蚊帳の外にぼんやりすわっている房吉のそばへ帰って来て言った。

房吉は蒼白《あおざ》めた顔をして、涙ぐんでいた。

「大丈夫とは思うけれど、ひょっとするとおゆうは帰って来ないかもしれないね。不断からよく死ぬ死ぬと言っていたから。」

「そうですか。」お島は仰山らしくふるえ声で言った。

「それじゃわたし少し捜して来ましょう。」

お島が近所の知った家《うち》を二、三軒きいてあるいたり、姉の家へ行ってみたり、途中で鶴さんや大政へ電話をかけたりしてから、ようよう帰って来たのは、もう大分夜がふけてからであった。

「安心していらっしゃい。」お島は房吉の部屋《へや》へ入ると、せいせい息をはずませながら言った。

「おゆうさんは大丈夫大政さんにいますよ。」

お島が、大政へ電話をかけたとき、出て来て応答《うけごたえ》をしたのは、おゆうには継母にあたる大政の若い内儀《かみ》さんであった。

おゆうが俥《くるま》で飛び込んでいった時、生家《さと》ではもう臥床《ねどこ》に入っていたが、おゆうはいきなり昔堅気《かたぎ》の頑固な父親に、頭から脅《おど》しつけられて、一層突きつめた気分で家を出た。鶴さんに着物を融通したり何かしたということが、植源へ片づかない前からの浮気っぽいおゆうを知っている父親には、ゆるすことのできぬ悪事としか思えなかった。

おゆうが帰って来たとき、お島は自分の寝床へ帰って、表《おもて》の様子に気を配りながらまんじりともせず疲れたからだを横たえていた。

帰って来たおゆうが、一つは姑《しゅうと》や父親への面当《つらあ》てに、一つは房吉に拗《す》ねるために、いきなり剃刀《かみそり》で髪を切って、庭の井戸へ身を投げようとしたのは、その晩の夜中過ぎであった。おゆうは、うとうと床《とこ》のなかにすわっている房吉には声もかけず、いきなり鏡台の前に立って、隠居の手から取り離されたまま、そこに置かれた剃刀を見つけると、いきなり振りほどいた髪を、一握りほど根元から切ってしまった。

「くやしいくやしい。」跣足《はだし》で飛び出して来たお島に遮《さえぎ》えられながら、おゆうはあばれもがいて叫んだ。

やっとのことで、房吉と一緒におゆうを座敷へ連れ込んで来たお島の目には、髪を振り乱したまま、そこに泣き沈んでいるおゆうが、いじらしくもねたましくも思えた。

「みんな鶴さんへの心中立てだ。」お島は心につぶやきながら、低声《こごえ》でおゆうをなだめさすっている房吉と、それを耳にもかけず泣き沈んでいるおゆうの美しい姿とを見比べた。

四六

情婦《おんな》の流れて行っている、ある山国の町の一つで、しばらく漂浪の生活を続けている兄の壮太郎が、そこで商売に着手していた品物の仕入れかたがた、仕事の手助けにお島をつれて来たのはその夏の末であった。

「おっ母《か》さんは、一体いつまでわたしをあすこで働かしておくつもりだろう。」

植源の忙《せわ》しい働き仕事や、絶え間のないそこの家《うち》のなかのいざこざに飽きはてて来たお島は、息をぬきに家へやって来ると父親にこぼした。

長いあいだ家へ寄りつきもしない壮太郎の代わりに、家に居《い》すわらせるため、植源からつれて来て、父の手助けに働かせられていたお島は、兄に説きつけられて、その時ふいと旅へ出る気になったのであった。

「だれが来たってだめだ。お前ならきっと辛抱ができる。」

お島に家へすわられることが不安であったと同時に、田舎でやりかけようとしている仕事と、そこで人に囲われている女とから離れることのできなかった兄の壮太郎は、そう言って話に乗りやすいお島をそそのかした。

田舎の植木屋仲間に売るようないろいろの植木と、西洋草花の種子《たね》などを、どっさり仕込んで、それを汽車に積んで、兄はしばらく住みなれたその町の方へ出かけていった。一緒に乗り込んだお島の心には、まだ見たことのない田舎の町のさまがいろいろに想像されたが、これまでどこへ行っても頭を抑《おさ》えられていたような冷酷な生母、因業《いんごう》な養父母、植源の隠居、それらの人たちから離れて暮らせるということを考えるだけでも、手足が急に自由になったような安易を感じた。

「みっちり働いて、お金をもうけて帰ろう。」お島はそう思うと、何もかも自分を歓迎するための手をひろげて待っているような気がした。

黝《くろず》んだ土や、蒼々《あおあお》した水や広々した雑木林――関東平野を北へ北へと横ぎって行く汽車が、山へさしかかるにつれて、お島の心には、旅の哀愁が少しずつしみひろがって来た。

「やっぱりこんなような町？」お島は汽車がかなり大きなある停車場へ乗り込んだとき、窓から顔を出して、壮太郎にささやいた。

停車場には、日光帰りとみえる、紅色《べにいろ》をした西洋人の姿などが見えた。

「とてもこんな大きなんじゃない。」壮太郎は、長くしみ込んだその町の内部の生活を憶《おも》い出しているという顔をして笑った。その土地では、壮太郎はもうかなりいろいろの人を知っていた。

「どこを見ても山だからね。でも住みなれてみると、またおもしろいこともあるのさ。」

汽車はだんだん山国へ入っていった。深い谿《たに》や、遠い峡《はざま》が、山国らしい木立のすき間や、風にふるえている梢《こずえ》の上から望み見られた。客車のなかは一様にひっそりしていた。

四七

車窓に襲いかかる山気《さんき》が、次第に濃密の度を加えて来るにつれて、汽車はざッざッという音を立てて、静かに高原地を登っていった。鬱蒼《うっそう》としたそこここの杉柏《さんぱく》の梢からは、烟霧《えんむ》のような翠嵐《すいらん》が起こって、細い雨が明るい日光に透かしみられた。思いもかけない山麓の傾斜面にやせた田畑があったり、厚い藪畳《やぶだたみ》の陰に、人家があったりした。

その町へ着くまでに、汽車は寂しい停車場に、三度も四度もとどまった。東京の居周《いまわり》に見なれている町よりも美しい町が、自然の威圧に怯《お》じ疲れて、口もきけないようなお島の目に異様に映った。

「へえ、こんなところにもこんな人がいるのかね。」お島は不思議そうに、そこに見えている人たちの姿をみつめた。

S―というその町へ入《はい》った時にも、小雨《こさめ》がしとしとと降りそそいでいた。停車場を出て橋を一つ渡ると、すぐそこに町端《まちはな》らしい休み茶屋や、運送屋の軒に続いて燻《くすぶ》りきった旅籠屋《はたごや》が、二、三軒目についた。石楠花《しゃくなげ》や岩松などの植木を出している店屋もあった。壮太郎とお島とは、そこを俥《くるま》で通って行った。

町はどこもかしこも、ひっそりしていた。

俥はじきに大通りのまん中へ出ていった。そこに石造の門口を閉ざした旅館があったり、大きな用水桶《おけ》をひかえた銀行や、半鐘を備えつけた警察署があったりした。

壮太郎の家《うち》は、閑静なその裏通りにあった。町屋風の格子戸や、土塀《どべい》に囲われた門構えの家などが、幾軒か立て続いたはずれに、低い垣根《かきね》に仕切られたひろびろした庭が、まずお島の目をひいた。木組みなどのか細いその家は、まだ木香《きが》のとれないくらいの新《しん》建《だち》であった。

留守を頼んで行った大家《おおや》の若い衆《しゅ》と、そこの子供とが、広い家のなかを、わがもの顔にごろごろしていた。

「へえ、こんなところでも商売がきくんですかね。」

部屋《へや》に落ち着いたお島は、縁端《えんばな》へ出て、庭をながめながらつぶやいた。

「この町はまずこれだけのものだけれど、居周《いまわり》には、またそれぞれ大きな家があるからね。」壮太郎は、茶盆や湯沸かしをそこへ持ち出して来ると、羽織をぬいであぐらをかきながらつぶやいた。

秋雨《あきさめ》のような雨がまだじとじと降っていた。水分の多い冷たい風が、遠く山国に来ていることを思わせた。ごとんごとんというだるい水車の音が、どこからか、物悲しげに聞こえていた。

四八

そこにお島を落ち着かせてから、壮太郎が荷物運搬の采配《さいはい》に、雨のなかを再び停車場へ出かけていってから、お島は晩の食事のしたくに台所へ出たが、女がおりおり来ると見えて、しばらく女中のいない男世帯としては、戸棚《とだな》や流し元がきれいに取り片づいていた。

壮太郎は、夜までかかって、車で二度に搬《はこ》び込まれた植木類を、すっかり庭の方へ始末をしてから、お島にはどこへ行くとも告げずに、またふいと羽織や帽子を被《き》て出ていったが、お島はその晩裏から入《はい》って来た壮太郎が、いつごろ帰ったかを知らないくらい疲れて熟睡した。

明朝《あした》目のさめたとき、水車の音がまずお島の耳に着いた。お島はその音を聞きながら、寝床のなかにうとうとしていたが、今日《きょう》から全く知らない土地に暮らすのだと思うと、今まで憎み怨《うら》んでいた東京の人たちさえなつかしく思われた。

ここから二停車場《ふたていしゃば》ほど先にある、ある大きな市《まち》へ流れて来て、そこで商売をしていた兄の女が、そのころ二、三里の山奥にあるある鉱山の方に係っている男に落籍《ひか》されて、市とS―町との間にある鉱山《やま》つづきの小さい町に、囲われていたことは、お島も東京を立つ前からきかされていた。女がまだ商売をしているころから、兄はその市へ来て、何もすることとなしに、宿屋にごろついていたり、居周《いまわり》の温泉場に遊んでいたりしているうちに、土地の遊び人仲間にも顔を知られて、おりおり勝負事などに手を出していた。女が今の男に落籍されてから、彼は少しばかりの資本《もとで》をもらって、賫縁《つて》のあったこのS―町へ来て、植木に身を入れることになったのであった。

昼ごろに雨があがってから、お島は壮太郎に連れられて、つい二、三町ほど隔たっている大家《おおや》の家《うち》へ遊びにいった。そこはこの町の唯一の精米所でもあり、金持ちでもあった。大きな門を入《はい》ると、水車仕掛けの大きな精米所が、じきにお島の目についた。話し声がきき取れないほど、轟々《ごうごう》いう音がそこから起こっていた。

「この米がみんな鉱山《やま》へ入るんだぜ。」

壮太郎は、お島をその入り口まで連れていって、言ってきかせた。白くなって働いている男たちと、壮太郎はしばらくむだ話をしていた。

主人はガラス戸のはまった、明るい事務室で、椅子《いす》に腰かけて、青い巾《きれ》の張られた大きなテーブルによっかかって、眼鏡《めがね》をかけて、その日の新聞の相場づけに目を通していたが、壮太郎の方へ笑顔《えがお》を向けると、お島にも丁寧にお辞儀をした。柱の状挿《じょうさし》には、主《おも》に東京から入って来る手紙や電報が、おびただしくはさまれてあった。米屋町の旦那《だんな》のような風《ふう》をしたその主人を、お島は不思議そうにながめていた。

「ここの庭さ、おれが手を入れたというのは……。」壮太郎は飛び石伝いに、築山《つきやま》がかりの庭へ出てゆくと、お島に話しかけたが、そこから上へ登ってゆくと、小さい公園ほどのひろびろした土地が、目の前にひらけた。

「へえ、こんな暮らしをしている人があるんですかね。」

お島はそこから、築山のかかりや、家建《やだち》の工合を見おろしながらつぶやいた。

「ここへみっしり木を入れて、この町の公園にしようてえのが、あの人の企画《もくろみ》なんだがね。金のかかる仕事だから、少し景気が直ってからでなくちゃ……。」

兄はそう言って、子供のためのグラウンドのような場所のまわりにある、木陰のベンチに腰をおろして、莨《たばこ》をふかしはじめた。

四九

じきにお島は、ここの主人や上《かみ》さんや、子供たちとも懇意になったが、来た時から目についた、通りの方の浜屋という旅館の人たちとも親しくなった。

旅館の方には、お島より二つ年下の娘のほかに、里から来ている女中が三人ほどいたが、始終帳場にすわっている、色の小白い面長《おもなが》な優男《やさおとこ》が、そこの主人であった。物堅そうなその主人は、大きい声では物も言わないような、おとなしい男であった。

山国のこの寂れた町に涼気《すずけ》が立って来るにつれて、西北にそびえている山の姿が、薄墨色の雲にとざされているような日が続きがちであった。くさくさするような雨降りの日にはお島はよく浜屋へ湯をもらいに行って、囲炉裏ばたへ上がり込んで、娘に東京の話をして聞かせたり、立て込んで来る客の前へ出たりした。

一家の締まりをしている、四十六、七になった、ぶよぶよ肥《ぶと》りの上さんと、一日小まめにからだを動かしづめでいるおじいさんとが、薄暗いその囲炉裏のそばに、酒のお燗《かん》番をしたり女中のさしずをしたりしていた。町の旅籠《はたご》や料理屋へ肴《さかな》を仕送っている魚河《うおが》岸《し》の問屋《とんや》の旦那《だんな》が、仕切りを取りに、東京からやって来て、二日も三日も、新建《しんだち》の奥座敷に飲みつづけていた。

精米所の主人が建ててくれたという、その新座敷へ、お島も時々入《はい》って見た。糸柾《いとまさ》の檜《ひのき》の柱や、欄間の彫刻や、極彩色の模様画のある大きな杉戸や、黒柿《くろがき》の床框《とこがまち》などの出来ばえを、上さんは自慢そうに、お島に話して聞かせた。

河岸の旦那の芸づくしをやっているその部屋を、お島も物珍しそうにのぞいてみた。それでも安お召などを引っぱった芸者や、古着か何かの友禅縮緬《ゆうぜんちりめん》の衣装を着て、まだらに白粉《おしろい》をぬった半玉などが、引っきりなしに、部屋を出たり入ったりした。鼓や太鼓の音がのべつ陽気に聞こえた。笛のうまいという、盲の男の師匠が、芸者に手をひかれて、廊下づたいに連れられて行った。

そこへ精米所の主人がやって来て、炉ばたにあぐらをかくと、そこにごろりと寝ころんでいたおじいさんはじきに奥へ引っ込んで行った。精米所の主人の前には、じきに銚子《ちょうし》がつけられて、上さんがお酌をしはじめた。

「あれを知らねえのかい。お前もよっぽど間ぬけだな。」

兄はその主人と上さんとの間《なか》を、お島に言って聞かせた。

「あの家《うち》も、精米所のおかげで持っているのさ。だからじいさんも目をつぶって、見ているんだ。」

兄はそうも言った。

五〇

旦那を鉱山《やま》へかえしてから、女が一里半ほどの道を俥《くるま》に乗って、壮太郎のところへやって来るのは、大抵月曜日の午前であった。

家が近所にあったところから、幼《ちいさ》いおりの馴染《なじみ》であった、おかなというその女が、まだ東京で商売に出ている時分、兄は女の名前を腕に鏤《えり》つけなどして、うれしがっていた。そして女のあとをおうて、ここへ来たころには、上《かみ》さんまで実家《さと》へ返して、父親からは準禁治産の形ですっかり見限《みき》りをつけられていた。

日本橋辺にいたことのあるおかなは、やせぎすな軀《がら》の小さい女であったが、東京では立ち行かなくなって、T―町へ来てからは、からだも芸も一層荒《すさ》んでいた。土地びいきの多い人たちのなかでは、勝手が違って勤めにくかったが、鉱山から来る連中にはかなりに持てはやされた。

おかなは朝来ると、晩方には大抵帰って行ったが、旦那が東京へ用達《ようた》しなどに出るおりには、二晩も三晩も帰らないことがあった。二里ほど奥にある、山間の温泉場へ、呼び出しをかけられて、壮太郎が出向いて行くこともあった。

おかなは素人《しろうと》くさい風《ふう》をして、山焦《やまやけ》のした顔に白粉も塗らず、ぼくぼくした下駄をはいてやって来たが、お島には土地の名物だといって固い羊羹《ようかん》などを持って来た。

女のいる間、お島は家を出て、精米所へ行ったり、浜屋で遊んでいたりした。

精米所では、東京風の品《ひん》のいい上さんが、家に引っ込みきりで、浜屋の後家《ごけ》に産まれた主人の男の子と、自分に産まれた二人《ふたり》の女の子供の世話をしていた。

「浜屋のおばさんのとこへいきましょうね。」

お島は近所の子供たちと、例の公園に遊んでいるその男の子の、きれいな顔をながめながら言ってみた。

「あ」と、子供はうなずいた。

「おっ母《か》さんとおばさんと、どっちが好き?」お島は言ってみたが、子供には何の感じもないらしかった。

お島はベンチに腰かけて、だるい時のたつのを待っていた。庭の運動場のまわりに植わった桜の葉が、もう大半黄ばみ枯れて、秋らしい雲が遠くの空に動いていた、お島は時々炉ばたで差し向かいになることのある、浜屋の若い主人のことなどを思っていた。T──市から来ていた、その主人の嫁が、肺病のために長いあいだ生家《さと》へ帰されていた。

五一

お島が楽しみにして世話をしていた植木畠《うえきばたけ》や花圃《はなばたけ》の床《とこ》に、霜がだんだんしげくなって、吹きさらしの一軒家の軒や羽目板に、ある時は寒い山颪《やまおろし》が、すさまじく木《こ》の葉を吹きつける冬が町を見舞うころになると、商売の方がすっかりひまになって来た壮太郎は、また市《まち》の方へ出て行って、遊び人仲間の群れへ入《はい》って、勝負事に頭を浸している日が多かった。

持って行った植木のあるものは、土が適《ふさ》わぬところから、お島がいかに丹精《たんせい》しても、買い手のつかぬうちに、立ち枯れになるようなものが多かったが、草花の方もみごとに見込みがはずれて、種子《たね》が思ったほどさばけぬばかりでなく、花圃にまかれたものも発芽や発育が十分でなかった。壮太郎はそれに気を腐らして、この一冬をどうしてお島と二人《ふたり》で、この町に立てこもろうかと思いわずろうた。

山にはもう雪が来ていた。鉱山の方へ搬《はこ》ばれてゆく、味噌《みそ》や醤油《しょうゆ》などを荷造りした荷馬が、町に幾頭となく立ちならんで、時雨《しぐれ》のふる中を、尾をたれて白い息を吹いているような朝が幾日となく続いた。小春日和《こはるびより》の日などには、お島がよく出て見た松並み木の往還にある木挽小舎《こびきごや》の男たちの姿も、いつか見えなくなって、そこから小川を一つ隔てた田圃《たんぼ》なかにある遊郭の白いペンキ塗りの二階や三階の建物を取り巻いていた林の木の葉も、すっかり落ち尽くしてしまった。

それでも浜屋の奥座敷だけには、裏町にある芸者屋から、時々裾《すそ》をからげて出てゆく箱屋や芸者の姿が見られて、どこからともなく飲みに来る客が絶えなかった。お島は町を通るごとに目についていた、通りの飲食店や、町がさびれてから、どこも達磨《だるま》をおくようになったという旅籠屋《はたごや》などに、働きに入ろうかとさえ思ってみることもあったが、それらのお客がみんな近在の百姓や、繭買いなどの小商人《こあきうど》であることを想《おも》ってみるだけでも、身ぶるいが出るほどいやであった。

裸になって市《まち》から帰って来ると、兄はよくお島のものを持ち出して、顔を知っている質屋の門などをくぐったが、それも種子《たね》が尽きて来ると、やっぱり女のところへせびりに行くよりほかなかった。

その使いに、お島も時々やられた。峠の幾つもある寂しい山道を、お島はひとりでてくてく歩いて行った。どこへ行っても人家があった。休み茶屋や居酒屋もあった。女の囲われている町では、馬蹄《ばてい》や農具をこしらえている鍛冶屋《かじや》がことに多かった。

「おかなさんが、こんなところによくいられたもんだ。」お島は不思議に思ったが、それでも女のいるところは、小ざっぱりした格子造りの家《うち》であった。家のなかには、東京風の箪笥《たんす》や長火鉢《ながひばち》もきちんとしていた。

五二

けれど、そうしてちょいちょいいってみる、お島の目に映ったところでは、おかなは兄の思っているほど気楽な身分でもなかった。おかなの話によると、鉱敷課《こうしきか》とやらの方に勤めて、鉱夫たちと一緒に穴へ入《はい》るのが職務であるその旦那から、月々あてがわれる生活費と小づかいとは、幾らでもなかった。もといた市《まち》の方では、だれも知らないもののない壮太郎との情交《なか》が、鉱山《やま》の人たちの口から、うすうす旦那の耳へも伝わってから、金の受け渡しが一層やかましくなって、おかなはその事でどうかすると旦那とえらいけんかを始めることすらあった。夏のころから、山間の湯に行ってみたり、市の方の医者へ通っていたりしていたおかなのからだは、涼気《すずけ》がたつに従って、いくらか肉づいて来たようであったが、やっぱり色沢《いろつや》が出て来なかった。それにどちらを向いても、山ばかりのこの寂しい町で、雪の深い長い一冬を越すことは、今までにぎやかな市にいたおかなにとっては、穴へ入るほど心細い仕事であった。どこか暖かい方へ出て、もとの商売をしよう！　おかなは時々その相談を、壮太郎にもしてみるのであった。

　旦那から少しばかりの手切れをもらって、おかなが知り合いをたよって、着のみ着のままで千葉の方へ落ちて行くことになったころには、壮太郎もすっかり零落《おちぶ》れはてていた。月はもう十二月であった。山はどこを見てもまっ白で、町には毎日毎日じめじめした霙《みぞれ》が降ったり、雪が積もったりしていた。

　東京の自宅《うち》の方へ、時々無心の手紙などを書いていた壮太郎が、何の手ごたえもないのに気を腐らして、女から送って来た金を旅費にして、これもこの町を立って行ったのは、十二月の月ももう半ば過ぎであった。旅客の姿のほとんど全く絶えてしまった停車場へ、ひとりのこされることになったお島は、兄を送っていった。精米所の主人や、浜屋の内儀《かみ》さんなどに、家賃や、時々の小づかいなどの借りのたまっていた壮太郎のために、双方の談合《はなしあい》で、その質《かた》に、お島のからだがあずけられる事になったのであった。

　寒い冬空を、防寒具の用意すらなかった兄の壮太郎は、古い蝙蝠傘《こうもりがさ》を一本もって、さながら凶状持ちか何ぞのような身すぼらしい風《ふう》をして、そこから汽車に乗っていった。

鳥打ちの廂《ひさし》から、落ちくぼんだ目ばかりがぎろりと薄気味わるく光っていた。

その日は、夕方から雪がぼそぼそ降り出して来た。綿の入ったものの したくすらできなかったお島は、袷《あわせ》の肌《はだ》にしみる寒さにふるえながら、汽車の出てしまった寂しい停車場を、浜屋の番傘をさして、ひとりですごすご出て来た。

「兄《にい》さんにすっかりかつがれてしまったんだ！」

お島は初めて気がついたように、自分の陥《お》ちて来た立場を考えた。

達磨《だるま》などの多い、飲食店の店のなかからは、煮物の煙《けぶり》などが、薄白く寒い風になびいていた。

五三

繭買いや行商人などの姿が、安旅籠《やすはたご》の二階などに見られる、五、六月の交《こう》になるまで、旅客のあとのすっかり絶えてしまうこの町にも、県の官吏の定宿《じょうやど》になっている浜屋だけには、時々洋服姿で入《はい》って来る泊まり客があった。そのなかには、鉄道の方の役員や、保険会社の勧誘員というような人たちもあったが、それも月が一月へ入ると、ぱったり足がたえてしまって、浜屋の人たちは、炉ばたに額《ひたい》をあつめて、飽き飽きする時間を消しかねるような怠屈な日が多かった。

「さあ、こんな事をしちゃいられない。」

朝の拭《ふ》き掃除《そうじ》がすんでしまうと、その仲間に加わって、時のたつのを知らずに話にふけっていたお島は、新建《しんだち》の奥座敷で、昨夜《ゆうべ》も悪好《わるず》きな花に夜をふかしていた主婦の、起きて出て来る姿をみると、急いで暖かい炉ばたを離れた。そして冬じゅう女の手のへらされた勝手元の忙《せわ》しい働きのひまひまに見るように、主婦からあてがわれている仕事にすわった。仕事は大抵、これからの客に着せる夜着や綈袍《どてら》や枕などの縫《ぬ》い釈《と》きであった。前二階の広い客座敷で、それらの仕事にすわっているお島は、気がつまって来ると、ひとりで鼻唄をうたいながら機械的に針を動かしていたが、やる瀬のない寂しさが、時々頭脳《あたま》に襲いかかって来た。

窓をあけると、鳶色《とびいろ》に曇った空の果てに、山々の峰続きがほの白く見られて、その奥の方にあると聞いている、鉱山《やま》の人たちの生活が物悲しげに思いやられた。奥座敷の縁側に出してある、大きな籠《かご》に啼《な》いている小禽《ことり》の声が、時々聞こえていた。

市《まち》から引かれてある電燈の光が、薄明るく家《いえ》のなかを照らすころになると、町はもうどこもかしこも戸が閉ざされて、裏へ出てみると、一面に雪の降り積もった田畠《たはた》や林や人家のあいだから、ごとんごとんと響く、水車の音が単調に聞こえて、涙ぐまるるような物悲しさが、快活に働いたり、笑ったりして見せているお島の心の底に、しみじみわきあがって来た。

そのころになると、いつも炉ばたに姿をみせる精米所の主人が、もうやって来て大きなからだを湯に浸っていた。そしてお島たちが湯に入る時分には、晩酌のいい機嫌《きげん》で、かけ離れた奥座敷に延べられた臥床《ふしど》につくのであったが、花がはじまると、ぴちんぴちんという札の響きが、みんなの寝静まった静かな屋内《やうち》に、いつまでも聞こえていた。二、三人の町の人が、そこに集まっていた。

酒ものまず、花にも興味をもたない若主人と、お島は時々二人《ふたり》きりで炉ばたにすわっていた。病気がなおるともなおらぬともきまらずに、長いあいだ生家《さと》へ帰っている若い妻の身のうえを、ひとりで案じわずろうているこの主人の寝起きの世話を、お島はこのごろ自分ですることにしていた。

五四

新座敷の方の庭から、丁字形に入り込んでいる中庭に臨んだ主人の寝室《ねま》を、お島はある朝、毎朝《いつも》するように掃除していた。障子襖《ふすま》の燻《くす》ぼれたその部屋《へや》には、持ち主のいないま新しい箪笥《たんす》が二棹《さお》もならんでいて、嫁の着物がそっくりなかにしまわれたきり、錠がおろされてあった。お島は苦しい夢を見ているような心持ちで、そこを掃《は》き出していたが、不安と悔恨とが、また新しく胸にしみ出していた。

お島は人に口をきくのも、顔を見られるのもいやになったような自分の心のおびえを紛らせるために、一層かいがいしい様子をして立ち働いていた。そして客の膳立《ぜんだ》てなどをする場所に当ててある薄暗い部屋で、妹たちと一緒に朝飯をすますと、自分ひとりの思いにふけるために、急いで湯殿へ入《はい》っていった。窓に色ガラスなどをはめた湯殿には、板壁にかかった姿見が、うっすり昨夜《ゆうべ》の湯げに曇っていた。お島はその前に立って、いびつなりに映る自分の顔にながめ入っていた。親たちや兄や多くの知った人たちと離れて、こんなところに働いている自分の姿がいじらしく思えてならなかった。

お島は湯をぬくために、冷たい三和土《たたき》へおりて行った。目が涙に曇って、そこにあふれ流れている噴井《ふきい》の水もみえなかった。他人のなかに育って来たおかげで、だれにもかゆいところへ手のとどくように気を使うことに慣れている自分が、若主人の背なかを、昨夜も流してやったことが憶《おも》い出された。そうした不用意の誘惑から来た男の誘惑を、はね返すだけの意地が自分になかったことが悲しまれた。

「鶴さんで懲り懲りしている！」

お島はその時も、おぼれてゆく自分の成り行きが不安であった。

お島は力ない手を、浴槽《よくそう》の縁《ふち》につかまったまま、流れ減《た》って行く湯を、うっとりながめていた。ごほごほという音を立てて、湯は流れおちていった。

橋をわたって、裏の庫《くら》の方へゆく、主人の筒袖《つつそで》を着た物腰の細《ほっそ》りした姿が、ガラス戸ごしにちらと見られた。お島は今朝《けさ》から、まだ一度もこの主人の顔を見なかった。親しみのないような皮膚の蒼白《あおじろ》い、手足などの繊細《きゃしゃ》なそのからだがお島の感覚には、さわるのが気味わるくも思えていたのであったが、今朝は一種の魅力が、自分をひきつけてゆくようにさえ思われた。

「郵便が来ているよ。」

不意にその主人が、湯殿のなかへ顔を出して、ふところから一封の手紙を出した。それは王子《おうじ》の父親のところから来たのであった。

「へえ、何でしょう。」

お島は手をふきながら、それを受け取った。そして封をひらいて見た。

五五

山に雪がとけて、紫だったその姿が、くっきり碧《あお》い空に見られるようになるころまでに、お島は三度も四度も父親の手紙を受け取った。

冬じゅう閉ざされてあった煤《すす》けた部屋《へや》のすみずみまで、東風《こち》が吹き流れて、町に陽炎《かげろう》の立つような日が、幾日《いくか》となく続いた。淡雪がおもいがけなく、また降って来たりしたが、春の日光に照らされて、じきにびしょびしょ消えて行った。樋《ひ》の破れ目から漏れおちる垂滴《すいてき》の水沫《しぶき》に、光線が美しい虹《にじ》をたなびかせて、凧《たこ》のうなり声などが空に聞こえ、乾燥した浜屋の前の往来には、よかよか飴《あめ》の太鼓が子供を呼んでいた。

「お暖《あった》かになりやした。」

浜屋の炉ばたへ来る人の口から、そんな挨拶《あいさつ》が聞かれた。

ちらほら梅の咲きそうな裏庭へ出て、冷たい頸《えり》もとにそばえる軽い風に吹かれていると、お島はしきりに都の空が恋しく想《おも》い出された。

「お父《とっ》さんから、また手紙が来ましたよ。」

人のいないところで、帯の間から手紙を出してお島は男に見せた。

正月ごろまでは、ちょいちょい嫁の病気を見にいっていた男は、このごろではすっかり市《まち》の方へも足を遠のいていた。湯殿口や前二階で、ひそひそ話《ばなし》をしている二人《ふたり》の姿が、妹たちの目にも立つようになって来た。

そんなところにいつまでぐずぐずしていないで、早く立って来い。父親の手紙は、いつも同じようであったが、お島の身のうえについて、立っているらしいろくでもないうわさが、昔気質《むかしかたぎ》の老人《としより》を怒《おこ》らせている事は、その文言《もんごん》でも受け取れた。

「どうしましょう。」

お島はそのたんびに、目に涙をためてため息をついたが、かえるともかえらぬとも決まらずに、話がぐずぐずになる事が多かった。

「お父さんは、わたしが酌婦にでもなっているものと思っているのでしょう。」

お島はそうも言って笑った。

一緒に東京へ出る相談などが、二人のあいだに持ち上がったが、何もする事のない男は、そこまで盲目にはなりきれなかった。市《まち》へお島をそっと住まわしておこうという相談も出たが、精米所の補助を受けて、かつかつやっている浜屋の生計《くらし》向きでは、それもできない相談であった。

一里半ほど東に当たっている谿川《たにがわ》で、水力電気を起こすための、測量師や工夫の幾組かが東京からやって来たり、山から降りて来たりするころには、二人のなかを、だれもあやしまなかった。月はもう五月に入《はい》りかけていた。

五六

嫁の生家《さと》や近所への聞こえをはばかるところから、主婦《おかみ》の取り計らいで、お島がそれとなく、浜屋といくらか縁続きになっている山のある温泉宿へやられたのは、その月の末ごろであった。

S―町のはずれを流れている川をさかのぼって、重なり合った幾つかの山すそをたどって行くと、じきにその温泉場の白壁や屋《や》の棟《むね》が目についた。勾配《こうばい》の急な町には疾《はや》い小川の流れなどが音を立てて、石高《だか》な狭い道の両側に、幾十かの人家が窮屈そうに軒を並べ合っていた。

お島の行ったところは、そこに十四、五軒もある温泉宿のなかでも、古い方の家《うち》であったが、崖《がけ》造りの新しい二階などが、蚕の揚がり時などに遊びに来る、居周《いまわり》の人たちを迎えるために、地下室の形を備えている味噌蔵《みそぐら》の上に建て出されてあったりした。庭にはもう苧環《おだまき》が葉をしげらせ、夏雪草が日に熔《と》けそうな淡紅色の花をつけていた。

雪の深い冬の間、閉《た》てきってあったような、その新建《しんだち》の二階の板戸をあけると、すぐ目の前にみえる山の傾斜面にひらいた畑には、麦が青々と伸びて、蔵の瓦《かわら》屋根のうえに、小禽《ことり》がうれしげな声をたてて啼《な》いていた。山国の深さを思わせるような朝雲が、見あげる山の松の梢《こずえ》ごしに奇《く》しくながめられた。

繭時にはまだ少し間《ま》のあるこの温泉場には、近郷の百姓や付近の町の人の姿がたまに見られるきりであった。お島はその間を、ここでも針仕事などにすわらせられたが、どうかすると若い美術学生などの、函《はこ》をさげて飛び込んで来るのに出あった。

「こんな山奥へいらして、何をなさいますの。」

お島は絶えて聞くことのできなかった、東京弁のなつかしさにひきつけられて、つい話に晷《とき》を移したりした。

山越えに、××国の方へわたろうとしているその学生は、紫だった朝雲が、まだ山の端《は》に消えうせぬ間を、軽々しいいでたちをして、こしらえてもらった皮包みの弁当をポケットへ入れて、ふらりと立っていった。

「なんて気楽な書生さんでしょう。男はいいね。」

お島はうらやましそうにその後ろ姿を見送りながら、主婦《かみさん》に言った。

三十代の夫婦のほかに、七つになる女のもらい子があるきり、老人気《としよりけ》のないこの家では、お島は比較的気がのんびりしていた。始終蒼《あお》い顔ばかりしている病身な主婦は、暖かそうな日には、明るい裏二階の部屋へ来て、まれには針仕事などを取り出していることもあったが、大抵は薄暗い自分の部屋に閉じこもっていた。

夏らしい暑い日の光が、山間の貧しい町のうえにも照って来た。庭の柿の幹に青蛙《あおがえる》の啼《な》き声がきこえて、銀《しろがね》のような大粒の雨がにわかに青々した若葉に降りそそいだりした。午後三時ごろのだるい眠りに襲われて、日影の薄い部屋に、うつらうつらしていた頭脳《あたま》が急にせいせいして来て、お島は手すりぎわへ出て、美しい雨脚《あまあし》をながめていた。圧《お》しつけられていたような心が、はねあがるように目ざめて来た。

五七

浜屋の主人が、二度ばかりあいに来てくれた。

主人は来ればきっと湯に入《はい》って、一晩泊まって行くことにしていたが、おしまいに別れてから、物の二日とたたぬうちに、またやって来た。東京からだしぬけに出て来た、お島の父親をつれて来たのであった。

お島はその時、もらい子の小娘を手かけに負《おぶ》って、裏の山畑をぶらぶらしながら、道ばたの花を摘んでやったりしていた。この町でも場末のきたない小家《こいえ》が、二、三軒飛び離れたところにあった。朝晩は東京の四月ごろの陽気であったが、昼になると、急に真夏のような強い太陽の光熱が目や皮膚にしみ通って、ほのかな草いきれが、鼻に通うのであった。一雨《ひとあめ》ごとに桑の若葉の緑が濃くなって行った。

「東京からお父《とっ》さんが見えたから、ここへ連れて来たよ。」

主人はある百姓家の庭の、藤棚《ふじだな》の陰にある溝池《どぶいけ》の縁《ふち》にしゃがんで、子供に緋鯉《ひごい》を見せているお島の姿を見つけると、そばへ寄って来てささやいた。

「へえ……来ましたか。」

お島は息のつまるような声を出して叫んだなり、男の顔をしげしげながめていた。

「いつ来ました?」

「十一時ごろだったろう。着くとすぐ、連れて帰ると言うから、お島さんがこっちへ来ている話をすると、それじゃわしが一人《ひとり》で行って連れて来るといって、急き《せ》立つもんだからな。」

「ふむ、ふむ」とお島は鼻がしらの汗もふかずに聞いていたが、「気のはやいお父《とっ》さんですからね。」とため息をついた。

「それでどうしました。」

「今あすこで一服すって待っているだが、顔さえ見ればすぐに引っ立てて連れて行こうという見脈《けんまく》だで……。」

「ふむ」と、お島は蒼《あお》くなって、ぶるぶるするような声を出した。

「お父さんにここであうのはいやだな。」お島は手を堅く組んで首を傾《かし》げていた。「どうかしてあわないでかえす工夫はないでしょうか。」

「でも、ここにいることを打ち明けてしまったからね。」

「ふむ……まずかったね。」

「とにかくちょっとあった方がいいぜ。その上で、またよく相談してみたらどうだ。」

「ふむ――」と、お島はやっぱりすごい顔をして、考えこんでいた。「東京を出るとき、わたしは一生親の家《うち》の厄介にはなりませんと、立派に言いきって来ましたからね。今あうのは実に辛い！」

お島の目には、ほろほろ涙が流れだして来た。

「しかたがない、思いきってあいましょう。」しばらくしてからお島は言い出した。

「あったらどうにかなるでしょう。」

二人《ふたり》は藤棚の陰を離れて、畔道《あぜみち》へ出て来た。

五八

父親は奥へも通らず、大きい柱時計や体量器の据えつけてある上がり口のところに、行儀よく居《い》ずまって、お島の小さい時分から覚えている持ち古しの火の用心で莨《たばこ》をふかしていたが、お島や浜屋にしつこく言われて、やっと勝手元に近い下座敷の一つへ通った。

「よくいらっしゃいましたね。」お島は父親の顔を見た時から、胸が一杯になって来たが、空々しいような言葉をかけて、茶をいれたり菓子を持って来たりして、何か言い出しそうにしている父親のそばに、じっとすわってなぞいなかった。

「わたしのことなら、そんな心配なんかして、わざわざ来てくださらなくともよかったのに。でもせっかく来たついでですから、お湯にでも入《はい》って、ゆっくり遊んで行ったらいいでしょう。」

「なにそうもしていられねえ。日帰りで帰るつもりでやって来たんだから。」父親も落ち着きのない顔をして、腰にさした莨入れをまた取り出した。

「お前のからだが、たといどういうことになっていようとも、こうやっておれが来た以上は、引っぱって行かなくちゃならない。」

「どういうふうにもなってやしませんよ」と、お島は笑っていたが、父親の口ぶりによると、彼はお島の最初の手紙によって、てっきり兄のためにからだを売られて、ここに沈んでいるものと思っていた。そして東京では母親も姉も、それを信じているらしかった。

それで父親は、今日《きょう》のうちにも話をつけて、払うべき借金はきれいに払って、連れて帰ろうと主張するのであった。

お島はその問題には、なるべく触れないようにして、父親に酒の酌をしたり、夕飯の給仕をしたりすると、奥の部屋《へや》に寝ころんでいる浜屋の主人のところへ来て、自分の身のうえについて、密談に晷《とき》を移していたが、お島を返すとも返さぬとも決しかねて、夜になってしまった。

「人の妾《めかけ》なぞわたし死んだってできやしない。そんな事をきかしたら、あの堅気《かたぎ》な人が何を言って怒《おこ》るかしれやしない。」

浜屋が自分で、直《じか》に父親に話をして、当分のうちどこかに囲っておこうと言い出したときに、お島はそれを拒んで言った。そうすれば、精米所の主人に、内密《ないしょ》で金を出してもらって、T―市の方で、何かお島にできるような商売をさせようというのが、浜屋の考えつめた果ての言い条であった。春のころから、東京から取り寄せた薬がききだしたといって、このごろいくらかいい方へ向いて来たところから、近いうち戻って来ることになっている嫁のことをも、彼は考えないわけに行かなかった。そしてそれが一層男の方へお島の心をへばりつかせていった。

奥まった小さい部屋から、二人の話し声が、夜ふけまでぼそぼそ聞こえていた。

その夜なかから降り出した雨が、暁になるとからりとはれあがった。そしてお島が起き出したころには、父親はもうきちんと着物を着て、今にも立ちそうな顔をして、莨《たばこ》をふかしていた。

お島が腫《は》れぼったいような目をして、父親の朝飯の給仕にすわったのは、大分たってからであった。明け放した部屋には、朝間《あさま》の寒い風が吹き通って、田圃《たんぼ》の方から、ころころころころと啼《な》く蛙《かわず》の声が聞こえていた。

「今日は雨ですよ。とても帰れやしませんよ。」お島は縁の端《はし》へ出て、水分の多い曇り空をながめながらつぶやいた。

「さあ、どういうふうになっているんですかね、わたしにはさっぱりわからないんですよ。多分お金なんかいいんでしょう。」

ここに五十両もって来ているから、それで大概借金の方は片づくつもりだからといって、父親が胴巻きから金を出したとき、お島は空とぼけた顔をして言った。

「それじゃお父《とっ》さんこうしましょう。わたしも長いあいだ世話になった家《うち》ですから、これから忙しくなろうというところを見込んで、帰って行くのも義理が悪いから、六月一杯だけいて、おそくともお盆には帰りましょう。」

お島はそうも言って、父親をなだめ帰そうと努めたが、こんな所に長くいては、どうせろくなことにはならないからと言い張って、やっぱりきかなかった。田舎へ流れていっている娘について、近所で立っているいろいろの風聞が、父親の耳へも伝わっていた。

「立つにしたって、浜屋へもちょっと寄らなくちゃならないし、精米所だって顔を出さないで行くわけにいきやしませんよ。わたしだって髪の一つも結わなくちゃ……。」

お島は腹立たしそうにしまいにそこを立っていったが、父親もとうとう職人らしい若い時分の気象を出して、娘のからだをひきつけておく風《ふう》の悪い田舎のやつらが無法だといって怒《おこ》りだした。

「お前とおれじゃ話のかたがつかねえ。だれでもいいから、話のわかるものをここへ呼んできねえ。」

父親は高い声をして言い出した。

廊下をうろうろしていたお島の姿が、やがて浴場の方に現われた。

お島は目に一杯涙をためて、鏡の前に立っていたが、ガラス戸をすかしてみると、今起きて出たばかりの男の白い顔が、湯げのもやもやした広い浴槽《よくそう》のなかに見られた。

「弱っちまうね、お父《とっ》さんの頑固《がんこ》にも……」お島はそこへ顔を出して、ため息をついた。

「何といったってだめだもの。」

どうしようという話もきまらずに、そこに二人はしばらく立ち話をしていたが、するうち晷《とき》がだんだん移っていった。

浜屋が湯からあがった時分には、お島の姿はもう家のどの部屋にも見られなかった。

町を離れて、山の方へお島は一人《ひとり》でふらふら登って行った。山はどこもかしこも、むせかえるような若葉が鬱蒼《うっそう》としていた。やせた菜花《なたね》の咲いているところがあったり、赭《あか》土《つち》の多い禿山《はげやま》の陰に、瀬戸物を焼いている竈《かまど》の煙が、ほのぼのと立ちのぼっていたりした。お島は静かなその山のなかへ、ぐんぐん入《はい》っていった。だれの目にも触れたくはなかった。どこか人迹《ひとあと》のたえたところで、思うさま泣いてみたいと思った。

六〇

山の方へ入って行くお島の姿を見たという人のあるのをたよりに、方々捜しあるいた末に、ある松山へ登って行った浜屋と父親との目に、猟師に追い詰められた兎《うさぎ》か何ぞのように、山すその谿川《たにがわ》の岸の草原にしゃがんでいる、彼女の姿の発見されたのは、それから大分たってからであった。

赤い山躑躅《やまつつじ》などの咲いた、その崖《がけ》の下には、迅《はや》い水の瀬が、ごろごろころがっている石や岩に砕けて、水沫《しぶき》を散らしながら流れていた。危うい丸木橋が両側の巌鼻《いわはな》に架け渡されてあった。お島はどこか自分の死を想像させるような場所をのぞいてみたいような、いたずらな誘惑にそそられて、そこへ降りて行ったのであったが、流れの音や、あたりの静けさが、次第にもどかしいような彼女の心をなだめて行った。

人の声がしたので、はねあがるように身を起こしたお島の目に、松の枝葉を分けながら、山を降りて来る二人《ふたり》の姿がふと映った。お島は恥ずかしさにからだが慄然《ぞっ》と立ちすくむようであった。

お島は二人の間に挟《はさ》まれて、やがて細い崖道を降りて行ったが、目が時々涙に曇って、足もとが見えなくなった。

父親に引き立てられて、お島が車に乗って、山間のこの温泉場を離れたのは、もう十時ごろであった。石高《だか》な道に、車輪の音が高く響いて、長いあいだ耳についていた町の流れが、高原の平地へ出て来るにつれて、次第に遠ざかって行った。

夏時に氾濫《はんらん》する水のあとのすごいような河原《かわら》をわたると、しばらく忘れていたS―町のさまが、じきにお島の目に入って来た。見覚えのある場末の鍛冶屋《かじや》や桶屋《おけや》が、二、三月前の自分の生活をなつかしく想《おも》い出させた。軒の低い家《うち》のなかには、そっちこっちに白い繭の盛られてあるのが目についた。諸方から入り込んでいる繭買いの姿が、めっきり夏めいて来た町に、景気をつけていた。

お島は浜屋で父親に昼飯の給仕をすると、ろくろく男と口をきくひまもなく、じきに停車場《ステーション》の方へ向かったが、主人も裏通りの方から見送りに来た。

「帰ってみて、もし行くところがなくて困るような時には、いつでもやって来るさ。」

浜屋は切符をわたすとき、お島にささやいた。

停車場では、鞄《かばん》や風呂《ふろ》敷包《しきづつ》みをさげた繭商人《あきうど》の姿が多く目に立った。汽車に乗ってからも、それらの人の繭や生糸の話で、持ち切りであった。窓から頭を出しているお島の曇った目に、鳥打ちをかぶって畔《あぜ》伝いに、町の裏通りへ入って行く浜屋の姿が、いつまでも見えた。汽車の進行につれて、S—町や、山の温泉場の姿が、だんだん彼女の頭脳《あたま》に遠のいて行った。深い杉木立《こだち》や、暗い森林が目の前に拡《ひろ》がって来た。ゆさゆさと風にゆられる若葉が、蒼《あお》い影をお島の顔に投げた。

自分をいじめるいい材料を得たかのように、帰りを待ちもうけている母親の顔が、憶《おも》い出されて来た。お島はそれを避けるような、自分の落ちつき場所を考えて見たりした。

六一

汽車が武蔵《むさし》の平野へ降りてくるにつれて、しっとりした空気や、ひろびろとなだらかな田畠《たはた》や矮林《わいりん》が、水から離れていた魚族の水に返されたような安易を感じさせたが、東京が近づくにつれて、汽車のとどまる駅々に、お島は自分の生命《いのち》を縮められるような苦しさを感じた。

「このまま自分の生家《うち》へも、姉の家《うち》へも寄りついて行きたくはない。」お島はひとりでそれを考えていた。

「何らかの運を自分の手で切りひらくまでは、植源《うえげん》や鶴さんや、以前のすべての知り合いにも顔を合わしたくない」と、お島はそうも思いつめた。

王子の停車場《ステーション》へついたのは、もう晩方であったが、お島は引きずられて行くような暗い心持ちで、やっぱり父親のあとへついて行った。静かな町にはもう明りがついて、山国にいなれた彼女の目には、何を見ても潤いとなつかしみとがあるように感ぜられた。

父親が、温泉場で目つけて根ぐるみ新聞に包んで持って来た石楠花《しゃくなげ》や、土地名物の羊羹《ようかん》などをさげて、家へ入って行ったとき、姉も自分の帰りを待ちうけてでもいたように、母親と一緒に茶の間にいた。もう三つになったその子供が歩き出しているのが、お島の目についた。

「へえ、しばらく見ないまにもうこんなになったの。」お島は無造作に挨拶をすますと、自分の傷ついた心の寄りつき場をでも見つけたように、いきなりその子供を膝に抱き取った。

「寅《とら》坊、このおばちゃんを覚えているかい。お前をかわいがったおばちゃんだよ。」

羊羹《ようかん》の片《きれ》を持たされた子供は、じきにお島に懐《なず》いた。

「なんて色が黒くなったんだろう。」姉はお島の山やけのした顔をながめながら、おかしそうに言った。お島の様子の田舎じみて来たことが、鈍い姉にも住んでいた町のさまを想像させずにはおかなかった。

「一口に田舎田舎とくさすけれど、それあいいところだよ。」お島はわざと元気らしい調子で言い出した。

「だって山のなかで、しかたのないところだというじゃないか。」

「わたしもそう思って行ったんだけれど、住んでみると大違いさ。温泉もあるし、町はきれいだし、人間は親切だし、王子あたりじゃとても見られないような料理屋もあれば、芸者屋もありますよ。それこそ一度姉さんたちをつれていって見せたいようだよ。」

「島ちゃんは、あっちで、何かできたっていうじゃないか。だからその土地がよくなったのさ。」

「うそですよ。」お島は鼻で笑って、「こっちじゃわたしのことを何とこそ言ってるかしれたもんじゃありゃしない。困って酌婦でもしていると思ってたでしょう、これでも町じゃわたしも信用があったからね、土地に居《い》つくつもりなら、商売の金主をしてくれる人もあったのさ。」

「へえ、そんな人がついたの。」

六二

山の夢に浸っているようなお島は、じきに邪慳《じゃけん》な母親のために刺激されずにはいなかった。以前からよくききなれている「業突張《ごうつくば》り」とか「穀潰《ごくつぶ》し」とかいうような言葉が、彼女のただれた心の創《きず》のうえに、また新しい痛みを与えた。

お島が下谷《したや》の方に独身で暮らしている、父親の従姉《いとこ》にあたる伯母《おば》のところに、しばらくからだをあずけることになったのは、その夏も、もう盆過ぎであった。もとはある由緒のある剣客の思いものであったその伯母は、時代がかわってから、さる宮家の御者《ぎょしゃ》などに取り立てられていた良人《おっと》が、悪い酒癖《しゅへき》のために職を罷《や》められて間もなく死んでしまった後は、一人《ひとり》の娘とともに、少しばかり習いこんであった三味線を、近所の娘たちに教えなどして暮らしていたが、今は商売をしている娘の時々の仕送りと、人の賃仕事などで、ようよう生きている身の上であった。

昔を憶《おも》いだすごとに、時々口にすることのある酒が、萎《な》えつかれた脈管にまわってくると、爪弾《つめび》きで端唄《はうた》を口ずさみなどする三味線が、火鉢《ひばち》のそばの壁にまだかかっていた。良人であったその剣客の肖像も、煤《すす》けたまま梁《うつばり》のうえにかかっていた。

お島は養家を出てから、一、二度ここへも顔出しをしたことがあったが、年を取っても身だしなみを忘れぬ伯母の容態などが、荒く育ってきた彼女にはいや味に思われた。色の白そうな、口ひげや眉《まゆ》や額の生《は》えぎわのくっきりと美しいその良人の礼服姿で撮《と》った肖像が、その家《うち》には不似合いらしくも思えた。

「伯母さんの旦那《だんな》は、こんなお上品な人だったんですかね。」

お島は不思議そうにその前へ立って笑った。その良人が、若いおりには、ある大名のお抱《かか》えであったりした因縁から、桜田の不意の出来事当時の模様を、この伯母さんは、お島に話して聞かせたりした。子供をつれて浅草へ遊びに行ったとき、子供が荷物に突き当たったところから、天秤棒《てんびんぼう》を振りあげて向かって来る甘酒屋を、群衆の前に取って投げて、へたばらしたという話なども、お島には芝居の舞台か何ぞのように、その時のさまを想像させるに過ぎなかった。

「この伯母さんも、旦那のことが忘れられないでいるんだ。」

伯母と一緒に暮らすことになってから、お島はだんだん彼女の心持ちに、同感できるような気がして来た。

「やっぱり男で苦労した若い時代が忘られないでいるんだ。」

お島はそうも思った。

そんなにいいものも縫えなかった伯母の身のまわりには、それでも仕事が絶えなかった。なかには芸者屋のものらしい派手なものもあった。

その手助けにすわっているお島は、仕事がいけぞんざいだといって、どうかすると物差しで伯母に手を打《ぶ》たれたりした。

重《おも》に気のはらない、急ぎの仕事にお島は重宝がられた。

六三

客から注文のセルやネルの単衣物《ひとえもの》の仕立てなどを、ちょいちょい頼みに来て、伯母《おば》と親しくしていたところから、時にはお島のすわっている裁物板《たちものいた》のそばへも来て、寝そべって戯談《じょうだん》を言い合ったりしていた小野田《おのだ》という若い裁縫師と一緒に、お島が始めて自分自身の心と力を打ちこめて働けるような仕事に取り着こうと思い立ったのは、そのころ初まった外国との戦争が、忙しいそれらの人々の手に、いろいろの仕事を供給している最中であった。

自分の仕事に思うさま働いてみたい……奴隷《どれい》のようなこれまでの境界《きょうがい》に、盲動と屈従とを強《し》いられて来た彼女の心に、そうした欲望の目ざめて来たのは、一度山から出て来て、お島をたずねてくれた浜屋の主人と別れたころからであった。

東京へ帰ってからのお島から、時々はがきなどを受け取っていた浜屋の主人は、菊の花の咲く時分に、ふいと出て来てお島のところを尋ねあてて来たのであったが、二日三日逗留《とうりゅう》している間に、お島は浅草や芝居や寄席《よせ》へ一緒に遊びに行ったり、上野近くに取っていたその宿へ寄って見たりした。

浜屋は近ごろ、以前のように帳場にすわってばかりもいられなかった。そして鉱山《やま》の売り買いなどに手を出していたところから、近まわりをそっちこっち旅をしたりして暮らしていたが、東京へ来たのも、そんな仕事の用事であった。

「気を長く待っていておくれ。そのうち一つ当たれば、お島さんだってそのままにしておきやしない。」

彼は今でもお島をT―市《まち》の方へつれていって、そこで何らかの水商売をさせて、囲っておく気でいるらしかった。

「今さらあの山のなかへなぞ行って暮らせるもんですか。お妾《めかけ》さんなんかいやなこった。」お島はそう言って笑って別れたのであった。

男は少しばかりの小づかいをくれて、停車場《ステーション》まで送ってくれた女に、冬にはまた出て来る機会のあることを約束して、立っていった。

東京で思いがけなく男にあえたお島は、二、三日の放肆《ほしいまま》な遊びに疲れた頭脳《あたま》に、浜屋のことと、若い裁縫師のこととを、一緒に考えながら、ぼんやり停車場を出て来た。

六四

「どうです、こんな仕事を少し助《す》けてくれられないでしょうか」と、小野田がそう言って、持って来てくれた仕事は、これから寒さに向かって来る戦地の軍隊に着せるような物ばかりであった。

それまで仕売り物ばかりこしらえているある工場に働いていた小野田は、そんな仕事が仲間の手にあふれるようになってから、それを請け負うことになった工場の注文を自分にも仕上げ、方々人にも頼んであるいた。

「仕事はいっくらでも出ます。引き受けきれないほどあります。」

小野田はお島がやってみることになった、毛布の方の仕事を背負《しょ》いこんで来ると、そう言ってそのやり方を彼女に教えて行った。

毛布というのは兵士が頭から着る柿《かき》色の防寒外套であった。女の手にできるようなそのまとめに最初働いていたお島は、縫いあがった毛布にホックやボタンをつけたり、穴かがりをしたりすることに敏捷な指さきを慣らした。「これのまとめが一つで十三銭ずつです。」小野田がそういってあてがっていった仕事を、お島は普通の女の四倍も五倍もの十四、五枚を一日に仕上げた。

手ばしこく針を動かしているお島のそばへ来て、忙《せわ》しいなかを出来上がりの納めものを取りに来た、小野田はこくりこくりと居《い》ねむりをしていた。平気で日に二円ばかりの働きをするお島の帯のあいだの財布のなかには、いつも自分の指さきから産み出した金がざくざくしていた。

「こんな女《ひと》を情婦《いろおんな》にもっていれば、小づかいに不自由するようなことはありませんな。」

小野田は眠りからさめると、せっせと穴かがりをやっている手の働きをながめながら、そう言ってお島の働きぶりに舌を巻いていた。

「どうです、わたしを情婦《いろ》にもってみちゃ。」お島は笑いながら言った。

「結構ですな。」

小野田はそう言いながら、品物を受け取って、自転車で帰っていった。

ホックづけや穴かがりが、お島には慣れてくるとだんだんまだるっこくてしかたがなくなって来た。

年の暮れには、お島はそれらの仕事を請け負っている小野田の傭《やと》われ先の工場で、ミシン台にすわることを覚えていた。むずかしい将校服などにも、きれいにミシンをかけることができてきた。

「わけあないや、こんなもの。男は意気地《いくじ》がないね。」

お島はのろのろしている、仲間を笑った。

車につんで、溜池《ためいけ》の方にある被服所の下請けをしている役所へ搬《はこ》びこまれて行く、それらの納めものが、気むずかしい役員らのためにけちをつけられて、素直に納まらないようなことがざらにあった。

「こんなものが納まらなくちゃしかたがないじゃありませんか。」

男たちに代わって、それらの納めものを持って行くことになったとき、お島はそう言って、ミシンが利《き》いていないとか、服地が粗悪だとか、なんだかんだといって、品物を突き返そうとする役員をよく丸め込んだ。

お島のおしゃべりで、品物が何の苦もなく通過した。

六五

お島が自分だけで、どうかしてこの商売に取り着いて行きたいとの望みを抱《いだ》きはじめたのは、彼女が一日工場でミシンや裁板《たちいた》の前などにすわって、一円二円の仕事に働くよりも、注文取りや得意まわりに、頭脳《あたま》を働かす方に、より以上の興味を感じだしてからであった。

「被服も随分扱ったが、女の洋服屋ってのは、ついぞ見たことがないね。」ちょいちょい納品《おさめもの》を持って行くうちに、じきに昵近《ちかづき》になった被服廠《ひふくしょう》の役員たちが、そういって、てきぱきした彼女の商いぶりをほめてくれたことばが、自分にそうした才能のある事をお島に考えさせた。

「洋服屋なら女のわたしにだってやれそうだね。」

仕事の途絶えたおりおりに、家《うち》の方にいるお島のところへ遊びに来る小野田に、お島がその事を言い出したのは、今までその働きぶりに目を注いでいた小野田にとっては、自分の手で、彼女を物にしてみようという彼の企てが、うまく壺《つぼ》にはまって来たようなものであった。

「やってやれんこともないね。」感じが鈍いのか、腹が太いのかわからないような小野田は、にやにやしながらつぶやいた。名古屋の方で、二十歳《はたち》ごろまで年季を入れていたこの男は、もう三十に近い年輩であった。上向《うわ》きになった大きな鼻がしらと、出張った頰骨《ほおぼね》とが、彼の顔に滑稽《こっけい》の相を与えていたが、背が高いのと髪の毛が美しいのとで、洋服を着たときの彼ののっしりしたいかつい姿が、どうかするとお島に頼もしいような心を抱《いだ》かしめた。

「わたしのこれまで出あったどの男よりも、お前さんは男振りが悪いよ。」お島はのっそりした無口の彼を前において、時々遠慮のない口をきいた。

「むむ。」小野田はただ笑っているきりであった。

「だけど、お前さんは洋服屋さんのようじゃない。よくそんな風をしたお役人がある

じゃないか。」

しなくなした前だれがけの鶴さんや、蠟《ろう》細工のようにただ美しいだけの浜屋の若主人に物足りなかったお島の心が、小野田のそうした風采《ふうさい》にだんだんひきつけられて行った。

「工場から引っこぬいて、これを自分の手で男にしてみよう。」

うすのろか何ぞのような眠たげな顔をして、いつ話のはずむということもない小野田と親しくなるにつれて、不思議な意地と愛着《あいじゃく》とがお島に起こって来た。

「洋服屋もいい商売だが、やっぱり資本《もと》がなくちゃだめだよ。金の寝る商売だからね。」小野田はお島に話した。

「資本があってする商売なら、何だってできるさ。だけれど、ちょっとした店で、どのくらいかかるだろう。」

「店によりきりさ。表通りへでも出ようというには、生《なま》やさしい金じゃとてもだめだ。」

六六

芝の方で、適当なある小さい家《うち》が見つかって、そこで小野田と二人《ふたり》で、お島がこれこそと見込んだ商売に取り着きはじめたのは、十二月もよほど押し迫って来てからであった。

そうなるまでに、お島は幾度生家《うち》の方へ資金の融通を頼みに行ったかしれなかった。小さいところから仕上げて大きくなって行った、大店《おおだな》の成功談などに刺激されると、彼女はどうでもこうでもそれに取り着かなくてはならないように心がいらだって来た。町を通るごとに、どれもこれも相当に行き立っているらしい大きい小さいそれらの店が、お島の腕をむずむずさせた。見たところ派手でハイカラで儲《もう》けの荒いらしいその商売が、一番自分の気分に適《ふさ》っているように思えた。

「田町《たまち》の方に、こんな家があるんですがね。取り着きには持ってこいの家だがね。」

お島はもと郵便局であった、間口二間《けん》に、奥行き三間《げん》ほどの貸《か》し家《や》を目つけてくると、早速《さっそく》小野田にあってその話をした。金をかけて少しばかり手入れをすれば、物になりそうに思えた。

持ち主が、隣の酒屋だというその家が、小野田にも望みがありそうに思えた。

「あすこなら、物の百円とかけないで、手ごろな店ができそうだね。それに家賃は安いし、大家の電話は借りられるし。」

幾度足を運んでも、母親ががんばって金を出してくれない生家《うち》から、鶴さんと別れたとき搬《はこ》びこんで来たままになっている自分の箪笥《たんす》や鏡台や着物などを、やっとのことで持ち出して来たとき、お島は小野田や自分の手で、着物の目ぼしいものをそっちこっち売ってあるいた。

もと大政の兄弟分であった大工が愛宕下《あたごした》の方にいることを、思いだして、それに店の手入れを頼んでから、郵便局に使われていた古いその家の店が、急に土間に床がこしらえられたり、天井に紙が張られたり、棚が作られたりした。一畳三十銭ばかりの安畳が、どこかの古道具屋から持ち運ばれたりした。

雨降りがつづいて、木ぎれや鋸《おが》くずの散らかった土間のじめじめしているようなその店へ、二人《ふたり》は移りこんで行った。

陳列棚などに思わぬ金がかかって、店が全く洋服屋の体裁をそなえるようになるまでに、昼間お島の帯のあいだにしまわれてある財布が、二度も三度も空《から》になった。大工が道具箱をすみの方に寄せて、帰って行ってから、お島はまたあわただしく箪笥の抽斗《ひきだし》から取り出した着物の包みをかかえて、裏からそっと出て行った。

外はもう年暮《としぐ》れの景色《けしき》であった。赤い旗や紅提灯《べにぢょうちん》に景気をつけはじめた忙《せわ》しい町のなかを、お島は込み合う電車に乗って、伯母《おば》の近所の質屋の方へと急《せ》いた。

六七

ミシンや裁台《たちだい》などの据えつけに、それでもなお足りない分を、お島の顔でやっと工面ができたところで、二人の渡《わた》り職人《しょくにん》と小僧とを傭《やと》い入れると、じきに小野田が被服廠《ひふくしょう》の下請けからもらって来た仕事に働きはじめた。

「大晦日《おおみそか》にはどんな事があってもお返しするんですがね。仕事は山ほどあって、おもしろいほどもうかるんですから。」

お島はそう言ってそのミシンや裁板《たちいた》を買い入れるために、小野田の差し金で伯母の関係から知り合いになったある衣装持ちの女から、品物で借りてやっと調えることのできたきわどい金を、彼女は途中で目についた柱時計や、掛け額などがほしくなると、ふと手を着けたりした。

「みんな店のためです。商売の資本《もと》になるんです。」

お島は小野田に文句を言われると、利口ぶってこたえた。

まだ自分の店にすわった経験のない小野田の目にも、そうしてできあがった店のさまが物珍しくながめられた。

「うんと働いておくれ。今にお金ができると、お前さんたちだって、わたしがうっちゃっておきゃしないから。」お島はそう言って、のろのろしている職人に声をかけたが、夜おそくまで回っているミシンの響きや、アイロンの音が、自分の腕一つで動いていると思うと、お島は限りない歓喜と矜《ほこ》りとを感じずにはいられなかった。

はげしい仕事のなかに、朝から薄ら眠いような顔をしているだらしのない小野田の姿が、時々お島の目についた。

「ちッ、いやになっちまうね。」

お島は針の手を休めて、裁板の前にうとうとと居ねむりをはじめている、彼の顔をながめてつぶやいた。

「どうしてでしょう。こんな病気があるんだろうか。」

職人がくすくす笑い出した。

「そんなこってよく年季が勤まったと思うね。」

「ばかいえ。」小野田は性《しょう》がついて来ると、また手を働かしはじめた。

いろいろなものの支払いのたまっている、大晦日がじきに来た。品物でかりた知り合いの借金に店賃《たなちん》、ミシンの月賦や質の利子もあった。払いのこしてあった大工の賃銀のことも考えなければならなかった。

「こんなことじゃとても追っつきこはありゃしない。」お島は暮れに受け取るべき賃銀を、胸算用で見積もってみたとき、そう言って火鉢《ひばち》の前に腕をくんで考えこんだ。

「もっともっとかせがなくちゃ。」お島はそうも言って気をあせった。

六八

大晦日が来るまでに、二時になっても三時になっても、みんなが疲れた手を休めないような日が、三日も四日も続いた。

夜がふけるにつれて、表通りの売り出しの楽隊の囃《はや》しが、途絶えてはまた気《け》だるそうに聞こえて来た。門《かど》飾りの笹竹《ささだけ》が、がさがさとくたびれた神経に刺さるような音を立て、風の向きで時々耳に立つ遠くの町の群衆の足音が、潮《うしお》でも寄せて来るように思いなされた。

職人たちの口に、嗄《か》れ疲れた話し声が途絶えると、寝不足のついて回っているようなお島の重い頭脳《あたま》が、時々ふらふらして来たりした。がたんと言うアイロンのがさつな響きが、絶えず裁板のうえに落ちた。ミシンがまた歯の浮くような騒々しさで運転しはじめた。

「この人とうとう寝てしまったよ。」

寒さしのぎに今までちびちび飲んでいた小野田が、いつのまにかそこにからだを縮めて、ごろ寝をしはじめていた。

「今日《きょう》は幾日《いくか》だと思ってるのだい。」

「上《かみ》さんは感心に目の堅い方《ほう》ですね。」職人がそれに続いてまた口をきいた。

「わたしは二日や三日寝ないだって平気なもんさ。」

お島は元気らしくこたえた。

晦日《みそか》の夜おそく、仕上げただけの物を、小僧にも背負《しょ》わせ、自分にも背負って、勘定を受け取って来たところで、やっと大家やほかの小口を三、四軒片づけたり、職人の手間賃を内金に半分ほども渡したりすると、残りは何ほどもなかった。

「宅《うち》じゃこういう騒ぎなんです。」

品物を借りてある女が、様子を見に来たとき、お島は振りむきもしないで言った。

店には仕事が散らかり放題に散らかっていた。熨斗餅《のしもち》がすみの方におかれたり、牛蒡《ごぼう》締《じめ》や輪飾りが束《つか》ねられてあったりした。

「あなたの方は大口だから、今夜は勘弁してもらいましょうよ。」

お島はわざと嵩《かさ》にかかるような調子で言った。

小野田に嫁の世話を頼まれて、伯母《おば》がこれをと心がけていたその女は、言いにくそうにして、職人の働きぶりに目を注いでいた。女は居辛《いづら》かった田舎の嫁入り先を逃げて来て、東京で間借りをして暮らしていた。着替えや頭髪《あたま》の物などと一緒に持っていた幾らかの金も、二、三月の東京見物や、月々の生活費に使ってしまってから、手がきくところから仕立て物などをして、小づかいをかせいでいた。二、三度あううちじきにお島はこの女を古い友達のようにしてしまった。

「まあ宅へ来て年越しでもなさいよ。」お島は女に言った。

女はあきれたような顔をして、火鉢のそばで小野田と差し向かいにすわっていたが、間もなく黙って帰って行った。

「いくらお辞儀がきらいだって、あんなこと言っちゃいけねえ。」あとで小野田がはらしたように言い出した。

「ああでも言っておっぱらわなくちゃ、やりきれやしないじゃないか。」お島はふるえるような声で言った。「不人情で言うんじゃないんだよ。今に恩返しをする時もあるだろうと思うからさ。」

六九

同じような仕事の続いて出ていた三月《みつき》ばかりは、それでもまだどうかこうかやって行けたが、月が四月へ入《はい》って、ミシンの音が途絶えがちになってしまってからは、お島が取りかかった自分の仕事の興味が、だんだん裏切られて来た。職人の手間を差し引くと、幾らも残らないような苦しい三十日《みそか》が、二月《ふたつき》も三月も続いた。家賃が滞ったり、順繰りに時々で借りた小さい借金がふえて行ったりした。

「これじゃまるで、わたしたちが職人のために働いてやっているようなものです。」お島はやり切りのつかなくなって来た生活の圧迫を感じて来ると、そう言って小野田を責めた。冬じゅう忙《せわ》しかった裁板《たちいた》の上が、きれいに掃除《そうじ》をされて、職人の手を減らした店のなかが、どうかすると吹き払ったように寂しかった。

近ごろ電話を借りに行くこともなくなった大家《おおや》の店には、酒の空瓶《あきびん》にもう八重桜が生かっているような時候であった。そこの帳場にすわっている主人から、お島たちは、二度も三度も立ちのきの請求を受けた。

「洋服屋って、みんなこんなものなの。わたしはたいへんな見込みちがいをしてしまった。」

しまいに工賃の滞っているために、身動きもできなくなって来た職人と、店頭《みせさき》へ将棋盤などを持ち出していた小野田の、それにも気乗りがしなくなって来ると、ぽかんとして女の話などをしているのんきそうな顔が、間がぬけたように見えたりして、一人《ひとり》で考え込んでいたお島はそのそばへ行って、やきもきする自分をしいて抑《おさ》えるようにして笑いかけた。

「何《なあ》に、そうでもないよ。」

小野田は顔をしかめながら、仕事道具の饅頭《まんじゅう》を枕《まくら》に寝そべって、気の長そうな応答《うけごたえ》をしていた。

お島はのろくさいその居眠り姿が癪《しゃく》にさわって来ると、そこにあった大きな型定規《かたじょうぎ》のような木ぎれを取って、縮れ毛のいじいじした小野田の頭顱《あたま》へ投げつけないではいられなかった。

「こののろま野郎！」

お島は血走ったような目一杯に、涙をためて、肉厚《にくあつ》な自分の頬桁《ほおげた》を、厚い平手で打ち返さないではおかない小野田に食ってかかった。猛烈な立ちまわりが、二人《ふたり》のあいだに始まった。

殺しても飽き足りないような、暴悪《ぼうあく》な憎悪の念が、家《うち》を飛び出して行く彼女の頭にわき返っていた。

しばらくすると、例の女が間借りをしている二階へ、お島は真蒼《まっさお》になって上がって行った。

「あの男と一緒になったのが、わたしの間違いです。わたしの見そこないです。」お島は泣きながら話した。

「どうかして一人前の人間にしてやろうと思って、方々かけずりまわって、金をこしらえて店を持ったり何かしたのが、わたしの見込みちがいだったのです。」

お島はくやしそうにぼろぼろ涙を流しながら言った。

「どうしてもわたしは別れます。あの男と一緒にいたのでは、わたしの女が立ちません。」

荒いすすりなきが、いつまでたってもやまなかった。

七〇

「どうなすったね。」

わき目もふらずに、一日仕事にばかりすわっている沈みがちなその女は、あきれたような顔をして、お島が少し落ち着きかけて来たとき、言い出した。

「あんたはよくかせぐというじゃないかね。どうしてそう困るね。」

「わたしがいくらかせいだってだめです。わたしはこれまでなまけるなどといわれたことのない女です。」お島は涙をふきながら言った。

「洋服屋というものは、たいへんもうかる商売だということだけれど……二人でかせいだら楽にやって行けそうなものじゃないかね。」女はやっぱり仕事から全く心を離さずに笑っていた。

「それがだめなんです。あの男に悪い病気があるんです。わたしはやろうと思ったら、どんな事があってもやり通そうっていう気象ですから、のろのろしている名古屋ものなぞと、気のあうはずがないんです。」

「そんな人とどうして一緒になったね。」女はねちねちした調子で言った。

お島は「ふむ」と笑って、泣き顔をそむけたが、この女には、自分の気分がわかりそうにも思えなかった。

「でも東京というところは、気楽なところじゃないかね。わしら姑《しゅうと》さんと気が合わなんだで、こうして別れて東京へ出て来たけれど、随分辛い辛抱もして来ましたよ。今じゃ独身《ひとり》の方が気楽でたいへんいいわね。御亭主なんぞ一生持つまいと思っているわね。」

「何を言っているんだ」というような顔をして、お島はろくろくそれには耳もかさなかった。そしてやっぱり自分一人のことに思いふけっていた。時々胸からせぐりあげて来る涙を、強《し》いて圧《お》しつけようとしたが、どん底からこみあげて来るような悲痛なおもいが、留めどもなく波だって来てしかたがなかった。どこへ回っても、誤りしいたげられて来たような自分が、いじらしくて情けなかった。

小野田がのそりと入《はい》って来たときも、静かに針を動かしている女のそばに、お島はすわっていた。どんよりした目には、こびり着いたような涙がまだたまっていた。

「何《なん》だ、そんな顔をして。だからおれが言うじゃないか。どんな商売だって、一年や二年で物になる気づかいはないんだから、家《うち》のことはかまわないで、お前はお前で働けばいいと。」

小野田はそこへあぐらをくむと、袂《たもと》から莨《たばこ》を出してふかしはじめた。

「被服の下請けなんか、割があわないからもう断然やめだ。そして明朝《あした》から注文取りにおあるきなさい。」

お島は「ふむ」と鼻であしらっていたが、女の注文取りという小野田の思いつきに、心が動かずにはいなかった。

「そしてお前には外で活動してもらって、おれは内《うち》をやる。そうしたらあるいは成り立って行くかもしれない。」

「こんな身装《なり》で、外へなんか出られるもんか。」お島ははねつけていたが、だれもしたことのないその仕事が、何よりもまず自分には愉快そうに思えた。

帰るときには、お島のいらいらした感情が、すっかり和《なだ》められていた。そして明日《あした》からまた初めての仕事に働くということが、何かなし彼女の矜《ほこ》りをそそった。

「こうしてはいられない。」

彼女の心にはまた新しい弾力が与えられた。

七一

晩春から夏へかけて、それでもお島が二着三着と受けて来た仕事に、多少の景気を添えていたその店も、七、八、九の三月にわたっては、金にもならない直しものがたまに出るくらいで、ミシンの回転がほとんどばったり止まってしまった。

最初お島が仲間うちの店から借りて来たサンプルを持って、注文を引き出しに行ったのは、生家《さと》の居周《いまわり》にある昔からの知り合いの家《うち》などであったが、受けて来る仕事は、大抵詰襟《つめえり》の労働服か、自転車乗りの半ズボンぐらいのものであった。それでもお島の試《ため》された如才ない調子が、そんな仕事に適していることを証《あか》すに十分であった。

サンプルをさげて出歩いていると、男のなかに交《まざ》って、地《じ》を取り決めたり、値段の掛け引きをしたり、尺を取ったりするあいだ、自分の浸っているこのごろの苦しい生活を忘れて浮き浮きした調子で、戯談《じょうだん》やお世辞が何の苦もなく言えるのが、待ち設けない彼女の興味をそそった。

煙突の多い王子のある会社などでは、応接室《おうせつま》へ多勢集まって来て、おもしろそうに彼女の周囲を取り巻いたりした。

「もしよかったら、どしどし注文を出そう。」

そのなかの一人《ひとり》はそう言って、彼女を引き立てるような意志をさえ漏らした。

「そう一時《いっとき》に出ましても、手前どもではまだ資本がございませんから。」

お島はその会社のものを、自分の口一つで一手に引き受けることが何の雑作《ぞうさ》もなさそうに思えたが、引き受けただけの仕事の材料の仕込みにすら差しつかえていることを考えずにはいられなかった。

注文が出るに従って、材料の仕込みに酷工面《ひどくめん》をしても追っつかないような手づまりが、時々いい顧客《とくい》を逃がしたりした。

「ええ、よろしゅうございますとも、ほかさまではございませんから。」

品物を納めに行ったとき、客から金の猶予を言い出されると、お島は悪い顔もできずに、調子よく引き受けたが、それを帰って、あとの仕入れの金を待ち設けている小野田に、報告するのが切《せつ》なかった。それでまたほかの顧客先《とくいさき》へ回って、だるい不安な時間を紛らせていなければならなかった。

「堅い人だがね、どうしてくれなかったろう。」

お島は小野田の失望したような顔を見るのがいやさに、小野田がいつか手本を示したように、そっと直しものの客の二重回しなどを風呂敷《ふろしき》につつみはじめた。

「どうせ冬まで寝かしておくものだ。」お島は心の奥底に淀《よど》んでいるような不安と恐怖を圧《お》しつけるようにして言った。そしてこのごろなじみになった家へ、それを抱きこんで行った。

一日外をあるいているお島は、夜になるとぐっすり寝込んだ。昼間居眠りをしている男のからだが、時々夢現《ゆめうつつ》のような彼女の疲れた心に、重苦しい圧迫を感ぜしめた。

七二

それからそれへと、だんだんひろげて行った遠い顧客先《とくいさき》まわりをして、どうかすると、夜おそくまで帰って来ないお島にはわからないような、苦しいやりくりが持ち切れなくなって来たとき、小野田の計画でとうとうそこを引き払って、月島の方へ移って行ったのは、その冬の初めであった。

造作を売った二百円弱《たらず》の金が、その時小野田の手にあった。細々《こまごま》した近所の買いがかりに支払いをした残りで、彼はまた新しく仕事に取っ着く方針を案出して、そこに安い家《うち》を見つけて、移って行ったのであったが、おもいのほか金が散らかったり、品物が掛けになったりして、資本の運転が止まったところで、去年よりも一層不安な年の暮れが、すぐにまた二人《ふたり》を見舞って来た。

荒いコートに派手な頸巻《えり》きをして、毎日のように朝はやくから出歩いているお島が、掛け先から空手《からて》でぼんやりして帰って来るような日が、幾日《いくか》も続いた。

仕事の途絶えがちな――たまにあっても賃銀のきちんきちんともらえないような仕事に働くことに倦《う》んで来た若い職人は、いい口を捜すために、一日店をあけていた。

病気のために、中途戦争から帰って来たその職人は、軍隊では上官にかわいがられて上等兵に取り立てられていたが、久しぶりで内地へ帰ってくると、職人気質《かたぎ》の初めのようなまじめさがなくなって、持って来た幾らかの金で、茶屋酒を飲んだり、女にふけったりして、金に詰まって来たために、もといた店の物をこかしたり、友達の着物を持ち逃げしたりして居所《いどころ》がなくなったところから、小野田の店へ流れて来たのであったが、その時にはすっかりさめてしまって、もとの小心な臆病《おくびょう》ものの自分になり切っていた。

来た当座、針を動かしている彼は時々巡査の影を見ておそれおののいていた。そしてどんな事があっても、一切日《ひ》の面《おもて》へ出ることなしに、家にばかり閉じこもっていた。彼は救われたお島のために、家のなかではどんな用事にも働いたが、昼間外へ出ることとなると、ボタン一つ買いにすら行けなかった。点呼にも彼は居所をくらましていて出て行く機会を失った。それが一層彼の心を萎縮《いしゅく》させた。

今朝《けさ》も彼は朝飯のとき、奥での夫婦の争いを、蒲団のなかできいていながら、臆病な神経をわななかせていた。最初その争いは多分夫婦間独自の衝突であったらしく思えたが、このごろの行き詰まった生活問題にもつながっていた。

「わたしはこうみえても動物じゃないんだよ。そうそう外も内も勤めきれんからね。」

お島はこのごろよく口にするお株を、また初めていた。

だれがあの職人を今まで引き留めておいたかと言うことが、二人の争いとなった。

「お前さんさえ働けば、家《うち》なんざ小僧だけで沢山なんだ。」飽きっぽいようなお島が言い出していた。どんな事があっても、三人でこの店を守《も》り立ててみせると力んでいた彼女が、どんな不人情な心を持っているかとさえ疑われた。

七三

二日ばかり捜しあるいた口が、どこにも見つからなかったのにがっかりした彼が、日の暮れ方に疲れて渡し場の方から帰って来たとき、家のなかはそこらじゅう水だらけになっていた。

以前友達の物を持ち逃げしたりなどしたために、警察へ突き出そうとまで憤っている男もあって、急にぐれてしまった自分の悪いうわさが、そっちにもこっちにも広がっていることを感づいたほか、何の獲物《えもの》もなかった彼は、当分またお島のところに置いてもらうつもりで、寒い渡しを渡って、町へ入《はい》って来たのであったが、お島の影はどこにも見えず、主人の小野田が雑巾《ぞうきん》を持って、水浸しになった茶の間の畳をせっせとふいていた。

気の小さいわりには、からだの巌丈《がんじょう》づくりで、厚手にできたくちびるや鼻の大きい銅《あかがね》色《いろ》の皮膚をした彼は、あきれたような顔をして、障子も襖《ふすま》もびしょびしょした茶《ちゃ》の室《ま》の入り口に突っ立っていた。

「どうしたんです、あっしの留守のまに小火《ぼや》でも出たんですか。」

「何《なあ》に、あいつのいたずらだ。しようのない化け物だ。」小野田はそう言って笑っていた。

昨日《きのう》の晩から頭顱《あたま》が痛いといってお島はその日一日充血したような目をして寝ていた。髪が総毛立ったようになって、荒い顔の皮膚が巌骨《いわこつ》のように硬張《こわば》っていた。そして時々うんうんうなり声をたてた。

米や醤油《したじ》を時買《ときが》いしなければならぬような日が、三日も四日も二人に続いていた。お島は朝からろくろく物を食べずに、不思議に今まで助かっていた鶴さん以来の蒲団をかぶって臥《ふ》せっていた。

自身に台所をしたり、買いものに出たりしていた小野田には、女手のない家か何ぞのような勝手元や家のなかの荒れ方が、腹立たしく目についたが、それはそれとして、時々苦しげなうめきの聞こえる月経時《どき》の女のからだが、やっぱり不安であった。

「腰の骨が砕けて行きそうなの。」

お島はそばへ寄って来る小野田の手に、からみつくようにして、赭《あか》く淀《おど》み曇《うる》んだ目を見据えていた。

小野田は優しいことばをかけて、腰のあたりをさすってやったりした。

「わたしはどこかからだを悪くしているね。今までこんな事はなかったんだもの。私のからだが人とちがっているのかしら、だれでもこうかしら。」お島は小野田にからだにさわらせながら、このごろになってきざしはじめて来た、自分か小野田かに生理的の欠陥があるのではないかとの疑いを、その時も小野田に訴えた。

お島は小野田に済まないような気のすることもあったが、この結婚がこんな苦しみを自分の肉体にもたらそうとは想《おも》いもかけなかった。

お島は今着ているものの連想から鶴さんの肉体のことを言い出しなどして、小野田を気まずがらせていた。男のからだに反抗する女の手が、小野田のほてった頬に落ちた。凶暴なお島は、夢中で水道のゴム栓《せん》を向けて、男の復讐を防ごうとした。

七四

小野田のひるんだところを見て、外へ飛び出したお島は、どこへいくという目当てもなしに、幾つもの町を突っ切って、不思議に勢いづいた機械のような足で、ぶらぶら海岸の方へと歩いて行った。

町幅のだだっ広い、単調でがさつな長い大通りは、どこを見向いても陰鬱《いんうつ》にひっそりしていたが、そのくせ寒い冬の夕暮れのあわただしい物音が、さびれた町の底に淀《おど》んでいた。燻《くす》みきった男女の顔が、そこここの薄暗い店屋に見られた。活気のない顔をして職工がぞろぞろ通ったり、自転車のベルが、海べの湿っぽい空気を透《とお》して、気疎《けうと》く耳に響いたりした。目に見えないような大道の白い砂が、お島の涙にぬれた目や頬に、どうかすると痛いほど吹きつけた。

お島は死に場所でも捜しあるいている宿なし女のように、橋のたもとをぶらぶらしていたが、時々欄干にもたれて、争闘につかれたからだに息をいれながら、ぼんやりたたずんでいた。寒い汐風《しおかぜ》が、蒼《あお》い皮膚を刺すようにしみとおった。

やがてほの暗い夜の色が、縹渺《ひょうびょう》とした水のうえに這《は》いひろがって来た。そしてそこを離れるころには、気分の落ち着いて来たお島は、腰の方にまたはげしい疼痛《とうつう》を感じた。

暗くなった町を通って、家《うち》へ入《はい》って行った時、店の入り口で見慣れぬ老爺《じじい》の姿が、お島の目についた。

お島は一言二言口をきいているうちに、それがつい二、三日前に、ふっと引き込まれて行くような射倖心《しゃこうしん》が動いて、つい買って見る気になったある賭《かけ》ものの中《あた》った報知《しらせ》であることがわかった。

「お上《かみ》さんは気象がおもしろいから、きっと中《あた》りますぜ。」

暮れをどうして越そうかと、気をいらいらさせているお島に、そんな事に明るい職人が説き勧めてくれた。秘密にそれの周旋をしている家の、近所にあることまで、彼は知っていた。

「いやだよ、わたしそんなものなんか買うのは……。」お島はそう言って最初それを拒んだが、やっぱり誘惑されずにはいなかった。

「そんな事をいわずに、物は試《ため》しだから一口買ってごらんなさい、しかしたびたびはいけません、中ったら一ぺんこきりでおよしなさい。」職人は勧めた。

「何といって買うのさ。」

「何だってかまいません。あんたがどこかで見たものとか聞いた事とか……見た夢でもあればなおおもしろい。」

それでお島は、昨夜《ゆうべ》見た竜の夢で、それを買って見ることにしたのであった。おもいもかけない二百円ばかりのまとまった金を、それでそのじいさんが持ち込んで来てくれたのであった。

秘密な喜悦《よろこび》が、恐怖に襲われているお島たちの暗い心のうえに広がって来た。

「何だか気味がわるいようだね。」

じいさんの行ったあとで、お島はその金を神棚へあげて拝みながら、小野田にささやいた。

七五

燈明の赤々と照らしている下で、お島たちはまるで今までの争いを忘れてしまったように、興奮した目を輝かしてすわっていた。何か不思議な運命が、自分の身のうえにあるように、お島は考えていた。暗い頭脳《あたま》の底から、光が差してくるような気がした。

「ふむ、こういうこともあるんだね。」お島は感激したような声を出した。「全く木村さんのいうことは当たったよ。して見ると、わたしは何でもヤマを張って成功する人間かもしれないね。」

「お上さんの気前じゃ、地道《じみち》なことはとてもだめかもしれませんよ。」

「めんどくさい洋服屋なんかやめて、株でも買った方がいいかもしれないね。」

「そうですね。洋服屋なんてものは、とても見込みはありませんね。あっしは二日歩いてみて、つくづくこの商売がいやになってしまった。」

職人は首をうなだれてため息をついた。

「そんな事を言ったって、今さらこの商売がやめられるものか。」小野田は何を言っているかという顔をして、つぶやいた。

職人はやっぱり深く自分のことに思い入っているように、それには耳もかさなかった。

「あっしは早晩洋服屋って商売はだめになると思うね。ラシャ屋と裁縫師、その間に洋服屋なんていう商人とも職工ともつかぬ、不思議な商売の成り立ちを許さない時期が、今にきっと来ると思いますね。」

職人は興奮したような調子で言った。

「どうしてさ。」お島は目もとに笑って、

「この人はまた妙なことを言い出したよ。」

「だってそうでしょう。」職人はだれにもそれがわからないのが不思議のように熱心に、

「だからお客はばかに高いものを着せられて、職人はお店《たな》のために働くということになる。そのくせ洋服屋は資本が寝ますから、小さい店はとても成り立って行きやしませんや。これはどうしたって、お客が直接地《じ》を買って、裁縫師に仕立てを頼むってことにしなくちゃうそです。」

「ふむ。」とお島は首をかしげてききほれていた。今までばかにしていたこの男が、何か耳新しい特殊な知識を持っている利口もののように思えて来た。

「君は職人だから、自分に都合のいいように考えるんだけれど、実地にはそうは行かないよ。」

小野田はあざ笑った。

「だがこの人はばかじゃないね。何だか今に出世をしそうだよ。」

お島はそう言って、神棚から取りおろした札束の中から、十円札を一枚持ち出すと、威勢よく表へ飛び出して行った。

「おい、ちょっとおれにもう一度見せろよ。」小野田はそう言って、札を両手に引っぱりながら、物ほしそうな目をみはった。

「いい気になってあまりぱっぱと使うなよ。」

お島が方々札びらを切って、注文して来た酒や天麩羅《てんぷら》で、男たちはやがて飲みはじめた。

七六

そんなうわさがいつか町内へ拡がったところから、縁起を祝うために、鈴木組という近所の請負師の親分の家《うち》で出た注文を、不意に受けたのが縁で、その男の引き立てで、家がにわかに景気づいて来た。

月島で幅をきかしていたその請負師の家へ、お島は新調の着物などを着込んで、注文を聞きに行った。寒い雨の降る日で、茶《ちゃ》の室《ま》の火鉢《ひばち》のそばには下に使われている男が仕事を休んで、四、五人集まっていた。大きな縁起棚のそばには、つい三、四日前の酉《とり》の市《いち》で買って来た熊手《くまで》などが景気よく飾られて、諸方からの付け届けのお歳暮が、山のように積まれてあった。男たちのなかには、お島が見知りの顔も見受けられた。

「お上さんはばかに鉄火《てっか》な女だっていうから、外套《がいとう》を一つこさえてもらおうと思うんだが……。」

金歯や指環《ゆびわ》などをぴかぴかさせて、糸織りの褞袍《どてら》に着ふくれている、五十年輩のその親方は、そう言いながら、サンプルを見はじめた。やせぎすな三十七、八の小意気な女が、軟《やわ》らかものを引っぱって、そばにすわっていた。

「工合がよければ、またちょいちょいいいお客をおれが周旋するよ。」

親分は無造作に注文を決めてしまうと、そう言って莨《たばこ》をふかしていた。今まで受けたこともないような河獺《かわおそ》の衿《えり》つき外套や、臘虎《らっこ》のチョッキなどに、お島は当てずっぽうな見積もりを立てて目の飛び出るほどの法外な高値を、何の苦もなく吹きかけたのであった。

「これを一つあなたのような方に召していただいて、ぜひ皆さんにご吹聴《ふいちょう》していただきたいのでございます。どういたしましても、親方のようなお顔の売れた方のごひいきにあずかりませんと、私《わたくし》どもの商売は成り立って行きませんのでございます。」

男たちはみんなお島のしゃべる顔を見て、おもしろそうに笑っていた。

「お上さんの家《うち》では、お上さんが大層な働きもので、ご亭主はぶらぶら遊んでいるというじゃないか。」男たちはお島に話しかけた。

「みなさんがそう言ってくださいます。」お島は赤い顔をして、サンプルをしまっていた。

「たまに宅へお見えになるお客がございましても、私《わたくし》がいないとご注文がないという始末でございますから。あれじゃお前が一人《ひとり》で切り回すわけだと、お客さまがおっしゃってくださいます。」

お島はそう言って、この商売をはじめた自分の行立《ゆきたて》を話して、みんなをおもしろがらせながら、二時間も話しこんでいた。

「あの辺でお聞きくださいませば、もうどなたでもご存じでございます。滝庄《たきしょう》という親分が、以前私《わたくし》の父の兄で、顔を売っていたものですから、ああいう社会の方《かた》が、あの辺ではちょいちょい私のお得意さまでございます。」

帰りがけにお島は、自分のそうした身のうえまで話した。

七七

そんなような仕事が、少しばかり続くあいだ、例の金で身装《みなり》のできたお島は、暮れのせわしいなかを、昼間は顧客《とくい》まわりをして、夜になるとよく小野田と一緒に浮き浮きした気分で、年の市《いち》などに景気づいた町を出歩いたり、友達のようになった顧客先《とくいさき》の細君連と、芝居へ入《はい》ったり浅草辺をぶらついたりして調子づいているが、それもまたぱったり火の消えたようにひまになって、ほしいままに浪費した金の行方《ゆくえ》も目にみえずに、物足りないような寂しい日が毎日毎日続いた。

定《きま》りだけの仕事をすると、職人は夫婦の外を出歩いているあいだ、このごろふとした事から思いついたおもちゃの工夫に頭脳《あたま》を浸して、飯を食うのも忘れているような事が多かった。

仕事の断え間になると、彼は昼間でも一心になってそれにふけっていた。時とすると夜《よる》夫婦が寝しずまってからも、彼はこつこつ何かやっていた。

「この人は何をしているの。」

すみの方へ入って、ボール紙を切り刻んだり、穴を明けたり、絵の具をさしたりして、夢中になっている彼のそばへ来て、お島はおかしそうにたずねた。

「こういういたずらをしているんです。」

彼は細かく切ったその紙片を、賽《さい》の目なりに筋をひいて紙のうえにならべていながら、振りむきもしないでこたえた。

「何だねその切符のようなものは……。」

「これですか。」木村はやっぱりその方に気をとられていた。

「これは軍艦ですよ。」

「軍艦をどうするの。」

「これでもって海軍将棋をこさえようというんです。」

「海軍将棋だって？　へえ。そしてそれを何《なん》にするの。」

「高尚なおもちゃをこさえて、ひともうけしようってんですがね……この小さいのが水雷艇です。」

「へえ、妙なことを考えたんだね。戦争あて込みなんだね。」

「まあそうですね。これが当たると、お上さんにもうんと資本《もと》を貸しますよ。どうせあっしは金のいらない男ですからね。」

「はは」と、お島は笑いだした。

「よかったね。」

「こればかりじゃないんです。」職人はこのごろ夜もろくろく眠らずに凝り考えた、いろいろの考案が頭脳《あたま》のなかに渦のように描かれていた。新しい仕事の興味が、彼の小さい心臓をわくわくさせていた。

「あっしゃ子供の時分から、こんな事が好きだったんですから、このほかにまだ幾つも考えてるんですが、そのなかには一つ二つ成功するのがきっとありますよ。」

「じゃ木村さんは発明家になろうというんだわね。発明家って、どんなえらい人かと思っていたら、木村さんのような人でもやれるような事なら、ありがたくもないね。」

「戯談《じょうだん》言っちゃいけませんよ。」

「まあ発明もいいけれど、仕事の方もやってくださいね、どしどし仕事を出しますからね。」

七八

お島たちが、寄りつくところもなくなって、一人《ひとり》は職人として、一人は注文取りとして、夫婦で築地《つきじ》の方のある洋服店へ住み込むことになったのは、二人《ふたり》が半年ばかり滞《とどこ》っている小野田の故郷に近いN―というかなり繁華な都会から帰ってからであった。

一月から三月ごろへかけて、店が全くささえ切れなくなったところで、最初同じ商売に取りついている知人をたよって、上海《シャンハイ》へ渡って行くつもりで、二人は小野田の故郷の方へ出向いて行ったのであったが、路用や何かの都合で、そこにしばらく足をとめているうちに、ついつい引っかかってしまったのであった。

二人で月島の店を引き払ったころには、三月ほどかかって案じ出した木村の新案ものも、古くから出ているものに類似品があったり、特許出願の入費がなかったりしたために、どれもこれも持ち腐れになってしまったのにがっかりして、また渡り職人の仲間へ陥《お》ちて行っていた。

南の方の海にほど近いN―市では二人は少しばかり持っている着替えなどの入《はい》った貧

しい行李《こうり》を、小野田の妹の家《うち》でとくことになったが、町には小野田の以前の知り合いも少なくなかった。

主人が勤め人であった妹の家の二階に二、三日寝泊まりしていた二人は、そこから二里ばかり隔たった村落にいる小野田の父親にあって、そこから出発するはずであったが、以前住んでいた家や田畑も人の手に渡って、貧しい百姓家の暮らしをしている父親の様子を、一度行って見て来た小野田は、見すぼらしげな父親をお島にあわせるのが心にはばかられた。東京に住みつけた彼の目には、久しく見なかったみじめな父親の生活が、自分にすらいとわしく思えた。

あいさえすれば、路費のできそうに言っていた父親の家への同行を、お島は二度も三度も迫ってみたが、小野田は不快な顔をして、いつもそれを拒んだ。

八、九年前に、効性《かいしょ》ものの妻に死にわかれてから、酒飲みの父親は日に日に生活がすさんで行った。妻の働いているうちは、どうかこうか持ちこたえていた家も、古くから積もり積もりして来ている負債の形《かた》に取られて、彼はささやかな小屋のなかに、かろうじて生きていた。

とうとうお島がつれられて行ったときに、彼は麦や空豆の作られた山畑のなかに、熱い日に照らされて土いじりをしていたが、無知な顔をして畑から出て来るきたないその姿を見たときには、お島はぞっとするほどいやであった。一緒に行った小野田に対する軽蔑《けいべつ》の念が一時に彼女の心を凍らしてしまった。

七九

それでお島は、小野田が自分をつれて来なかった理由がわかったような気がして、父親が本意《ほい》ながるのもきかずに、その日のうちにN――市へ引き返して来たのであった。自分のこれまでがすっかり男にだまされていたように思われて、腹立たしかったが、小野田が自分たちのことをどんなふうに父親に話しているかと思うと、くすぐったいような滑稽《こっけい》を感じた。

空濶《くうかつ》な平野には、麦や桑が青々と伸びて、泥田をかえしている農夫や馬の姿が、ところどころに見えた。砂ほこりの立つ白い路《みち》を、二人《ふたり》はのろい俥《くるま》に乗って帰って来たが、父親がすすめてくれた濁酒に酔って、俥の上でごくりごくりと眠っている小野田の坊主《ぼうず》頸《えり》をした大きい頭脳《あたま》が、お島の目にはみじめらしくみえた。

この貧しげな在所から入《はい》って来ると、着いた当時はのろくさくてしかたのなかった寂しい町のさまが、かなりにぎやかで、豊かなもののように見えて来た。大きい洋風の建物が目についたり、東京にもみられないような奥行きの深そうな美しい店屋や、洒落《しゃれ》た構えの料理屋なども、物珍しくながめられた。妹の住まっている静かな町には、どんな人が生活しているかと思うような、門構えの大きな家《うち》や庭がそこにもここにもあった。

小野田の話によると、父親の財産として、少しばかりの山が、それでもまだ残っているというのであった。その山を売りさえすれば、多少《いくらか》の金が手につくというのであった。そしてそうさせるには、二人で機嫌を取って、父親をよろこばせてやらなければならないのである。

「そんな気の長いことを言っていた日には、いつ立てるかわかりゃしないじゃないか。」

お島はその晩も二階で小野田と言い争った。時々他国の書生や勤め人をおいたりなどして、妹夫婦が細い生活の補助《たすけ》にしているその二階からは、町の活動写真のイルミネーションや、劇場の窓の明りなどがよく見えた。あたりには若葉が日に日にしげって、遠い田圃《たんぼ》からはかまびすしい蛙《かえる》の声が、物悲しく聞こえた。春のしたくでやって来た二人には、ここの陽気はもう大分暑かった。小野田はホワイト一枚になって寝ころんでいたが、昔住み慣れた町で、うまく行きさえすれば、お島と二人でここでおもしろい暮らしができそうに思えた。上海《シャンハイ》くんだりまで出かけて行くことが、重苦しい彼の心には億劫《おっくう》に想《おも》われはじめていた。

「いやなこった、こんな田舎《いなか》の町なんか、成功したって高が知れている。東京へ帰ったって威張れやしないよ。」そう言って拒むお島の空想家じみた頭脳《あたま》には、ぼろい金もうけのころがっていそうな上海行きが、自分に箔《はく》をつける一廉《ひとかど》の洋行か何ぞのように思われていた。

八〇

そこをもさんざんやり散らしてN—市を引き揚げて、どこへ落ち着く当てもなしに、暑いある日の午後に新橋へ入《はい》って来たとき、二人のからだには、一枚ずつ着たもののほか何一つすら着いていなかった。

鼻息の荒いお島たちは、人の気風の温和でそして疑《うたぐ》り深いN—市では、どこでも無気味《ぶきみ》がられて相手にされなかった。一月《ひとつき》二月小野田の住み込んでいた店《たな》では、毎日のように入り浸っていたお島は、平和の攪乱者《こうらんしゃ》か何ぞのように忌みきらわれ、不謹慎な口のき方や、やりっぱなしな日常生活のふしだらさが、妹たち周囲の人々から、女雲助《おんなくもすけ》か何かのように憚《はばか》られた。着いて間もない時分の彼女から、東京風の髪をも結ってもらい、洗濯や針仕事にも働いてもらって、頭髪《あたま》のものや持ち物などを、惜しげもなげにくれてもらったりしていた妹は、帯や下駄や時々の小づかいの貸し借りにも、彼女を警戒しなければならないことに気がついた。

「そんなにけちけちしなさんなよ、今にもうけてどっさりお返ししますよ。」

それを断わられたとき、お島はそういって笑ったが、土地の人たちの腹の見えすいているようなのが腹立たしかった。自分の腕と心持ちとが、全く誤解されているのも業腹《ごうはら》であった。

小野田にも信用がなく、自分にも働き勝手の違ったような、その土地で、二人《ふたり》は日に日に上海行きの計画を鈍らされて行った。二人は小野田が数日のあいだに働いて手にすることのできた、少しばかりの旅費を持って、辛々《からから》そこを立ったのであった。

一日込み合う暑い客車の瘟気《うんき》に倦《う》みつかれた二人が、停車場《ステーション》の静かな広場へ吐き出されたのは、夜ももう大分おそかった。

「どこへ行ったものだろうね。」

青い火や赤い火の流れている広告塔の前に立って、しっとりした夜の空気によみがえったとき、お島はそこにしゃがんでいる小野田を促した。

前《せん》に働いていた川西という工場のことを、小野田は心に描いていたが、前借などの始末のやりっぱなしになっているそこへは行きたくなかった。上海行きを吹聴したような人の方へは、どこへも姿を見せたくなかった。

八一

不安な一夜を、芝口のある安旅籠《やすはたご》に過ごして、翌日二人は川西へ身を寄せることになるまで、お島たちは口を捜すのに、暑い東京の町を一日ぶらついていた。最後に本郷の方を一、二軒あさって、そこでも全く失望した二人が、疲れた足を休めるために、木陰に飢えかつえた哀れな放浪者のように、湯島天神《ゆしまてんじん》の境内へ慕い寄って来たのは、もうその日の暮れ方であった。

ようよう日のかげりかけた境内の薄やみには、白い人の姿が、ベンチや柵《さく》のほとりに多く集まっていた。葉の黄ばみかかった桜や銀杏《いちょう》の梢《こずえ》ごしに見える、蒼《あお》い空を秋らしい雲の影が動いて、目の下には薄ぐらい町々の建物が、長い一夏の暑熱に倦み疲れたように横たわっていた。二人はほの暗い木陰のベンチを見つけて、そこにしばらく腰かけていた。涼しい風が、日にやけ疲れた二人の顔に心持ちよくそよいだ。

水のような蒼い夜の色が、だんだん木立《こだち》ぎわに這《は》い拡《ひろ》がって行った。口もきかずに黙って腰かけているお島は、ふと女坂をよじ登って、石段の上の平地へ醜い姿を現わす一人の天刑病らしい躄《いざり》の乞食が目についたりした。

石段を登り切ったところで、哀れな乞食は、陸《おか》の上へあがった泥亀《どろがめ》のように、臆病らしくあたりを見回していたが、するうちまた這い歩きはじめた。そして今夜の宿泊所を求めるために、人影の全く絶えた、石段ぎわの小さい祠《ほこら》の暗やみの方へいざり寄って行った。

「ちょっとごらんなさいよ。」お島は小野田に声かけて振りむいた。

今まで莨《たばこ》をすっていた小野田は、ベンチの肱《ひじ》かけにもたれかかっていつか眠っていた。

「この人は、しようがないじゃないの。」お島ははねあがるような声を出した。

「行きましょう行きましょう。こんな所にぐずぐずしていられやしない。」お島はふるえあがるようにして小野田を急《せ》き立てた。

二人は痛い足を引きずって、またそこを動きだした。

「なんでもいいから芝へ行きましょう。こうなれば見えも外聞もありゃしない。」お島はそう言って倦《う》みくたびれた男を引き立てた。

食べ物といっては、昼からほとんど何をも取らない二人は、口をきけないほど飢え疲れていた。

川西の店へ立ったのは、その晩の九時ごろであった。

八二

長い漂浪の旅から帰って来たお島たちを、思いのほか潔《きよ》く受けいれてくれた川西は、被服廠《しょう》の仕事が出なくなったところから、そのころ職人や店員の手を減らして、店がめっきり寂しくなっていた。

そこへ入《はい》って行ったお島は、久しい前から、世帯崩《しょたいくず》しの年増女を勝手元に働かせて独身で暮らしている川西のために、時々上さんのするような家事向きの用事に、器用ではないが、しかし活発な働きぶりを見せていた。

前《せん》にいた職人が、女気《おんなげ》のなかったこの家《うち》へ、どこからともなく連れて来て間もなく主人との関係の怪しまれていたその年増は、渋皮のむけた、色の浅黒い無知な顔をした小《こ》軀《がら》の女であったが、お島が住み込むことになってから、一層きれいにお化粧《つくり》をして上さん気取りで長火鉢《ながひばち》のそばにすわっていた。

始終忙《せわ》しそうに、くるくる働いている川西は、夜は宵の口から二階へあがって、臥床《ふしど》についたが、朝は女がまだ深い眠りにあるうちから床を離れて、人のよい口やかましい主人として、口のわるい職人や小僧たちから、陰口をつかれていた。

お島は女が二階から降りて来ぬ間に、手ばしこくそこらを掃除《そうじ》したり、朝飯のしたくに気を配ったりしたが、寝ぼけたような締まりのない笑顔《えがお》をして、女が起き出して来るころには、職人だちはみんな食膳《しょくぜん》を離れて、奥の工場で彼女のうわさなどをしながら、仕事についていた。

彼らが食事をするあいだ、裏でお島の洗いすすぎをしたものが、もう二階の物干しで幾枚となく、高くのぼった日に干されてあった。

「どうも済みませんね。」

バケツをがらがらいわせて、働いているお島の姿を見ると、それでも女は、だるそうな声をかけて、日のじりじり照りはじめて来た窓の外をながめていた。毛並みのいい頭髪《あたま》を銀杏返し《いちょうがえ》に結って、中形《ちゅうがた》のくしゃくしゃになった寝衣《ねまき》に、紅《あか》い仕扱《しごき》を締めた姿が、ほっそりしていた。白粉《おしろい》のまだらにこびりついたような額のあたりが、屋根から照り返して来る日光にきたならしく見えた。

「どういたしまして。」

お島は無造作にかけつらねた干し物の間をくぐりぬけながら、袂《たもと》で汗ばんだ顔をふいていた。

「わたしは働かないではいられない性分ですからね。だから、どんなに働いたって何ともありませんよ。」

「そう。」

女はまだうっとりした夢にでも浸っているような、どこか暗い目つきをしながらつぶやいた。

「わたしの寝るのは、大抵十二時か一時ですよ。」

「そうですかね。」お島は白々《しらじら》しいような返辞をして、「でもいいじゃありませんか。お秀《ひで》さんはいい身分だって、みんながそう言っていますよ。」

女は紅《あか》くなって、いやな顔をした。

「そうそう、お秀さんといっちゃ悪かったっけね。ご免なさいよ。」

八三

「どうです、今日《きょう》は素敵にいいお顧客《とくい》を世話してもらいましたよ。」

半日でも一日でも、外へ出て来ないと気のすまないようなお島は、職人たちの手がしばらく空《す》きかかったところで、その日も幾日《いくか》ぶりかで昼からサンプルをさげて出て行ったが、晩方に帰って来ると、お秀と一緒に店の方にいる川西にそう言って声かけた。

「しようがないね、わたしがなまけるとすぐこれだもの。」お島は出てゆく時も、これという目ぼしい仕事もない工場の様子を見ながら言っていたが、出れば必ず何かしら註文を受けて来るのであった。なかには自分の懇意にしている人のを、安く受けて来たのだといって、小野田との相談で、店のものにはせず、自分たちだけの儲《もう》け仕事にするのも時にはあった。そんなものを、小野田は店の仕事の手すきに縫うことにしていたが、川西はそれをあまりよろこばないのであった。

「ほんとにいい腕だが、惜しいもんだね。」

川西は、ひとり店頭《みせさき》にいた小僧を、京橋の方へ自転車で用達《た》しに出してから、註文先の話をしてお島に言った。彼はもう四十四、五の年ごろで、仕入れものや請負もので、店を大きくして来たのであったが、お島たちが入《はい》って来てから、上物の注文がぽつぽつ入るようになっていた。

川西は晩酌をやったあとで、酒くさい息をふいていた。工場ではみんな夕方から遊びに出て行って、だれもいなかった。

「そんな腕を持っていながら、名古屋くんだりまで苦労をしに行くなんて、よっぽどおかしいよ。」

川西は、そばに付きまとっているお秀をも、湯へ出してやってから、時々口にすることをその時もお島に言い出した。

「ですからわたしもつくづくいやになってしまったんです。あの時とっくに別れるはずだったんです。でもやっぱりそうも行かないもんですからね。」

「小野田さんと二人で、ここでついた得意でも持って出て、早晩独立《ひとりだち》になるつもりでいるんだろうけれど、あの腕じゃまずむずかしいね。」

「そうですとも、これまでさんざん失敗して来たんですもの。」

「どうだね、それよりか小野田さんと別れて、一つわたしと一緒にかせぐ気はないかね。」

川西はにやにやしながら言った。

「御戯談《ごじょうだん》でしょう。」お島は真紅《まっか》になって、「あなたにはお秀さんという人がいるじゃありませんか。」

「あんなものを……。」川西はげたげた笑い出した。「どこの馬の骨だかわかりもしねえものを、だれが上さんなぞにするやつがあるもんか。」

「でもいい人じゃありませんか。かわいがっておあげなさいまし。わたしみたようなわがまmものはとてもだめです。」

お島はそう言って、茶の室《ちゃのま》を通って工場の方へ入《はい》って行くと、汗ばんだ着物の着替えに取りかかった。蒸し暑い工場のなかはきれいに片づいて、電気がかっかと照っていた。

八四

九時ごろに小野田が外から帰って来たとき、おどろかされたお島の心は、まだ全くしずまらずにいた。人品や心の卑しげな川西に、いつでもだれにも動く女のように見られたのが恥ずかしく腹立たしかった。

「へえ、わたしがそんな女に見えたんですかね。そんな事をしたら、あの物堅い父にわたしは何といわれるでしょう。」

お島はあとから付きまとって来る川西の凶暴な力に反抗しつつ、工場のすみに、慄然《ぞっ》とするようなからだを縮めながらそう言って拒んだ。

ひげの延びた長い顎《あご》の、目の落ちくぼんだ川西の顔が、お島の目には気ちがいじみて見えた。

「いけませんいけません、わたしは大事のからだです。これから出世しなくちゃなりません。信用をおとしちゃ大変です。」お島は片意地らしく脅《おど》しつけるように言って、筋張った彼の手をきびしく払いのけた。

はげしい争闘がしばらく続いた。

婉曲《えんきょく》としおらしさとを欠いた女の態度に、男の顔をつぶされたといって、川西がぷりぷりして二階へあがって行ってから、お島は腕節の痛みをおさえながら、勝ちほこったものの荒い不安を感じた。

しばらくすると、白粉《おしろい》をこてこて塗って、湯から帰って来たお秀が、腕を組んでぼんやり店頭《みせさき》にたたずんでいるお島に笑顔《えがお》を見せて、奥へ通って行った。

「ぽんつくだな。」お島はそう思いながら、女の顔を見返しもせずに黙っていた。何のことをも感づくことができずに、全く満足し切っているように鈍い、そのくせどこかおどおどしている女の様子に、むやみに気がいらいらして、顔の筋肉一つすら素直に働かないのであった。

「小野田が帰ったら、今の始末を残らずいいつけよう。そして、今からでも二人《ふたり》でここを出てやろう。」

お島はそう思いながら、そこに立ったまま彼の帰りを待っていた。外は秋らしい冷ややかな風が吹いて、往来を通る人の姿や、店屋店屋の明りが、いやに滅入《めい》って寂しく見えた。浜屋や鶴さんのことが、物悲しげに想《おも》い出されたりした。

その晩、小野田は二階でしばらく川西と何やら言い合っていたが、やがて落ち着きのない顔をして降りて来ると、店にいるお島のそばへ寄って来た。

「店がひまでとても置ききれないから、気の毒だけれど、おれたちに今から出てくれというんだがね。」

小野田は言い出した。

「ふむ。」お島はまだ神経が突っぱっていて、こまこました話をする気にはなれなかった。

「おれたちが自分の仕事をするので、それも気にくわんらしい。」

「どうせそうだろうよ。」お島は荒い調子で冷笑《あざわら》った。

「出ましょう出ましょう。言われなくたって、こっちから出ようと思っていたところだ。」

八五

翌日朝はやくから、お島はぐずぐずしている小野田を急《せ》き立てて家《うち》を捜しに出た。

「また何かお前が大将の気にさわることでも言ったんじゃないか。」

小野田は昨夜《ゆうべ》も自分たちの寝室《ねま》にしている茶の室《ちゃま》で、二人きりになった時、そう言ってお島を詰《なじ》ったのであったが、今朝《けさ》もやっぱりそれを気にしていた。

「わたしがあの人に何を言うもんですか。」お島は顔をしかめてうるさそうに応答《うけごたえ》をしていたが、出る先へ立って、細かい話をして聞かす気にもなれなかった。

「それどころか、わたしはこの店のために随分働いてやっているじゃありませんか。」

「でも何か言ったろう。」

「うるさいよ。」お島は眉《まゆ》をぴりぴりさせて、「お前さんのように、わたしはあんなものにへっこらへっこらしてなんかいられやしないんだよ。」

「だがそうは行かないよ。お前がその調子でやるから衝突するんだ。」

「ふむ。わたしよりかお前さんの方が、よっぽど間抜けなんだ。だから川西なんかにばかにされるんです。もっとしっかりするがいいんだ。」

それで二人は半日ほど捜しあるいて、やっと見つけた愛宕《あたご》の方のある印判屋の奥の三畳一室《ひとま》を借りることに取り決め、持ち合わせていた少しばかりの金で、そこへ引き移ったのであった。

そこは見付《みつき》のいい小ぎれいな店屋であった。お島はその足ですぐ、差し当たり小野田の手を遊ばさないように、仕事を引き出しに心当たりを捜しに出たが、早速仕事に取りかかるべく少しばかり月賦の支払いをしてあったミシンを受け取りの交渉のために、川西へ出向いて行った小野田が、失望して――多少怒りの色を帯びて帰って来たころには、彼女も一、二枚の直しものを受けて来て、彼を待ち受けていた。

「どうです、同情がありますよ。すぐ仕事が出ましたよ。だから、ここでうんと働いてくださいよ。」

人に対する反抗と敵愾心《てきがいしん》のために絶えず弾力づけられていなければいられないような彼女は、小野田の顔を見ると、いきなり勝ちほこったように言った。

部屋《へや》にはもう電燈がついて、その晩の食べ物をこしらえるために、お島は狭い台所にがしゃがしゃ働いていた。印判屋の婆《ばあ》さんとも、なれなれしい口をきくような間《なか》になっていた。

「それでミシンはどうしたんです。」

「それどころか、川西はお前のことをたいへん悪く言っていたよ。そしておれにお前と別れろと言うんだ。」

「ふむ、悪いやつだね。」お島は首をかしげた。「畜生、わたしを怨《うら》んでいるんだ。だがミシンがなくちゃしようがないね。」

飯をすますとすぐ、お島が通りの方にあるミシンの会社で一台注文して来た機械が、明朝《あした》届いたとき、二人はやっと仕事につくことができた。

八六

住居《すまい》の手狭《てぜま》なここへ引き移ってから、初めて世帯を持った新夫婦か何ぞのように、二人は夕方になると、忙《せわ》しいなかをよく外を出歩いた。

川西を出たときから、新しい愛執が盛り返されて来たようなお島たちはそれでもその月はかなりにあった収入で、涼《すず》気《け》の立ちはじめた時候に相応した新調の着物を着たり着せたりして、打ち連れて陽気な人寄せ場などへ入《はい》って行った。

行く先々で、その時はまるで荷厄介のように思って、惜しげもなく知った人にくれたり、棄《す》て値で売ったりまたは着くずしたりして、何一つ身につくもののなかったお島は、少しばかりまとまった収入の当てがつくと、それを見越して、月島にいるころから知っていた呉服屋で、小野田の目をまわすような派手なものを取って来て、それを自分に仕立てて男をも着飾らせ、自分にも着けたりした。

「おれたちはまだ着物なんてとこへは、手がとどきゃしないよ。成算なしに着物を作って、困るのは知れきっているじゃないか。」

着ものなどに頓着《とんじゃく》しない小野田は、お島の帰りでもおそいと、時々近所のビーヤホールなどへ入《はい》って、蓄音器をききながら、そこの女たちを相手に酒を飲んでいては、お島に食ってかかられたりしたが、やっぱり自分の立てた成算を打《ぶ》ちこわされながら、その時々の気分を欺かれて行くようなことが多かった。

「あのお父《とっ》さんの産んだ子だと思うと、いやになってしまう。東京へでも出ていなかったら、あんたもやっぱりあんなでしょうか。」

お島はにやにやしている小野田の顔をながめながら笑った。

「ばか言え。」小野田はそのころ延ばしはじめた濃いひげを引っぱっていた。

「だからビーヤホールの女なぞにふざけていないで、少しきちんとして立派にしてくださいよ。あんなものを相手にする人、わたしは大きらい、人品が下がりますよ。」

お島はどうかすると、父親の面差《おもざし》の、どこかに想像できるような小野田のある卑しげな表情を、しいてはねのけるようにして言った。小野田が物を食べる時の様子や、笑うときの顔つきなどが、ことにそうであった。

「子が親に似るのに不思議はないじゃないか。おれは間男《まおとこ》の子じゃないからな。」

小野田は心からいやそうにお島にそれを言い出されると、苦笑しながらむっとして言った。

「間男の子でも何でも、あんなお父《とっ》さんなんかに肖《に》ない方がいいんですよ。」

「ひどいことを言うなよ。あれでもおれを産んでくれた親だ。」

小野田はしまいに怒りだした。

「お前さんはそれでも感心だよ。あんな親でも大事にする気があるから。わたしなら親とも思やしない。」

八七

そんな気持ちの嵩《こう》じて来たお島には、自分一人《ひとり》がどんなにやきもきしても、出世する運が全く小野田にはないようにさえ考えられた。彼の顔が無下《むげ》に卑しく貧相に見えだして来た。ビーヤホールの女などと、おもしろそうにふざけていることのできる男の品性が、さもしくあさましいもののように思えた。

「おれはまた親の悪口《あっこう》なぞいう女は大きらいだ。」

顔色を変えて、お島のそばを離れると、小野田は黙って仕事に取りかかろうとして、電気を引っぱって行ってミシンを踏みはじめた。

そのミシンは、支払うべき金がなかったために、お島が機転をきかして、機械の工合がわるいと言って、新しく取り替えたばかりの代物《しろもの》であった。そうすれば試用の間、一時また支払いが猶予されるわけであった。

「こんなきわどいことでもしなかった日には、わたしだちはとてもやって行けやしません。成功するには、どうしたってヤマを張る必要があります。」

お島はその時もそう言って、自分の気働きを矜《ほこ》ったが、何の気もなさそうに、それに腰かけている小野田の様子が、間抜けらしく見えた。

がたがたと動いていたミシンの音が止まると、彼は裁板《たちいた》の前にすわって、縫い目を熨《の》すためにアイロンを使いはじめた。

「ふむ、ばかだね。」

お島は無性に腹立たしいような気がして、腕を組みながらため息をついた。

「一生職人で終わる人間だね。それでも田を踏んで暮らす親よりかいくらかましだろう。」

「生意気を言うな。手前の親がどれだけ立派なものだ。やっぱり土いじりをして暮らしているじゃないか。」

「ふむ、だれがその親のところへ、籍を入れてくれろと頼みに行ったんだ。わたしの親父《おやじ》はああ見えても産まれがいいんです。昔はお庄屋《しょうや》さまで威張っていたんだから。それだってわたしは親のことなんか口へ出したことはありゃしない。」

「お前がまた親不孝だから、親が寄せつけないいんだ。そう威張ってばかりいても得は取れない。ちっとはお辞儀をして、金を引き出す算段でもするがいい。」

小野田はいつもお島に勧めているようなことを、また言い出した。

「意気地《いくじ》のないことを言っておくれでないよ。わたしは通りへ店を持つまでは、親の家《うち》へなんか死んでも寄りつかないつもりだからね。」

「だから、お前は商売気がなくてだめだというのだ。」

仕事がひと片づけ片づく時分に、二人はまたこんな相談にふけりはじめた。

八八

上海《シャンハイ》へ行くつもりで、N―市へ立つ前に、一度顔出ししたことのある自分の生家《さと》の方へ、小野田がお島を勧めて、贈り物などを持って、あらためて一緒に訪《たず》ねて行ってから、続いて一人《ひとり》でちょいちょい両親《ふたおや》の機嫌を取りに行ったりしていた。

「これだけの地面はわたしの分にすると、お父《とっ》さんが言うんですけれどね。」

最初二人《ふたり》で行ったとき、お島は庭木のどっさり植わっている母屋《おもや》の方の庭から、付近に散らかっている二、三か所の持ち地を、小野田と一緒に見回りながら、五百坪ばかりの細長い地所へ小野田を連れて行って言った。

雑木《ぞうき》の生《お》い茂っているその地所には、庭へ持ち出せるような木もかなりにあった。暗い竹藪《たけやぶ》や荒れた畑地もあった。周囲《まわり》には新しい家《いえ》が二、三軒建っていた。

「ふむ。」小野田は驚異の目をみはって、その木立《こだち》のなかへ入《はい》って行った。夏草の生い茂った木立の奥は、地面がじめじめしていて、日の光のとどかぬような所もあった。

「この辺の地所は坪どのくらいのものだろう。」

小野田はそこを出てお島のそばへ来ると、打算的の目をかがやかしてたずねた。

「どのくらいだかね。今じゃ十円もするでしょうよ。」

お島はとぼけたような顔でこたえたが、この地面が自分の有《もの》になろうとは思えなかった。

生家では二、三年のあいだ家を離れて、そっちこっち放浪して歩いていた兄が、情婦《おんな》に死にわかれて、最近にいた千葉の方から帰って来ていた。一時生家へかえっていた嫁も、その子供をつれて、久しぶりで良人《おっと》と一緒に暮らしていた。兄は一時悪い病にかかってから、めっきり健康が衰え、お島と山で世帯を持っていたころの元気もなくなっていた。お島はあのころの山の生活と、二、三度そこでつきあった兄の情婦の身のうえなどを想《おも》い出させられた。悪い病気にかかったというその情婦は、どこへ行っても兄に付きまとわれていて、いいこともなくて旅で死んでしまった。その時は、何の気もなしに傍観していた二人の情交《なか》や心持ちが、お島にはいくらかわかるように思えて来たが、どこがよくて、あの女がそんなに男のために苦労したかが訝《いぶ》かられた。

「あの時は、兄《あに》さんはほんとにわたしをひどい目にあわしたね。」

お島は長いあいだの経過を考えて、何の温《あたた》かみも感ずることのできないほしいままな兄との接触に、失望したように言い出した。

兄はそのころのことは想《おも》い出しもしないような顔をしていた。お島たちの寄りついて来ることを、あまりよろこんでもいないらしかった。

「あれはああいう男です。人が悪いっていうんでもないけれど、人情はないんですね。」

「早くあの地面を自分のものに書きかえておくようにしなくちゃだめだよ。」

小野田は、お島の投げやりなのをもどかしそうに言った。

「あの地面も、今はどうなっているんだか。あのおっ母《か》さんの生きているうちは、まあわたしの手にはわたらないね。」

「それもお前が下手《へた》だからだよ。」

小野田はそう言いながら、望みありげに家《うち》へ入《はい》って来た。

八九

小野田がこの家に信用を得《う》るために、母親のそばにすわって、話し込んでいるあいだ、お島はくすぐったいような、いらいらしい気持ちを紛らせようとして、そこを離れて、子供をからかったり、嫂《あによめ》と高声で話したりしていた。

「家じゃ島が一番親に世話をやかせるんでございますよ。これまでに、幾たび家を出たり入ったりしたかしれやしません。」

母親はお島がそばについているときも、そんな事を小野田に言ってきかせていたが、彼女の目には、これまでお島が干係《かんけい》した男のなかで、小野田が一番頼もしい男のように見えた。取り澄ましてさえいれば、口ひげなどに威のある彼のがっしりした相貌は、だれの目にも立派な紳士に見えるのであった。小野田は切りたての背広などを着込んで、のっしりした態度を示していた。

お島は自分の性得から、N―市へ立つ前に、この男のことをその田舎では一廉《ひとかど》の財産家の子息《むすこ》ででもあるかのように、父や母の前に吹聴しずにはいられなかった。それで小野田もそのつもりで、母親に口をきいていた。

「この人の家は、それは大したもんです。」

お島は母親を威圧するように、今日《きょう》もみんながそろっている前で言ったが、小野田はそれを裏切らないように、口裏を合わせることを忘れなかった。

「いやわたしの家《うち》も、そう大した財産もありませんよ。しかしそう長く苦しむ必要もなかろうと思います。夫婦で信用さえ得れば、そのうちにはどうにかなるつもりでいますので。」

母親の安心と歓心を買うように、小野田は言った。

お島はそのそばに、長くじっとしていられなかった。自分を信用させようと骨を折っている、男のわるごすい態度もさげすまれたが、この男ばかりを信じているらしい、母親の水臭い心持ちも腹立たしかった。

嫂《あによめ》は、この四、五年の良人《おっと》の放蕩で、所有の土地もそっちこっち抵当に入《はい》っていることなどを、陰でお島に話してきかせた。

「お父《とっ》さんが、あすこの地面をわたしにくれるなんて言っていましたっけが、あれはどうする気でしょうね。」

お島は嫂の口占《くちうら》を引いてでも見るように、そう言ってみた。

「へえ、そんな事があるんですか。わたしはちっとも知りませんよ。」

「男だけには、それぞれ所有《もち》を決めてあるという話ですけれどね。」

お島はこの場合それだけのものがあれば、一廉《ひとかど》の店が持てることを考えると、いつにない欲心の動くのを感じずにはいられなかったが、家を出て山へ行ってから、父親の心が、年々自分に疎《うと》くなっていることは争われなかった。

「行きましょうよ。」

お島はまだ母親のそばにいる男を急《せ》きたてて、やっと外へ出た。

九〇

狭い三畳での、窮屈で不自由な夫婦生活からと、男か女かのいずれかにあるらしいある生理的の異常から来る男の不満とが、時とするとお島には堪《た》えがたい圧迫を感ぜしめた。

「へえ、そんなもんですかね。」

若い亭主を持っている印判屋の上《かみ》さんから、男女間の性欲について、時々聞かされることのあるお島は、それを不思議なことのように疑いあやしまずにはいられなかった。

「じゃ、わたしが不具《かたわ》なんでしょうかね。」

お島はどうかすると、男のある不自然な思いつきの要求を満たすための、自分の肉体の苦痛を想《おも》い出しながら、上さんにきいた。

「でもこれまでわたしは一度も、そんな事はなかったんですからね。」

お島はどんな事でも打ち明けるほどに親しくなった上さんにも、これまでにほかに良人《おっと》を持った経験のあることを話すのに、この上ない羞恥《しゅうち》を感ずるのであった。

「ほんとうは、わたしはあの人が初めじゃないんですよ。」

「それじゃ旦那《だんな》が悪いんでしょうよ。」

「でも、あの人はまたわたしがいけないんだと言うんですの。だからわたしもそうとばかり思っていたんですけれど……ほんとに気の毒だと思っていたんです。」

「そんなばかなことってあるもんじゃありませんよ、お医者にみておもらいなさい。」

上さんは、まったくそれがつまらない、気の毒な引っ込み思案であるかのように、いろいろの人々の場合などを話して勧めた。

「まさか……きまりがわりいじゃありませんか。」

お島は耳たぶまで紅《あか》くなった。若い男などをもっているみだらな年取った女のずうずうしさを、さげすまずにはいられなかったが、やっぱりその事が気にかかった。人並みでない自分ら夫婦の、一生の不幸ででもあるように思えたりした。

朝になっても、からだじゅうが脹《は》れふさがっているような痛みを感じて、お島はうんうんうなりながら、寝床を離れずにいるような事が多かった。そして朝方までいらいらしい神経の興奮しきっている男を、心から憎くあさましく思った。

「こんな事をしちゃいられない。」

お島は注文を聞きに回るべき顧客先《とくいさき》のあることに気づくと、寝床をはねおきて、身じまいに取りかかろうとしたが、男は悪闘に疲れたものか何ぞのように、裁板《たちいた》の前に薄ぼんやりした顔をして、夢幻《ゆめうつつ》のような目をまぶしい日光につぶっていた。

「それじゃわたしが旦那《だんな》に一人《ひとり》、いいのをお世話しましょうか。」

上さんは、戯談《じょうだん》らしく妾《めかけ》の周旋を頼んだりする小野田に言うのであったが、お島はやっぱりそれを聞き流してはいられなかった。

「そうすればお上さんもお勤めがなくて楽でしょう。」

「ばかなことを言ってくださるなよ。妾なんかおく身上《しんしょう》じゃありませんよ。」

お島は腹立たしそうに言った。

九一

五、六か月の間に、そこの仮店《かりみせ》で夫婦がかせぎ得た収入が二千円近くもあったところから、狭苦しい三畳にもいられなかった二人が、根津《ねづ》の方へ店を張ることになってからも、外の活動に一層の興味を感じて来たお島は、時々その事について、親しい友達に秘密な自分の疑いを質《ただ》しなどしたが、それをどうすることもできずに、忙《せわ》しいその日その日を紛らされていた。
生理的の不権衡から来るらしい圧迫と、失望とを感ずるごとに、お島は鶴さんや浜屋のことが、心によみがえって来た。

「成功したら、一度山へ行ってあの人にもあってみたい。」

そんな秘密の願いが、気ぜわしい顧客《とくい》まわりに歩いている時の彼女の心に、どうかすると、ある異常な歓楽でも期待されうるように思い浮かんだりした。一つは、妾《めかけ》にならしておこうといったことのある、その男への復讐心《ふくしゅうしん》から来る興味もあったが、現在の自分ら夫婦には、欠けているらしいある要求と歓楽とにあこがるる心とが、それを彼女に想像させるのであった。

いったん田舎《いなか》へ引き込んで、そこで思わしいことがなくて、このごろまた東京へ来て、日本橋の方のある洋酒問屋にいるとか聞いた鶴さんのことをも、時々彼女は考えた。植源のおゆうが、鶴さんのあとを追って、家《うち》を出たりなどして、あの古い植木屋の家にも、いざこざの絶えなかったひところの事情は、お島もこのごろ姉の口などからもれ聞いたが、その鶴さんにも、いつかどこかであう機会があるような気がしていた。

それに鶴さんや浜屋と、はっきりその人は定《きま》っていないまでも、どこかに自分がほんとうにあうことのできるような男が、小野田以外の周囲に、一人はあるような気がしないでもなかった。成功と活動とのみに飢え渇《かつ》えているような荒いそして硬い彼女の心にも、そんな憧憬《あこがれ》と不満とが、しみ出さずにはいなかった。

お島はそれからそれへと、つてを求めて知り合いになった、自分と同じようなある他の職業に働いている活動の女、独立の女、人妻になっている女などから聞かされる恋愛談などから、自分もやっぱり同じ女であることの暗示をうるような、秘密な渇望と幻想とに、思い浸ることがあったが、ともすると自分の目ざましい活動そのものすら、それらのぼんやりした影のような目的を追い求めているためですらないように思われたりした。

「お前さんはほんとうに好かんよ。」

肉体の苦痛を堪《た》え忍ばされたあとでは、そうした男に対する反撥心が、彼女のからだじゅうにわきかえって来た。

根津へ引っ越して来てからも、小野田に妾《めかけ》を周旋するということを言い出してから、急にきらいになった印判屋の上さんのところへ、お島はその時の自分の感情は、すっかり忘れてしまったもののように、ふと自分の苦痛を訴えに行くことすらあった。

「ほんとうに、あの人に妾を周旋してやってください。そうでもしなければ、わたしはとても自由な働きができません。」

お島はそう言って、熱心に頼んだ。

「戯談《じょうだん》でしょう。そんな事をしたら、それこそ大変でしょう。」

上さんはお島の言うことが、すべて虚構であるとしか思えなかった。

九二

そこへ引っ越して行ったのは、そのころ開かれてあった博覧会のにぎわいで、土地が大した盛り場になっていたためであった。

その家《うち》は、不断は眠っているような静かな根津の通りであったが、今は毎日会場からの楽隊の響きが聞こえたり、地方から来るいろいろな団体見物の宿泊所ができたりして、近い会場の浮き立ったどよめきが、ここへもあわただしいにぎやかしさを漂わしていた。

陽気がややぽかついて来たところで、小野田が出したねんごろな手紙に誘《いざな》われて、田舎で毎日野良《のら》仕事にくたびれている彼の父親が、見物にやって来たり、お島から書き送った同じ誘引状に接して、彼女が山で懇意になった人々が、どやどや入り込んで来たりした。世のなかが景気づいて来たにつれて、お島たちは自分たちの浮き揚がるのは、何の造作もなさそうに思えていた。

この店を張るについての、二人の苦しいやりくりを少しも知らない父親は、来るとすぐ倅《せがれ》夫婦につれられて、会場を見せられて感激したが、これまで何一つおもしろいものを見たこともない哀れな老人《としより》を、そうした盛り場に連れ出してよろこばせることが、お島にとっては、自分の感激に媚《こ》びるような満足であった。

上野は青葉が日に日に濃い色を見せて来ていた。蟻《あり》のように四方から集まって来る群集のうえに、梅雨《つゆ》らしい蒸し暑い日が照りわたり、雨雲が陰鬱《いんうつ》な影を投げるような日が、毎日毎日続いた。

お島は新調の夏のコートなどを着て、パナマをかぶった小野田と一緒に、浮いたような気持ちで、毎日のように父親をつれて歩いたが、親に甘過ぎる男の無反省な態度が、時々彼女の犠牲的な心持ちを、裏切らないではいなかった。無知な老人《としより》のたたずんで見るところでは、ばか孝行な小野田は、女にのろい男か何ぞのように、いつまでも気長にそばについていて、離れなかった。驚きの目をみはって、父親の立ち寄って行くところへは、どんなつまらないものでも、小野田もうれしそうに従《つ》いて行って見せたり、説明したりした。

「それどころじゃないですよ。わたしたちはそう毎日毎日親の機嫌を取っているほど、気楽な身分じゃないんですからね。」

晩方になると、きっとお仕着せを飲ませることに決まっている父親への、酒のしたくをおろそかにしたといって、小野田がその時も大病人のように二階に寝ていたお島に小言をいった。彼女は筋張った顳顬《こめかみ》のところを押えながら、小野田をやり返した。

お島はいつもそれが起こると、生死《いきじに》の境にでもあるような苦しみをする月経時のだるさと痛さとにもだえていた。

「それにわたしはこのからだです。とてもお父《とっ》さんの面倒はみられません。」

九三

「そんな事を言ってもいいのか。」

そう言ってきめつけそうな目をして、小野田は疳癪《かんしゃく》が募って来るとき、いつもするように口ひげの毛根を引っぱっていたが、調子づいて父親をもてなしていた彼女に寝込まれたことが、自分にも物足りなかった。

お島はうるさそうに顔をしかめていたが、小野田がすごすご降りていったあとでも、取《とり》つき身上《しんしょう》の苦しさと、自分の心持ちについては、何も知ってくれないような父親のふるまいが腹立たしかった。自分にどんな腕と気前とがあるかを見せようとでもするように、紛らされていた利己的な思念が、心の底からむくれ出して来るように感じて、わがままな涙がわき立って来た。

お島がじっと寝てもいられないような気がして、下へ降りて行ったとき、父親はもう酒をはじめていた。小野田も興がなさそうにそばにすわっていた。

「どうもすみません。」

お島は何もない餉台《ちゃぶだい》の前にすわっている父親のそばへ来て、やっぱり顔をしかめていた。

「わたしはこの病気が起こると、もうどうすることもできないんです。それに家《うち》も、これから夏はひまですから、おもてなしをしようと思っても、そうそうはしきれないんです。」

「そうともそうとも。それどこじゃない。わしは一時のお客に来たものでないから。」

父親はいつまでも倅《せがれ》夫婦のそばで暮らそうとしている自分の心持ちを、その時も口からもらしたが、お島が積もって燗《つ》ける酒に満足していられないような、強い渇望がその本来の飲欲をあおって来ると、父親はふらふらと外へ出て、このごろなじみになった近所の居酒屋へ入《はい》っていくのが、習慣になった。そして家でおとなしく飲んでいられないような野性的な彼の卑しい飲み癖が、一層お島を顰蹙《ひんしゅく》させた。

九四

山で知り合いになった人たちが、四、五人誘いあわせて出て来てから、父親は一層お島たちのために邪魔もの扱いにされた。

連中のうちには、そのころ呼吸器の疾患のため、遊覧かたがた博士連の診察を受けに来た浜屋の主人もあった。山の温泉宿や、精米所の主人もいた。精米所の主人は、月に一度くらいはきっと蠣殻町《かきがらちょう》の方へ出て来るのであったが、その時は上《かみ》さんと子供をつれて来ていた。

その通知のはがきを受け取ったお島は、大きな菓子折りなどを小僧に持たせて、紋付の夏羽織を着込んで、丸髷《まるまげ》姿で挨拶のために、ある晩方その宿屋を訪《たず》ねたが、込み合っていたので、連中はこの部屋《へや》にかたまって、ちょうど晩酌の膳《ぜん》に向かいながら、陽気に高談《たかばなし》をしていた。

「えらい仕揚げたそうだね。そのせいか女ぶりもあがったじゃねえか。いい奥様になったということ。」

精米所の主人は、浴衣《ゆかた》がけで一座のまん中にすわっていながら言った。

「御戯談《ごじょうだん》でしょう。」

お島は初《うぶ》らしく顔の赤くなるのを覚えた。

「おかげでどうかこうかね。でもまだまだ成功というところへはまいりません。何しろ資本のいる仕事ですからね。どうか少しお貸しなすってくださいまし。あなた方はみんないい旦那《だんな》方《がた》じゃありませんか。」

お島はそう言って、自分の来たために一層浮き立ったような連中を笑わせた。

夜景を見に出るという人たちの先に立って、お島も混雑しているその宿を出たが、別れるときに家《うち》の方角をよく教えておいて、広小路《ひろこうじ》まで連中を送った。

「病気って、どこが悪いんです。」

お島はまさかの時には、多少の資本くらいは引き出せそうに思えていた浜屋に、二人《ふたり》並んであるいている時たずねた。浜屋がその後《のち》、ちょくちょく手を出していた山林の売買がいくらか当たって、融通がきくというわさなどを、お島はその土地の仲間から聞き伝えている兄に聞いて知っていた。

「どこが悪いというでもないが、肺がちっと弱いから用心しろと言われたから、東京《こちら》で二、三専門の博士を詮議《せんぎ》したが、事によったら当分逗留して、遊びかたがた注射でもしてみようかと思う。」

「それじゃ奥さんのが移ったのでしょう。わたしは一緒にならないでよかったね。」

お島はこわそうに言ったが、やっぱりこの男を肺病患者扱いにする気にはなれなかった。

「あんたが肺病になれば、わたしが看病しますよ。肺病なんかおっかなくて、どうするもんですか。」

「今じゃそうも行かない。これでも山じゃ死のうとしたことさえあったっけがね。」

「おおいやだ。」お島は思い出してもぞっとするような声を出した。「そんな古いことは言いっこなし。あなたはよっぽど人が悪くなったよ。」

九五

一日の雑踏と暑熱に疲れきったような池のはたでは、建てつらなった売店がどこもかしこも店をしまいかけているところであったが、それでもまだ人足《ひとあし》は絶えなかった。水に臨んだ飲食店では、人が蓄音器に集まっていたり、係りのものらしい男が、粗野な調子で女たちを相手に酒を飲んでいたりした。暗やみの世界に、秘密の歓楽を捜しあるいているような、みだらな女と男の姿や笑い声が聞こえたりした。

お島はその間を、ふらふらと寂しい夢でも見ているような心持ちで歩いていた。会場のイルミネーションはすっかり消えてしまって、無気味な広告塔から、蒼《あお》い火が暗に流れていた。

浜屋の主人が肺病になったということが、ふと彼女の心に暗い影を投げているのに気がついた。自分の世界が急に寂しくなったようにも感じた。しかし離れているときに考えていたほど、自分がまだあの男のことを考えているとは思えなかった。今のあの男とは全くかけはなれたそのころの山の思い出が、かすかになつかしく思い出せるだけであった。あの時分の若い痴呆《ちほう》な恋が、いつのまにか、水に溶かされて行く紅《べに》の色か何ぞのように薄くにじんでいるきりであった。

自分の若い職人が一人《ひとり》、順吉というお島のかわいがって目をかけている小僧と一緒に、熱い仕事場のガスのそばを離れて、涼しい夜風を吸いに出ているのに、ふと観月橋のたもとのところで出っくわした。

「どうしたえ、田舎のおじいさんは。」お島は順吉にたずねた。

二人はにやにや笑っていた。

「今夜も酔っぱらっているんだろうよ。」

「ええなんだかやっぱり外で飲んで来たようでしたよ。」

お島はこの順吉から、父親が自分の嫁ぶりを陰でけなして、不平を言っていることなどを、ちょいちょい耳にしていたが、それはその時でき流しているのであった。

「わたしのこったもの、どうせよくは言われない。あの田舎ものにこの上《かみ》さんの気前なんかわかるものかね。」

お島はそういって笑っていたが、新しく入《はい》って来たものから、世間普通の嫁と一つに見られているのが、侮辱のように感ぜられて腹立たしかった。

「お上さん今夜はいいことがあるんだから、何かおごろうか。」お島は二人に言った。

「おごってください。」

「じゃ、みんなおいでおいで。」

お島は先に立って、何か食べさせるような家《うち》を捜してあるいた。

「……上さんを離縁しろなんて言っていましたよ。」

風の吹き通しな水辺の一品料理屋でアイスクリームや水菓子を食べながら、順吉は話した。

「へえ、そんなことを言っていたかい。」お島はそれでもきまりわるそうに紅《あか》くなった。

「へん、お気の毒さまだが、舅《しゅうと》に暇を出されるような、そんな意気地《いくじ》なしのお上さんと上さんがちがうんだ。」

九六

お島が毎日のように呼び出されて、市内の芝居や寄席《よせ》、鎌倉や江の島までも見物して一緒に浮き浮きしい日を送っていた山の連中は、田舎へ帰るまでに、一度お島たち夫婦のところへも遊びにやって来たが、それらの人々が宿を引き揚げて行ってからも、浜屋の主人だけは、お島の世話で部屋《へや》借りをしていた家から、一月の余《よ》も病院へ通っていた。田舎では大した金持ちでもあるように、お島が小野田に吹聴しておいた山の客が、どやどややって来たとき——浜屋だけは加わっていなかったが——お島は水菓子にビールなどをぬいて、暑い二階で彼らをもてなしたが、小野田も彼らから、商売の資本でも引き出しうるかのように言っているお島の言葉を信じて、そこへ出て丁寧な取り扱い方をしていた。

お島はその一人からは夏のインバネス、他の一人からは冬の鳶《とんび》というふうに、いずれも上等品の注文を取ることに抜け目がなかったが、いつでも見本を持って行きさえすれば、山の町でもいい顧客《とくい》を沢山世話するような話をも、精米所の主人がしていた。

「わたしがこの旦那方に、どのくらいお世話になったかしれないんです。」

お島はそう言って小野田にも話したが、そこにお島の身のうえについて、何か色っぽい挿話がありそうに、感の鈍い小野田にも想像されるほど、彼らはお島となれなれしい口のきき方をしていた。

肉づいた手に、指環《ゆびわ》などを光らせている精米所の主人のことを、小野田は山にいた時のお島の旦那か何ぞであったようにうたがって、彼らが帰ったあとでそれをお島の前に言い出した。

「ばかなことをお言いでないよ。」

お島は散らかったそこらを取り片づけながら、紅《あか》い顔をして言った。たっぷりした癖のない髪を、このごろ一番自分に似合う丸髷《まるまげ》に結って、山の客が来てからは、彼女は一層化粧《みじまい》をよくしていた。指環なども、顔の広い彼女は、どこかの宝玉屋からか取って来て、見なれない品を不断にはめていた。それが小野田の目に、お島を美しくねたましく見せていた。

「その証拠には、お前はわたしのおやじがこの席へ顔を出すのを、たいへんいやがったじゃないか。」

わしが出て挨拶をするといって、きかなかった父親に顔をしかめて、奥へ引っ込めておくようにしたお島の仕打ちを、小野田は気にかけて言い出した。

「だって恥ずかしいじゃないか。お前さんの前だけれど、あのお父《とっ》さんに出られてたまるもんですか。お前さんの顔にだってかかります。」

「昔の旦那だとおもって、あんまり見えをするなよ。」

「人ぎきのわるいことを言ってくださるなよ。」お島は押っかぶせるように笑った。

「あの人たちに笑われますよ。それがうそならきいてみるがいいんです。」

「そうでもなくて、あんな者が来たってそんなに大騒ぎをするわけがない。」

「うるさいよ。」お島はしまいにどなり出した。

九七

　暑い東京にも居たたまらなくなって、浜屋がその宿を引き払って山へ帰るまでに、お島は幾たびとなくそこへ訪《たず》ねて行ったが、彼女はそれを小野田へ全く秘密にはしておけなかった。ちょっと手もとの苦しい時なぞに、お島は浜屋から時借《ときがり》をして来た金を、小野田の前へ出して、その男がどんな場合にも、自分の言うことをきいてくれるような関係にあることを、ほのめかさずにはいられなかった。

　浜屋はその通《かよ》っている病院で、もう十本ばかり、やってもらった注射にも飽きて、また出るにしても、盆前にはどうしても一度帰らなければならぬ家《うち》の用事を控えているからだであったが、お島たち夫婦の内幕が、初めきいたほどうまく行っていないことが、幾たびもあっているうちに、ひとりでに彼女の口からも聞かされるので、その事も気にかかっているらしかったが、やっぱり自分の手でそれをどうしようという気にもなれないらしかった。

「そんな事を言わずにまあ辛抱するさ。」

　お島はその時の調子で、どうかすると心にもない自分の身の上談《ばなし》がはずんで、男にもたれかかるような姿態《ようす》を見せたが、きくだけはそれでも熱心にきいている浜屋が、いつでもそういったふうの応答《うけごたえ》ばかりして笑っているのが物足りなかった。

「あの時分とは、まるで人が変わったね。」お島は男の顔をながめながら言った。

「変わったのはわたしばかりじゃないよ。」お島は男がそういって、自分の丸髷姿をでも見返しているような羞恥を感じて来た。

「月日がたつとだれでもこんなもんでしょうか。」

お島は二階の六畳で疲れたからだを膝《ひざ》掛けのうえに横たえている男のそばにすわって、他人行儀のような口をきいていたが、興奮の去ったあとの彼女は、長く男のそばにもいられなかった。

部屋《へや》には薄明るい電気がついていた。お島はどうしてもぴったり合うことのできなくなったような、その時のいやな心持ちを想《おも》い出しながら、涼気《すずけ》の立って来た忙《せわ》しい夕暮れの町を帰って来たが、気重いような心持ちがして、店へ入《はい》って行くのがはばかられた。

「おれも一度その人にあっておこう。」

小野田はお島から金を受け取ると、そういって感謝の意を表わした。

「いけないいけない。」お島はそれを拒んで、「あの人はばかに内気な人なんです。田舎にもあんな人があるかと思うくらい、おとなしいんですから、人にあうのを、たいへんにいやがるんです。」

小野田はそれを気にもかけなかったが、やっぱりその男のことをききたがった。

「それは東京にもめったにないようないい男よ。」お島は笑いながらこたえたが、自分にも顔のあかくなるのを禁じ得なかった。

九八

避暑客などの雑踏している上野の停車場《ステーション》で、お島が浜屋に別れたのは、盆少し前のある日の午後であったが、そんな人たちが全く引き揚げて行ってから、お島たちはまた自分の家《うち》のばたばたになっていることに気がついた。

浜屋はお島に買わせたいろいろの東京土産《みやげ》などをさげこんで、パナマを前のめりにかぶり、お島が買ってくれた草履《ぞうり》をはいて、軽いいでたちで汽車に乗ったのであったが、お島も絽縮緬《ろちりめん》の羽織などを着込んで、結い立ての丸髷《まるまげ》頭で来ていた。

足音の騒々しい構内を、二人《ふたり》は控え室を出たり入ったりして、発車時間を待っていたが、このステーションの気分に浸っていると、ひとりでに以前の自分の山の生活が想《おも》い出せて来て、涙ぐましいような気持ちになるのであった。

「どうでしょう。西洋人は活発でいいね。」

日光へでも行くらしい、男女《おとこおんな》の外国人のきれいな姿が、彼らの前を横ぎって行ったとき、お島は男に別れる自分の寂しさを蹴《け》散らすように、そういって、嘆美の声を放った。

「どうだね、一緒に行かないか。」

浜屋は瀬戸物のような美しい皮膚に、このごろはいくらか日やけがして、目の色も鋭くなっていたが、お島がしばらくでも夫婦ものの旅行と見られるのがうれしいような、まぶしいような気持ちのするほど、それは様子がよかった。

客車に乗ってからも、お島は窓の前に立って、元気よく話を交えていたが、そのうちに汽車がするする出て行った。

「そのうち景気が直ったら、一度温泉へでも来るさ。」

浜屋は窓から顔を出して、どうかすると睫毛《まつげ》をぬらしているお島に、そんな事を言っていた。

お島はとぼとぼと構内を出て来たが、やっぱり後ろ髪を引かるるような未練が残っていた。

盆が来ると、お島は顧客先《とくいさき》への配りものやら、方々への支払いやらで気ぜわしいその日その日を送っていた。そして着いてからはがきをよこした浜屋のことも忘れがちでいたが、自分たちの不幸な夫婦であったことが、一層わかって来たような気がした。お島は時々その事に思いふけっているのであったが、それを小野田に感づかれるのが、不安であった。お島は恥ずかしい自分の秘密な経験を押し隠すことを怠らなかった。

暑い盛りに博覧会が閉ざされてから、お島たちの居周《いまわり》の町々には、急に潮がひいたように寂しさが襲って来たと同時に、二人の店にもこれまで紛らされていたような、頽廃の色が、まざまざと目に見えて来た。

多くの建物の、日に日にこわされて行く上野を、店をささえるための金策の奔走などで、毎日のようにお島は通った。やがてまた持ち切れそうもない今の家《うち》をひと思いにほうりだしてしまいたいような気分になっていた。

「ここは縁起がわるいから、わたしたちはまたどこかで新規まきなおしです。」

ここへ引き移って来てから、貸し越しの大分たまって来ているラシャの仲買いなどに、お島は投げ出したような棄鉢《すてばち》な調子で言っていた。

九九

本郷の通りの方で、第四番目にお島たちが取り着いて行った家《うち》を、すっかり手を入れて、洋風のかなりな店つきにすると同時に、棚《たな》にラシャなどを積むことができたのは、それから二、三年もたって、店の名が相応に人に知られてからであったが、最初二人《ふたり》がそこへ引き移っていった時には、店へ飾るものといっては何一つなかった。

愛宕《あたご》時代に傭《やと》ったのとは、また別の方面から、お島が大工などを頼んで来たとき、二人のふところには、店を板敷きにしたり、棚を張ったりするために必要な板一枚買うだけの金すらなかったのであったが、新しいものを築きはじめるのに多分の興味と刺激とを感ずる彼女は、きわどいところで、思いもかけない生活の弾力性をよび起こされたりした。

「面倒ですから、材料もあっしの方から運びましょうか。」

父親の縁故から知っているある叩《たた》き大工のあることを想《おも》い出して、そこへかけつけていった彼女は、仕事を拡張する意味で普請を嘱《たの》んだところで、彼は呑《の》み込み顔にそう言って引き受けた。

「そうしてもらいましょうよ。わたしたちは材料を詮議《せんぎ》してるひまなんかないんだから。」

材木がやがて彼らの手によって、車で運びこまれた。

「どうです、わけあないじゃありませんか。」

大工が仕事を初めたところで、釘《くぎ》をすら買うべき小銭に事かいていたお島は、また近所の金物屋から、それを取り寄せる知恵を欠かなかった。

「これから普請のできあがるまで、何かまたちょいちょいもらいに来るのに、一々お金を出すのも面倒ですから、お帳面にしておいてくださいよ。少しばかりお手づけをおいてきましょう。」

お島は夜を待つまもなく、小僧の順吉に背負《しょ》いださせた蒲団に替えた、少しばかりの金のうちから、いくらかを取り出してそれを渡した。その蒲団は、彼女が鶴さん時代から持ち古している銘仙《めいせん》ものの代物《しろもの》であった。

「乗るか反《そ》るか、お上《かみ》さんはここで最後の運をためすんだよ。」

萌黄《もえぎ》の風呂敷《ふろしき》につつんだその蒲団を背負いださせるとき、お島は気嵩《きがさ》な調子で、その時までついて来た順吉を励ました。

「お前もそのつもりでやっておくれ。この恩はお上さん一生忘れないよ。」

涙ぐんだような顔をして、それを背負って行く順吉のいじらしい後ろ姿を見送っているお島の目には、涙がにじんで来た。

「どうでしょう。職人は小さい時分から手なずけなくちゃだめだね。順吉だけは、どうか渡り職人の風《ふう》に染《し》ましたくないもんだ。それだけでもわたしたちはぼんやりしちゃいられない。」

お島は大工の仕事を見ている、小野田のそばへ来てつぶやいた。

表では大工が、二人ばかりの下を使って、せっせと木ごしらえに働いていた。

一〇〇

あらかたできあがったところで、大工の手を離れた店の飾り窓や、入り口のドアに張るべきガラスを、お島が小野田に言われて、根津に家を持ったときから顔を知られているあるガラス屋へかけあいに行ったのは、それから間もなくであった。

お島はその日も、新しい店を持った吹聴かたがた、朝から顧客《とくい》まわりをして、三時ごろにやっと帰って来たが、夏場はどこでも注文がなくて、代わりに一つ二つの直しものを受け取ったきりであった。

外は黄熟《おうじゅく》した八月の暑熱が、じりじり大地にしみとおるようであった。蟬《せみ》の声などのまだ木陰に涼しく聞かれるころに、家《うち》を出ていった彼女は、行く先々で、取るべき金の当てがはずれたり、主《あるじ》が旅行中であったりした。古くからのなじみの家では、彼女は病気をしている子供のために、氷を取り替えたり、団扇《うちわ》であおいだりして、三時間も人々に代わって看護をしていたりして、目がくらくらするほど空腹を感じて来たころに、家へ帰って来たのであった。

家では大工がみんな昼寝をしていた。小野田もミシン台をすえて奥の六畳の涼しい窓の下で、横たわっていた。

お島はそこらをがたぴし言わせて、着替えなどをしていた。根津の家を引き払う前に、田舎へかえしてしまった父親の毎日毎日飲みつづけた酒代の、したたか滞っている酒屋の注文聞きの一人に、途中で出あって、自分の方からその男に声をかけて来なければならなかったことなどが、一層彼女の頭脳《あたま》をむしゃくしゃさせていた。小野田がその父親を呼び寄せさえしなければ、あの家もどうかこうか持ち続けて行けたように考えられた。あの飲んだくれのために、どのくらい自分の頭脳がかき回され、働きが鈍らされたかしれないと思った。

「ぶちのめしても飽き足りないやつだ。」

お島は、酔ったまぎれに自分を離縁しろといって、小野田を手こずらせていたという父親の言い分から、内輪が大もめにもめて、とうとう田舎へ帰って行くことになった父親に対する憎悪が、また胸に燃えたって来るのを覚えた。小野田の寝顔までが腹立たしく見返られた。

「せっせと仕事をしてくださいよ。ばかみたいな顔して寝ていちゃ困るじゃないか。」

小野田が薄目をあいて、ちろりと彼女の顔を見たとき、お島はいらいらした声で言った。

お島は台所で飯を食べている時分に、やっと小野田はのそのそ起き出して来た。

「仕事仕事って、そうがみがみ言ったって仕事ができるもんじゃないよ。」

小野田は火鉢《ひばち》のそばへ来て、莨《たばこ》をふかしはじめながら、まだ眠り足りないようなあかい目をお島の方へ向けた。

「それよりかガラスの工面もしなければならず、店だって飾りなしにおかれやしない。」

「知らないよ、わたしは。自分でもちっと心配するがいいんだ。」お島は言い返した。

一〇一

小野田はそこへ脱ぎっぱなしにしたお島の汗ばんだ襦袢《じゅばん》や帯が目に入《はい》ったり、不断着を取り出すために引っかきまわした押入れのどさくさした様子などを見ると、とても世帯は持てない女だといって、自分のために離縁を勧めた父親のことばが思い出された。

「技倆《はたらき》があるか何だか知らんが、まあ大変なもんだ。とても女とは思えんの。」

そうも言って、荒いお島の調子に驚いていた父親の善良そうな顔も思い出された。

「朝から出て、あれは一日どこを何をして歩いてるだい。」

父親はそうも言って、不思議がったが、お島自身に言わせると、朝はだれかが台所働きをしてくれて、気持ちよく家《うち》を出なければ、とても調子よく外で働くことはできないというのであった。帰って来た時にも、自分を迎えてくれるみんなのいい顔をでも見なければ埋まらないと言うのであった。それで小野田は順吉と一緒に、どうかすると七輪に火をおこしたり、漬物桶《つけものおけ》へ手を入れたりすることをやっているのであったが、お島が一人《ひとり》でおもしろがってやっている顧客《とくい》まわりも、集金の段になってくると、やっぱり小野田自身が出て行くよりほかないようなことが多かった。

夕方にお島は機嫌を直して、ガラス屋の方へ出て行った。

「この店さえできあがれば、少し資本をこしらえて、夏の末にはおれが新趣向の広告をまいて、あらゆる中学の制服を取ろうと思っている。」

小野田はそう言って、このごろから考えていた自分の平易で実行しやすいような企画《もくろみ》をお島に話した。

「それには女唐服《めとうふく》を着て、お前が諸学校へ入り込んで行かなければならんのだ。」

「だめですだめです。制服なんかやったって、どれだけもうかるもんですか。」

そんな際物《きわもの》仕事が、自分の顔にでもかかるか何ぞのように考えているお島は、そう言って反抗したが、いい客をひきつけるような立派な場所と店と資本とをもたない自分たちにとっては、そうでもして数でこなすよりほかないことを小野田は主張した。

学生相手の確かなことはお島も知っていた。洋服姿で、若い学生だちの集まりのなかへ入《はい》って行く自分の姿を想像するだけでも、彼女は不思議な興味をそそられた。

「そうすると、お前の顔はじきに学生仲間に広まってしまうよ。」

小野田はその妻や娘を売り物にすることをよく知っている、思い付きのある興行師か何ぞのような自分の計画で、成功と虚栄に渇《かわ》いている彼女を使嗾《しそう》する術を得たかのように、自信のある目を輝かしていた。

「ふむ。」お島は自分がいつからかぼんやり望んでいたことを、小野田が探りあててくれたような興味を感じた。男が頼もしい利口もののように思えて来た。

「それは確かにあたるね。」お島はそういって賛成した。

一〇二

横浜に店を出している知り合いの女《め》唐服屋《とうふくや》で、お島が工面した金で自分の身装《みなり》をすっかりこしらえて来たのは、それから大分たってからであった。

新築の家《うち》はすっかりできあがって、ガラスもはまった飾り窓に、小野田が柳原から見つけて買って来た古い大礼服の金モールなどが光っていた。

一度姿見を買ったことのあるガラス屋では、主人はその申し込みを最初は断わったが、お島のことを知っている子息《むすこ》が、自分で引き受けて要《い》るだけのガラスを入れてくれた。

「老爺《おやじ》はああいいますけれど、お上さんの気前を買って、わたしがお貸し申しましょう。だから入れられるだけ入れてみてください。倒されればそれまでです。」

そしてその翌朝、彼は小僧と一緒にガラスを運びこんで、それを飾り窓や入り口のドアなどに切りはめてくれた。

「お前さんは若いにしては感心だよ。そういうふうに出られると、だれだってひいきにしないじゃいられないからね。またいいお得意をどっさり世話してあげますよ。」

お島はそう言って、そのガラス屋をかえした。

看板を書くために、ペンキ屋が来たり、小野田が自転車で飛ばして、方々当たってみてあるいたラシャのサンプルが持ち込まれたり、スタイルの画見本の額が、店に飾られたりした。

白い夏の女唐服《めとうふく》に、水色のリボンの巻かれた深い麦稈《むぎわら》帽子をかぶって、お島はやがて得意まわりをしはじめるようになったのは、それから大分たってからであった。

「どうです、似合いますか」などと、お島は姿見の前を離れて、そのころまた来ることになった木村という職人や小野田の前に立った。コルセットで締めつけられた、太い胴が息がつまるほど苦しかった。皮膚の汚点《しみ》や何かを隠すために、こってり塗りたてた顔が、凄艶《せいえん》なような蒼味《あおみ》を帯びてみえた。

「ばかに若くみえるね。少なくともハワイあたりから帰って来た手品師くらいには踏めますぜ。」木村は笑った。

お島はその身装《なり》で、親しくしているお顧客《とくい》をまわって行った。そのなかには若い歯科医や弁護士などもあった。

「どこの西洋美人がやって来たかと思ったら、君か。」

途中で行きあった若い学生たちは、そういって不思議な彼女の姿に目をみはった。

「その身装で、ぜひ僕んとこへもやって来てくれたまえ。」

彼らのある者は、肉づきの柔らかい彼女の手に握手をして、別れて行ったりした。

「洋服はばかに評判がいいんですよ。」

お島は日の暮れに帰って来ると、急いで窮屈なコルセットをはずしてもらうのであったが、薄桃色肉のぽちゃぽちゃしたからだが、はじめて自分のものらしい気がした。

小野田はいろいろの学校へ新たに入学した学生たちの間に撒《ま》くべき、広告札の意匠などに一日腐心していた。

一〇三

時間割表などの刷り込まれた、二つ折り小形のその広告札を、ラシャの袋に入れて、お島は朝早く新入生などの多く出入《ではい》りする学校の門の入り口に立った。

「どうぞどっさりお持ちくださいまし。そして皆さん方へも、お広めなすってくださいまし。」お島はそういって、それを彼らの手に渡した。

「私《わたくし》どもでは皆さんのご便宜を図って、ラシャ屋と特約を結んで、精々勉強いたしますから、どうぞごひいきに……スタイルもごく斬新でございます。」彼女はそうもいって、おもしろそうに集まってくる若い人たちの心をひきつけた。

「安いね。」

「洋行がえりの洋服屋だとさ。」

学生たちは口々にささやきあった。

「おいおい、引き札をまくことはやめてもらおう。こちらではそれぞれ規定の洋服屋があるから。」

門番や小使いたちは、学生の手から校庭へまきすてられる引き札をうるさがって、彼女を逐《お》いはらおうとした。

お島は時とすると、札《さつ》を二、三枚ポケットから取り出して、彼らの手に渡した。そして学校の事務員にまで取り入ることを怠らなかった。

「品物をよくして、安く勉強するというなら、どこでこしらえるのも同じだから、学生を勧誘するのも君の自由だがね。」

事務員はそういって、彼女の出入りに黙諾を与えてくれたりした。

広い運動場に集まっている生徒のなかへ、お島の洋服姿が現われて行った。時には一つの学校から、他の学校へ彼女は腕車《くるま》を飛ばしなどして、せり込んで行く多くの同業者とはげしい競争を試みることに、深い興味を感じた。

小野田や職人たちが、まだぐっすり眠っているうちに、お島は床を離れて、化粧《おつくり》をするために大きい姿見の前に立った。そして手ばしこくコルセットをはめたり、ようやく着なれたペチコートを着けたりした。洋服がすっかりからだにくっついて、ぽちゃぽちゃした肉を締めつけられるようなのが、心持ちよかった。そして小さいしなやかな足に、踵《かかと》の高い靴《くつ》をはくと、ひとりでに軽く手足に弾力が出て来て、前へはずむようであった。ぞべらぞべらした日本服や、ぎこちない丸髷《まるまげ》姿では、とても入《はい》って行けないような場所へ、彼女の心は、何の羞恥も憶劫さも感ずることなしに、自由に飛び込んで行くことができた。

朝おきると、だるい彼女のからだが、じきにそれらの軽快な服装を要求した。不思議なほど気持ちの引き締まってくるのを覚えた。朝露にまだしっとりとしているような通りを、お島は一朝でも、洋服で出て行かない日があると、一日気分が悪かった。

自転車で納めものを運んで行く小野田が、どうかすると途中で彼女のそばへ寄って来た。

「惜しい事には丈《たけ》が足りないね。」

小野田は胴幅《はば》などの広い彼女の姿をながめながら言った。

「どうせ労働服ですもの、様子なんぞにかまっていられるもんですか。」

二人はしばらく歩きながら話した。

一〇四

月が十月へ入ってから、撒《ま》いておいた広告の著しい効験《ききめ》で、冬の制服や頭巾《ずきん》つきの外套の注文などが、どしどし入って来た。そのころから工場には職人の数もふえて来た。徒歩のまだるいのに気を腐らしていたお島は、小野田の勧めで、自転車に乗る練習をはじめていた。

晩方になると、彼女は小野田と一緒に、そこから五、六丁隔たった原っぱの方へ、近所で月賦払いで買い入れた女乗りの自転車を引き出して行った。一月の余《よ》もかぶった冠《かぶ》り物が暑い夏の日にやけ、リボンも砂ほこりに汚《よご》れていた。お島はその冠り物の肩までかかった丸い背を屈《こご》めて、夕暗のなかを、小野田についていてもらって、ハンドルを把《と》ることを学んだ。

近いうちに家《うち》が建つことになっているその原には、桐の木やアカシヤなどが、昼でも涼しい陰を作っていた。夏草が菁々《せいせい》と生《お》いしげって、崖《がけ》のうえには新しい家が立ちならんでいた。

そこらが全く夜の帷《とばり》に蔽《おお》いつつまるころまで、草原を乗りまわしている、彼女の白い姿が、往来の人たちの目をひいた。

木の陰に乗り物を立てかけておいて、お島は疲れたからだを、草のうえに休めるためにしゃがんだ。裳《も》裾《すそ》や靴足袋《くつたび》にはしとしと水分が湿《しと》って、草間《あい》から虫が啼《な》いていた。お島はじっとり汗ばんだからだに風を入れながら、鬱陶しい冠り物を取って、軽い疲労と、健やかな血行の快い音に酔っていた。腿《もも》と臀部《でんぶ》との肉にだるい痛みを覚えた。小野田は彼女の肉体に、生理的傷害の来ることをおそれて、時々それを気にしていたが、自転車で町を疾走するときの自分の姿にあこがれているようなお島は、それを考える余裕すらなかった。

「少しくらいからだを傷《いた》めたって、かまうもんですか。わたしたちは何かかわったことをしなければ、とても女で売り出せやしませんよ。」

お島はそう言って、またハンドルにつかまった。

朝はやく、彼女はひとりでそこへ乗り出して行くほど、手があがって来た。そして藻《も》靄《や》の顔にかかるような木陰を、そっちこっち乗りまわした。秋らしい風が裾《すそ》に孕《はら》んで、草の実がうす青く白い地《じ》についた。崖《がけ》のうえの垣根から、書生や女たちの、不思議そうにのぞいている顔が見えたりした。土堤《どて》の小径《こみち》から、子供たちの投げる小石が、草のなかに落ちたりした。

「おそろしい疲れるもんですね。」

一月《ひとつき》ほどの練習をつんでから、初めて銀座の方へ材料の仕入れに出かけて行って、帰って来たお島は、自転車を店頭《みせさき》へ引き入れると、がっかりしたような顔をして、そこに立っていた。

「須田町《すだちょう》から先は、自分ながらおっかなくてしようがなかったの。だけどわけはない。二、三度乗りまわせばきっと平気になれます。」お島は自信ありそうに言った。

一〇五

忙しいその一冬を自転車に乗りづめで、ひまな二月が来たとき、お島は時々疑問にしていながら、診《み》てもらうのをいやがっていた、自分のからだをふとした機会から、病院で医者にみせた。

「……毛がすっかりすり切れてしまったところを見ると、よっぽど毒なもんですね。」

お島はそう言って、そこを小野田に見せたりなどしていたが、それはそれでほんの外面の傷害に過ぎないらしかった。

その病院では、お島の親しい歯科医の細君が、腹部の切開で入院していた。そこへお島は時々見舞に行った。

そんなところへも自分の商売を広告するつもりで、看護婦や下足番《げそくばん》などへの心づけに、切れ放れのいいお島は、じきに彼らとも友達になったが、一、二度からだをみてもらううちに、親しい口をききあう若い医師が、二人《ふたり》も三人もできた。

だんだん肥立《ひだ》って来た、売色《くろうと》あがりの細君のそばで、お島は持って行った花を花瓶《かびん》にさしたり、薄くなった頭髪《あたま》に櫛《くし》を入れて、束《つか》ねてやったりして、半日も話し相手になっていた。

「どういうんでしょう、わたしのからだは……」

お島は看護婦などのいるそばで、いつかも印判屋の上さんにたずねたと同じことを言い出した。

「夫婦の交わりなんてものは、わたしにはただ苦しいばかりです。何の意味もありません。」

「それはあなたがどうかしてるのよ。」

患者は日ましに血色のよくなって来た顔に、血の気《け》のさしたような美しい笑顔《えがお》を向けて、お島の顔をながめた。

「でもおかしいんですの。こんなことを言うのは、自分の恥をさらすようなもんですけれど、実際あの人が変なんです。」

お島は紅《あか》い顔をして言った。

「ええ、そんな人も千人に一人《ひとり》はありますね。」

お島がみてもらった医者に、それを言い出すほど気がおけなくなったとき、彼はそう言って笑っていた。

位置が少し変わっているといわれた自分のからだを、お島はそれまでに、もう幾たびも療治をしてもらいに通《かよ》ったのであった。

「当分自転車をおやめなさい。圧迫するといけない。」

お島は苦しい療治にかかった最初の日から、そう言われて毎日和服で外出《そとで》をしていた。

長いお島の病院がよいの間、小野田が、多く外まわりに自転車で乗り出した。

顧客先《とくいさき》で、小野田が知り合いになった生花《はな》の先生が出入《では》いりしたり、蓄音器を買い込んだりするほど、そのころ景気づいて来ていた店の経済が、暗いお島などの頭脳《あたま》では、ちょっと考えられないほど、貸しや借りのこぐらかりが複雑になっていたが、それはそれとして、身装《みなり》などのめっきり華美《はで》になった彼女は、その日その日の明るい気持ちで、生活の新しい幸福を予期しながら、病院の門をくぐった。

一〇六

小野田は時々外回りに歩いて、あとは大抵店で裁《たち》をやっていたが、すきがありさえすれば蓄音器をいじっていた。楽遊《らくゆう》や奈良丸《ならまる》の浪華節《なにわぶし》にききほれているかと思うと、いつかうとうと眠っているようなことが多かった。

しげしげ足を運んで来る生花《はな》の先生は、小野田がだんだんよいお顧客《とくい》へ出入《ではい》りするようになったお島に習わせるつもりで、頼んだのであったが、一度も花活《はないけ》の前にすわったことのない彼女の代わりに、自身二階で時々無器用な手つきをして、ずんどのなかへ花をさしているのを、お島は見かけた。

もと人の妾《めかけ》などをしていたという不幸なその女は、どうかすると二時間も三時間も遊んで帰ることがあった。上方《かみがた》に近い優しい口のきき方などをして、名古屋育ちの小野田とはうまが合っていた。

「わたしだってたまには逆さにお花もいけてみとうございますよ。」

外から帰って、ふと二階の梯子《はしご》をあがって行くお島の耳に、その日も午《ひる》から来て話し込んでいたその年増《としま》のなまめかしい笑い声がもれ聞こえた。嫉妬と挑発とが、彼女の心に発作的におこって来た。

女が帰って行くとき、お島はいきなり帳場の方から顔を出して行った。

「お気の毒さまですがね、宅はお花なんか習っているひまはないんですから、今日《きょう》きり私《わたくし》からお断わりいたします。」

お島は硬《こわ》ばった神経を、しいておさえるようにして、そう言いながら謝礼金の包みを前においた。

もう三十七、八ともみえる女は、その時もきれいに小じわの寄ったすさんだ顔に薄化粧などをして、古いお召の被布姿で来ていたが、お島の権幕に怯《お》じおそれたように、すごすご出ていった。

「このばか!」

二階へかけあがっていったお島は、いきなり小野田に浴びせかけた。毎日鬢《びん》や前髪を大きくふっくらと取った丸髷《まるまげ》姿で出ていた彼女は、大きな紋のついた羽織もぬがずに、めじりをきりきりさせて、そこに突っ立っていた。

「ひげなんかはやして、あんなものにでれでれしているなんて、お前さんもよっぽどな薄のろだね。」

お島はそう言いながら、そこにあった花くずを取りあげて、のそりとしている小野田の顔へたたきつけた。つりあがったような充血した目に、涙がにじみ出ていた。

「何をする。」

小野田も怒りだして、そこにあった水差しを取ってお島に投げつけた。彼女のお召の小袖《こそで》から、水がだらだらとたれた。

負けぬ気になって、お島も床の間に活《い》かったばかりの花をひっくらかえして、へし折りへし折りして小野田にほうりつけた。

はげしい格闘が、じきに二人《ふたり》のあいだに初まった。小野田が力づよい手をゆるめたときには、彼女の鬢がばらばらにほつれていた。そうして二人はしばらく甘い疲労に浸りながら、黙って壁のすみっこに向きあってすわっていた。

一〇七

二人が階下《した》へおりて行ったのは、もう電燈の来る時分であった。病院通いをするようになってから、恐ろしいものに触れるような気がして、絶えて良人《おっと》のそばへ寄らなかった彼女は、その時も二人の肉体に同じような失望を感じながら、そこを離れたのであった。

「あなたは別に女をもってください。」

お島はそう言って、根津にいたころ近所の上《かみ》さんに勧められて、小野田が時々あったことのある女をでも、小野田に取り戻そうかとさえ考えていた。

「そうでもしなければ、とてもこの商売はやって行けない。」お島はそうも考えた。

産まれがよいとかいわれていたその女は、ここへ引っ越してからも、一、二度店頭《みせさき》へ訪《たず》ねて来たことがあったが、お島はそれの始末をつけるために、砲兵工廠《こうしょう》の方へ通っているある男を見つけて、二人を夫婦にしてやったのであった。

小野田がどうかすると、その女のことを思い出して、裏店住《うらだなず》まいをしている、戸崎町《とさきちょう》の方へ訪ねて行くことを、お島もうすうす感づいていた。

「あの女はどうしました。」

お島は思い出したように、それを小野田にたずねたが、そのころは食べ物屋などに奉公していた当座で、いくらか身ぎれいにしていた女は、亭主持ちになってからすっかり身装《みなり》などをくずしているのであった。

「いくら向こうに未練があったって、あのころとは違いますよ。亭主のあるものに手を出して、どなり込まれたらどうするんです。」

小野田がまだ全く忘れることのできないその女のことを口にすると、お島はそう言ってたしなめたが、別れてから、小野田に執着を持っている女を不思議に思った。

「あいつの亭主は、そんな事を怒《おこ》るような男じゃない、おれがあいつの世話をしていたことも、ちゃんと知っていて、今でもそういうことには無神経でいるんだ。」

小野田はそう言って笑っていた。
二、三日前から、また時々自転車で乗り出すことにしていたお島が、ある晩九時ごろに家《うち》へ帰って来ると、女から、呼び出しをかけられて、小野田は家にいなかった。
「どこへ行ったえ。」

お島は何のことにもよく気のつく順吉に、そっとたずねた。

「白山《はくさん》から来たといって、若い衆《しゅ》が手紙を持って、迎いに来ましたよ。あっしが取次いだんだから、間違いはありません。」

順吉はそういって、まだ洋服もぬがずにいるお島の血相のかわった顔をながめていた。

「じゃまたどこかで媾曳《あいびき》してるんだろうよ。上《かみ》さん今夜こそは一つ突き止めてやらなくちゃ……。」

お島は急いでコルセットなどを取りはずすと、和服に着替えて、外へ飛び出していった。時々小野田の飲みに行く家を彼女は思い出さずにはいられなかった。

一〇八

秘密な会合をお島に見いだされたその女は、その時から頭脳《あたま》に変調を来たして、幾夜かのあいだお島たちの店さきへ立って、どなったり泣いたりした。

女はお島に踏み込まれたとき、真蒼《まっさお》になって裏の廊下へ飛び出したのであったが、その時段梯子《だんばしご》の上まで追っかけて来たお島の形相《ぎょうそう》のすごさに、取り殺されでもするような恐怖《おそれ》にわななきながら、一散に外へかけ出した。

「この義理しらずの畜生！」

お島は部屋《へや》へ入《はい》って来ると、いきなりどなりつけた。野獣のような彼女のからだに抑《おさ》えることができない狂暴の血が焦《や》けただれたように渦をまいていた。

締め切ったその二階の小室《こま》には、かっかと燃え照っている強いガスの下に、酒のにおいなどが漂って、耳に伝わる甘いささやきの声が、燃えつくような彼女の頭脳《あたま》を、はげしく刺激した。白い女のゴム櫛《ぐし》などが、彼女の血走った目に異常な衝動を与えた。手に傷などを負って、二人がそこを出たときには、春雨《はるさめ》のような雨が、ぼつぼつ顔にかかって来た。

まだ人通りのぼつぼつある、静かな春の宵に、女は店頭《みせさき》へ来て、飾り窓のガラスに小石をまきちらしたり、ヒステリックな蒼白《あおじろ》い笑顔《えがお》を、ふいにドアのなかへ現わしたりした。

「お上さんはいるの。」

女は臆病《おくびょう》らしく奥口をのぞいたりした。

「旦那《だんな》をちょっとここへ呼んでくださいな。」

女はそう言って、しつこく小僧に頼んだ。

小僧はおもしろそうに、にやにや笑っていた。

「旦那は今いないんだがね、お前さんも亭主があるんだから、はやく帰って休んだらいいだろう。」

お島はそばへ来て、やさしく声かけた。そして幾らかの金を、小さい彼女の手のひらに載せてやった。

女はにやにやと笑って、金をながめていたが、投げつけるようにしてそれを押し戻した。

「わたしお金なんかもらいに来たのじゃなくてよ。わたしを旦那にあわしてください。」

女はそこを逐《お》っぱらわれると、外へ出ていつまでもぶつぶつ言っていた。そして男の帰って来るのを待っているか何ぞのようにそこらをうろうろしていた。

「そっちに言い分があれば、こっちにだって言い分がありますよ。」

亭主から頼まれたといって、四十左右の遊び人風の男が、押し込んで来たとき、お島はそう言って応対した。そして話が込み入って来たときに、彼女の口からもれた、伯父《おじ》の名が、その男を全くその談《はなし》から手を引かしめてしまった。顔利《かおき》きであった伯父の名が、世話になったことのあるその男を反対に彼女の味方にしてしまうことができた。

一〇九

親思いの小野田が、田舎ではまだ物珍しがられる蓄音器などをさげて、根津の店が失敗したおりに逐《お》い返したきりになっている、父親をよろこばせに行ったころには、彼が留守になっても差しつかえぬだけの、裁《たち》の上手な若い男などが来ていた。

知った職人が、このごろ小野田の裁を飽き足らず思っているお島に、その男を周旋したのは、間服《あいふく》の注文などの盛んに出た四月のころであったが、その職人は、来た時からお島の気に入っていた。

自分でも店をもったりした経験のある、その職人は、最近に一緒にいた女と別れてそれまで持っていた世帯を畳《たた》んで、また職人の群れへ陥《お》ちて来たのであったが、悪いものにはめったに剪刀《はさみ》を下《くだ》そうとしない、彼の手に裁たれ、縫わるる服は、得意先でも評判がよかった。おっつけ仕事を間に合わすことのできないその器用なおそい仕事ぶりを、お島は時々そばから見ていた。からだつきのすんなりしたその様子や、世間に明るいその男は、お島たちの見も聞きもしたことのないような世界を知っていたが、親しくなるにつれて小野田と酒などを飲んでいるときに、ちょいちょい口にする自分自身の情話などが、一層彼女の心をひいた。

「こんな仕事をわたしにさせちゃ損ですよ。」

彼はそういって、どんな忙しいときでも下等な仕事には手をつけることを肯《がえん》じなかった。

「それじゃお前さんは貧乏するわけさね。」

お島もからだの弱いその男を、そんな仕事に不断に働かせるのを、痛々しく思った。

「それにお前さんは人品がいいから、身が持てないんだよ。」

お島は話しぶりなどに愛嬌《あいきょう》のあるその男のそばにすわっていると、ひとりでに顔をあかくしたりした。黒子《ほくろ》のような、青い小さい入れ墨が、それを入れたとき握り合った女とのなかについて、お島に異様な憧憬《しょうけい》をそそった。

「いくつの時分さ。」

お島はその手の入れ墨を発見したとき、耳の付け根まで紅《あか》くして、みだらな目をみはった。男はえへらえへらと、締まりのない口もとに笑った。

「あっしが十六ぐらいのときでしたろう。」

「その女はどうしたの。」

「どうしたか。多分大阪あたりにいるでしょう。そんな古い口は、もうとっくのむかしに忘れっちゃったんで……」

暮れに彼の手によって、濁ったところへ沈められた若い女のことが、まだ頭脳《あたま》に残っていた。

「そんな薄情な男は、わたしはきらいさ。」

お島はそう言って笑ったが、男がその時々に、さばさばしたような気持ちで棄《す》てて来た多くの女などに関する閲歴が、彼女の心をとろかすような不思議な力をもっていた。

蓄音器に、レコードを取りかえながら、うすら眠い目をしている小野田のそばをはなれて、お島はその男と、そんな話にふけった。

一一〇

小野田が田舎へ立ってから間もなく、急に浜屋にあう必要を感じて来たお島が、その男にあとを頼んで、上野から山へ旅立ったのは、初夏《はつなつ》のある日の朝であった。

病院でからだの療治をしてからのお島は、先天的に欠陥のない自分の肉体に確信ができたと同時に、今まで小野田から受けていた圧迫の償いをどこかに求めたい願いが、彼女の頭脳《あたま》にいろいろの好奇な期待と欲望とをわかさしめた。いつからかおぼろげに抱《いだ》いていた生理的精神的不満が、若いその職人のエロチックな話などから、一層誘発されずにはいなかった。

そしてそれを考えるときに、彼女はその対象として、浜屋を心に描いた。

「あの人に一度あって来よう。そして自分の疑いを質《ただ》そう。」

お島はそれを思いたつと、一日も早くその男のそばへ行って見たかった。

一つはそれを避けるために田舎へ帰った小野田がいなくなってからも、まだ時々店頭《みせさき》へ来てあばれたりどなったりする狂女が、巣鴨《すがも》の病院へ送り込まれてから、お島はやっと思い出の多いその山へ旅立つことができた。

全く色情狂に陥ったその女は、小野田が姿を見せなくなってからは、一層心が狂っていた。そして近所の普請場から鉋《かんな》くずや木くずを拾い集めて来て、お島の家《うち》の裏手から火をかけようとさえするところを、見つけられたりした。

近所の人だちの願い出《い》でによって、警察へ引っぱられた彼女が、梁《はり》から逆さにつられて、目口へ水を浴びせられたりするところを、お島も一度はそばで見せつけられた。

「水をかけられても、目をつぶらないところを見ると、これは確かに気ちがいです。」

責め道具などのかけられてあるその室で、お島は係りの警官から、笑いながらそんな事を言われた。

「わたしは二、三日で帰って来ますからね、留守をお頼み申しますよ。」

お島は立つ前の晩にも、その職人に好きな酒を飲ませたり、小づかいをくれたりして頼んだ。

「多分それまでに帰って来るようなことはないだろうと思うけれど、ひょっとして良《う》人《ち》が帰って来たら、うまい工合に話しておいてくださいよ。前《せん》に縁づいていた人のお墓参りに行ったとそう言ってね。」

お島は顔をあからめながら言った。

「よござんすとも。ゆっくり行っておいでなさいまし。」

その男はそう言って潔《きよ》く引き受けたが、胡散《うさん》な目をして笑っていた。

「ほんとうにわたしこういう人があるんです。」

お島はしまいにそれを言い出さずにはいられなかった。

「けどこれだけはあの人には秘密ですよ。」

一一一

博覧会時分に上京して来た、山の人たちに威張ってあえるだけの身のまわりをこしらえて、お島があわただしい思いで上野から出発したのは、六月の初めであった。四、五年前に、兄にそそのかされて行ったころの暗い悲しい心持ちなどは、今度の旅行には見られなかったが、秘密な歓楽の果《み》をでもぬすみに行くような不安が、汽車に乗ってからも、時々彼女の頭脳《あたま》を曇らした。

汽車の通って行く平野のどこをながめても、昔の記憶は浮かばなかった。大宮《おおみや》だとか高崎《たかさき》だとかいうような、大きなステーションへ入《はい》るごとに、彼女は窓から首を出して、あたりをながめていたが、しばらく東京を離れたことのない彼女には、どこも初めてのように印象が新しかった。高崎では、そこから岐《わか》れて伊香保《いかほ》へでも行くらしい男女《おとこおんな》の楽しい旅の明るい姿の幾組かが、彼女の目についた。蓄音器をさげて父親をよろこばせに行った小野田が思い出された。不格好な洋服を着たり、自転車に乗ったりして、一年じゅう働いている自分が、すべて見くびっているつもりの男のために、いい工合に駆使されているのだとさえしか思われなかった。

「わたしはばかだね。浜屋にあいに行くのにさえ、こんなに気兼ねをしなくてはならない。あの人はこれまでに、わたしに何をしてくれたろう。」

お島は口をきくものもない客車のなかで、静かに東京の埃《ほこり》のなかで活動している自分の姿が考えられるような気がした。欲得のためにのみ一緒になっているとしか思えない小野田に対するわがままな反抗心が、彼女の頭脳《あたま》をそうも偏傾せしめた。何のために血眼《ちまなこ》になって働いて来たかわからないような、孤独の寂しさが、心にしみ拡《ひろ》がって来た。

桐の花などの咲いている、夏のしげみの濃い平野を横ぎって、汽車はいつしか山へさしかかっていた。高崎あたりでは日光のみえていた梅雨時《つゆどき》の空が、山へ入るにつれて陰《いん》鬱《うつ》に曇っているのに気がついた。窓のつい目のさきにある山の姿が、淡墨《うすずみ》で刷《は》いたように、水霧につつまれて、目近の雑木《ぞうき》の小枝や、崖《がけ》の草の葉などに漂うている雲が、しぶきのような水滴をしたたらしていたりした。白い岩のうえに、目のさめるような躑躅《つつじ》が、古風の屏風の絵にでもあるようなあざやかさで、咲いていたりした。水がその巌間《いわま》から流れおちていた。

深い渓《たに》や、高い山を幾つとなく送ったり迎えたりするあいだに、汽車は幾たびとなく高原地の静かなステーションにとどまった。旅客たちは敬虔なような目をそばだてて、山の姿をながめた。

ステーションへつくたびに、お島は待ち遠しいような気がいらいらした。

山の町近くへ来たのは、午後の四時ごろであった。糠《ぬか》のような雨が、そのあたりでも窓ガラスを曇らしていた。

一二二

目ざす町に近いある小駅で、お島は乗り込んで来る三、四人の新しい乗客が、自分の向こう側へ来てすわるのを見た。

それらの人は、どこかこの近辺の温泉場へでも遊びに行って来たものらしく、汽車が動きだしてからも、手々《てんで》にそんな話にふけっていた。山の町の人たちのうわさも、彼らの口に上ったが、浜屋浜屋という言葉が、一層お島の耳についた。汽車の窓から、首をのばして彼らの見ている山の形が、ふと浜屋の記憶を彼らによび起こしたのであった。その山は、そこから二、三里の先の灰色の水霧のなかにかすかな姿を見せていた。

「あなた方はS―町の方《かた》のようですが、浜屋さんがどうかしましたのですか。」

お島は、きれぎれに耳につくその話に、ふと不安を感じながらきいた。

「私《わたくし》は東京から、あの人に少し用事があって来たものですが、お話の様子では、あの人があの山のなかで何か災難にでもあったというのでしょうか。」

遊女屋の主人か、芸者町の顔利《かおき》きかというような、それらの人たちは、みんなお島の方へその目を注いだ。

金歯などをぎらぎらさせたそのなかの一人《ひとり》の話によると、浜屋は近ごろ自分の手に買い取ったその山のある一部の森林を見回っているとき、雨《あま》あがりの桟道《そばみち》にかけてある橋の板を踏みすべらして、崖《がけ》へころがりおちてけがをしてから、病院へかつぎこまれて間もなく死んでしまったというのであった。

お島はそれをきいたとき、あの男が、そんな不幸な死に方をしたとは、信じられなかったが、その死の日や刻限までをきき知ってから、次第にその確実さが感じられて来た。

「すれば、あの人の霊《たましい》が、わたしをここへ引き寄せたのかもしれない。」

お島はそうも考えながら、次第に深い失望と哀愁のなかへ心が浸されて行くのを感じた。

浜屋へついたのは、日の暮れ方であった。以前よく往来《ゆきき》をしたステーションの広場には、新しい家《うち》などが建っているのが二、三目につい たが、俥《くるま》のうえから見る大通りは、どこもかしこも変わりはなかった。雨がはれあがって、しめっぽい六月の空の下に、高原地の古い町が、澱《おど》んだような静かさと寂しさとで、彼女の曇《うる》んだ目に映った。

お島はその夜一夜《よひとよ》は、むかし自分の拭《ふ》き掃除《そうじ》などをした浜屋の二階の一室に泊まって、あくる日は、町のはずれにある菩提所《ぼだいしょ》へ墓まいりに行った。その寺は、松や杉などの深い木立《こだち》のなかにある坂路《みち》のうえにあった。

松風の音の寂しい山門を出てからも、お島はまだ墓の下にあるものの執着のあえぎが、耳につくような無気味さを感じた。彼女は急いで道をあるいた。

半日を浜屋で暮らして、十二時ごろお島はまた汽車に乗った。

「どこか温泉で二、三日遊んでいこう。」

失望の安易にゆるんだ彼女は、汽車のなかでそうも考えた。

一一三

途中汽車を乗り替えたり、電車に乗ったりして、お島はその日の昼少し過ぎに、遠い山のなかのある温泉場に着いた。

浴客はまだどこにも輻湊《ふくそう》していなかったし、途々《みちみち》見える貸し別荘の門なども大方はしまっていて、松が六月の陽炎《ようえん》に蒼々《あおあお》としげり、道ぞいの流れの向こうにすそをひいている山には濃い青嵐《せいらん》が煙《けぶ》ってみえた。

お島の導かれたのは、ある古い家建《やだち》の見晴らしのいい二階の一室であったが、女中に浴衣《ゆかた》に着替えさせられたり、建物のどん底にあるような浴場へ案内されたりするたんびに、一人客《ひとりきゃく》の寂しさが感ぜられた。

浴場の窓からは、草の根から水のちびちびしみ出している赭土山《あかつちやま》がわびしげに見られ、檐端《のきば》はずれに枝を差しかわしている、山国らしい丈《たけ》のひょろ長い木の梢《こずえ》には、小禽《ことり》の声などが聞かれた。

「お一人でお寂しゅうございますでしょう。」

浴後の軽い疲れをおぼえて、うっとりしているところへ、女がそう言いながら膳部《ぜんぶ》を運んで来た。

笑い声などを立てたことのない、この二日ばかりの旅が、物悲しげに思いかえされた。どこの部屋《へや》からか蓄音器が高調子に聞こえていた。

電話室へ入《はい》って、東京の自宅《うち》の様子を聞くことのできたのは、それから大分たってからであった。小野田はまだ帰っていなかった。

「いいところだよ。旦那《だんな》の留守に、お前さんも一日遊びに来たらいいだろう。」

お島は四、五日の逗留《とうりゅう》に、金を少し取り寄せる必要を感じていたので、その事を、留守を頼んでおいた若い職人に頼んでから、そう言って誘《いざな》った。

「それから順吉もつれて来てちょうだいよ。あの子にはさんざ苦労をさせて来たから、一日ゆっくり遊ばしてやりましょうよ。」

お島はそうも言って頼んだ。

その晩は、水の音などが耳について、よくもねむられなかった。

夜があけると、東京から人の来るので待たれた。そして怠屈な半日をいらいらして暮らしているうちに、やがて昼を大分過ぎてから二人《ふたり》は女中に案内されて、お島の着替えや、水菓子の入《はい》った籠《かご》などをさげて、どやどやと入って来た。部屋が急ににぎやかになった。

「こんな時に、わたしも保養をしてやりましょうと思って。でも、一人じゃつまらないからね。」お島ははしゃいだような気持ちで、いつになく身ぎれいにして来た若い職人や、お島の放縦な調子におずおずしている順吉に話しかけた。

「医者に勧められて湯治に来たといえば、それで済むんだよ。事によったら、上《かみ》さんあの店を出て、この人に裁《たち》をやってもらって、独立《ひとりだち》でやるかもしれないよ。」

お島は順吉にそうも言って、このごろ考えている自分の企画《もくろみ》をほのめかした。

新《あら》世《じょ》帯《たい》

一

新吉がお作を迎えたのは、新吉が二十五、お作が二十《はたち》の時、今から丁度四年前の冬であった。

十四の時豪商の立志伝や何かで、少年の過敏な頭脳《あたま》を刺戟され、東京へ飛出してから十一年間、新川《しんかわ》の酒問屋で、傍目《わきめ》もふらず滅茶苦茶に働いた。表町《おもてちょう》で小さい家を借りて、酒に醤油、薪《まき》に炭《すみ》、塩などの新店を出した時も、飯喰う隙《ひま》が惜《おし》い位いクルクルと働き詰めて居た。始終襷《たすき》がけの足袋跣《たびはだし》のままで店頭《みせさき》に腰かけて、モクモクと気忙《きぜわ》しそうに飯を搔ッ込んでいた。

新吉はちょっと好《い》い縹致《きりょう》である。面長の色白で、鼻筋の通った、口元の優しい男である。ビジネスカットとか云うのに刈込んで、襟の深い毛糸のシャツを著て、前垂懸《まえだれがけ》で立働いて居る姿にすら、何処となく品があった。雪の深い水の清い山国育《そだち》と言うことが、皮膚の色沢《いろつや》の優れて美しいのでも解る。

お作を周旋したのは、同じ酒屋仲間の和泉屋と云う男であった。

「内儀《かみ》さんを一人世話しましょう。好《い》いのがありますぜ。」と和泉屋は、新吉の店が如《ど》何《う》か成立ちそうだと云う目論見《もくろみ》のついた時分に口を切った。

新吉は直ぐには話に乗らなかった。

「まだ海のものとも山のものとも知れねいんだからね。これなら大丈夫屋台骨が張って行けると云う見越がつかんことにゃ私《あっし》ア不安心で、とても嚊《かかあ》など持つ気になれやしない。嚊《かか》アを持ちゃ、子供が生れるものと覚悟せんけアなんねえしね。」とその淋しい顔に、不安らしい笑を浮べた。

けれども新吉は、その必要は感じて居た。註文取に歩いて居る時でも、洗湯へ行って居る間でも、小僧ばかりでは片時も安心が出来なかった。帳合や、三度三度の飯も、自分の手と頭とを使わなければならなかった。新吉は、内儀さんを貰うと貰わないとの経済上の得失などを、深く綿密に考えて居た。一々算盤珠《そろばんだま》を弾《はじ》いて、口が一つ殖えれば如《ど》何《う》、二年経って子供が一人産れれば如何なると云うことまで、出来るだけ詳しく積って見た。一年の店の利益、貯金の額、利子なども最少額に見積って、間違のない処を、ほぼ見極《みきわめ》をつけて、幾年目にどれだけの資本《もと》が出来ると云う勘定をすることぐらい、新吉に取って興味のある仕事はなかった。

三月ばかり、内儀さんの問題で、頭脳《あたま》を悩して居たが、矢張《やっぱり》貰《もら》わずにはいられなかった。

お作はその頃本郷西片町の、ある官吏の屋敷に奉公して居た。

産《うまれ》は八王子のずっと手前の、ある小さい町で、叔父が伝通院前に可成《かなり》な鰹節屋を出して居た。新吉は、ある日わざわざ汽車で乗出して女の産在所《うまれざいしょ》へ身元調べに行った。

二

お作の宅《うち》は、その町の可成大きな荒物屋であった。鍋、桶、瀬戸物、シャボン、塵紙、草履と云った物をコテコテと駢《なら》べて、老舗《しにせ》と見えて、黝《くろず》んだ太い柱がツルツルと光っていた。

新吉は直ぐ近処の、怪しげな暗い飲食店へ飛込んで、チビチビと酒を呑みながら、女を捉えて、荒物屋の身上《しんしょう》、家族の人柄、土地の風評などを、抜目なく訊糺《ききただ》した。女は油くさい島田の首を突出しては、酌をして居たが、知って居るだけのことは話してくれた。田地が少しばかりに、小さい物置同様の、倉のあることも話した。兄が百姓をして居て、弟が土地で養子に行って居ることも話した。養蚕時《ようさんどき》には養蚕もするし、其方此方《そっちこっち》へ金の時貸などをして居る事も弁《しゃべ》った。

新吉自身の家柄との権衡《けんこう》から云えば、余りドッとした縁辺《えんぺん》でもなかった。新吉の家は、今は悉皆零落《すっかりれいらく》して居るけれど、村では筋目正しい家の一ッであった。新吉は七、八歳までは、お坊ちゃんで育った。親戚にも家柄の家《うち》が沢山ある。物は亡《な》くしても、家の格は然《さ》まで低くなかった。

けれど、新吉はそんなことには余り頓著もしなかった。自分の今の分際では、それで十分だと考えた。

その事を、同じ村から出ている友達に相談してから、新吉は漸《ようや》く談《はなし》を進めた。見合は近間《ちかま》の寄席《よせ》ですることにした。新吉はその友達と一緒に、和泉屋に連れられて、不断著のままでヒョコヒョコと出掛けた。お作は薄ッぺらな小紋縮緬のような白ッぽい羽織のうえに、ショールを著て、叔父と田舎から出ている兄との真中《まんなか》に、少し顔を斜《はす》にして坐って居た。叔父は毛むくじゃらの様な顔をして、古い二重廻を著ていた。兄は菱《ひし》なりの様な顔の口の大きい男で、これも綿ネルのシャツなど著て、土くさい様子をして居た。横向きであったので、新吉は女の顔を能《よ》く見得なかった。色の白い、丸ぽちゃだと云う事だけは解った。お作は人の肩越に、ちょいちょい新吉の方へ目を忍ばせていたが、新吉は胸がワクワクして、頭脳《あたま》が酔ったようになっていた。

寄席を出るとき、新吉は出てゆくお作の姿をチラリと見た。お作も振顧《ふりかえ》って、正面から男の立姿を二、三度熟視《じゅくし》した。お作は小柄の女で歩く様子などは、坐って居るよりも多少好《いくらかい》いように思われた。

其処《そこ》を出ると、和泉屋は不恰好な長い二重廻の袖をヒラヒラさせて、一足先にお作の仲間と一緒に帰った。

「如何《どう》だい、どんな女だい。」と、新吉は私と友達に訊《そっ》いた。

何だか頭脳がボッとして居た。叔父や兄貴の百姓百姓した風体《ふうてい》が、何となく気に懸った。でも厭で堪らぬと云う程でもなかった。

三

明日《あす》は朝早く、小僧を註文取に出して、自分は店頭《みせさき》で精々《せっせ》と樽を滌《すす》いでいると、まだ日影の薄ら寒い街を、急々《せかせか》と此方《こっち》へやって来る男がある。柳原ものの、薄ッぺらな、例の二重廻を著込んだ和泉屋である。

和泉屋は、羅紗の硬《こわ》そうな中折帽を脱ぐと、軽く挨拶して、そのまま店頭《みせさき》へ腰かけ、気忙しそうに帯から莨入《たばこいれ》を抜いて莨を吸出した。

「君の評判は大したもんですぜ。」と和泉屋は突如《だしぬけ》に高声で弁《しゃべ》り出した。「先方《さき》じゃもう悉皆《すっかり》気に入っちゃって、何が何でも一緒に為《し》たいと云うんです。」

「冷評《ひやか》しちゃ不可《いけま》せんよ。」と新吉は矢張《やっぱり》ザクザク遣っている。気が気でないような心持もした。

「いや真実《まったく》ですよ。」と和泉屋は反身《そりみ》になって、「それで話は早い方が好いからッてんで、今日にでも日取を決めてくれろと云うんですがね、如何《どう》です。女も決して悪い方じゃないでしょう。」と和泉屋は、それから女の身上持《しんしょうもち》の好いこと、気立の優しい事などをベラベラと説立《ときた》てた。星廻や相性のことなども弁じて、独《ひとり》で呑込んでいた。支度は素《もと》より有ろう筈はないけれど、それでも好かれ悪しかれ、簞笥の一棹位は持って来るだろう。夜具も一組は持込むだろう。左《と》に右《かく》貰って見給え、同じ働くにも、如何《どんな》に張合があって面白いか。あの女なら請合《うけあ》って桝新のお釜を興しますと、小汚い歯齦《はぐき》に泡を溜めて説勧《ときすす》めた。

新吉は帳場格子の前の処に腰かけて、何やら物足りなそうな顔をして聴いていたが、

「じゃ貰おうかね。」と首を傾げながら低声《こごえ》に言った。

「だが、来て見て、吃驚《びっくり》するだろうな。何ぼ何でも、まさかこんな乱暴な宅《うち》だとは思うまい。けど、まあ可《い》いや、君に任しておくとしましょう。逃出されたら逃出された時のことだ。」

「そんなもんじゃ有りませんよ。物は試し、まあ貰って御覧なさい。」

和泉屋は欣々《ほくほく》もので帰って行った。

それから七日ばかり経ったある晩、新吉の宅には、色々の人が多勢集った。前《ぜん》の朋輩が一人、小野と云う例の友達が一人――これは殊《こと》に朝から詰めかけて、部屋の装飾《かざり》や、今夜の料理の指揮《さしず》などしてくれた。障子を張替えたり、何処からか安い懸物を買って来てくれなどした。新吉の著るような斜子《ななこ》の羽織と、何やらクタクタの袴を借りて来てくれたのも小野である。小さい口銭取《コムミッションとり》などして、小才の利く、世話好きの男である。

料理の見積をこの男が為《し》てくれた時、新吉は優しい顔を顰《しか》めた。

「どうも困るな、こんな取著身上《とりつきしんしょう》で、そんな贅沢な真似《まね》なんか為《さ》れちゃ……。何だか知んねえが、その引物とか云う物を廃《よ》そうじゃねえか。」

四

小野は怒りもしない。愛嬌のある丸顔に笑《えみ》を漂《うか》べて、「そう吝《けち》なことを言いなさんな。一生に一度じゃないかな。此様物《こんなもの》を倹約したからって、何程も違うものじゃ有りゃしない。第一見窄《みすぼら》しくて可けないよ。」

「でも君、私《あっし》ア真実《まったく》の処酷《ひどく》苦面《めん》して婚礼するんだからね。何も苦しい思をして、虚栄《みえ》を張る必要もなかろうじゃないか。ね、小野君私《あっし》アそう云う主義なんだぜ。君等のように懐手して好い銭儲《ぜにもうけ》の出来る人たア少し違うんだからね。」

「理窟は理窟さ。」と小野は笑顔を放さず、

「他《ほか》の場合と異《ちが》うんだから、少しは世間体《せけんてい》て云うことを考えなくちゃ……。好いじゃないか、後でミッチリ二人で稼げば。」

新吉は黒い指頭《ゆびさき》に、臭《くさ》い莨《たばこ》を摘んで、真鍮の煙管《きせる》に詰めて、炭の粉を埋《い》けた鉄瓶の下で火を点《つ》けると、思案深い目容《めつき》をして、濃い煙を噴《ふ》いていた。

六畳の部屋には、もう総桐の箪笥が一棹据えられてある。新しい鏡台もその上に載せてあった。借りて来た火鉢、黄縞の座蒲団などが、赭《あか》い畳の上に積んであった。丁度昼飯を済したばかりの処で、耳の遠い傭婆《やといばあ》さんが台所でその後始末をしていた。

新吉はまだ何やらクドクド云って居た。小野の見積書を手に取っては、独《ひとり》で胸算用をしていた。此処《ここ》へ店を出してから食う物も食わずに、少許《すこし》ずつ溜《た》めた金が、既《も》う三、四十もある。それをこの際大略《あらかた》噴出《はきだ》して了わねばならぬと云うのは、新吉に取ってちょっと苦痛であった。新吉はこうした大業《おおぎょう》な式を挙げる意《つもり》はなかった。窃《そっ》と輿入《こしいれ》をして、私《そっ》と儀式を済ます筈であった。強《あなが》ち金が惜しいばかりではない。一体が、目に立つように晴々しいことや、華やかなことが、質素《じみ》な新吉の性に適《あ》わなかった。人の知らない処で働いて、人に見著からない処で金を溜めたいと云う風であった。どれだけ金を儲けて、どれだけ貯金がしてあると云うことを、人に気取られるのが、既に好い心持ではなかっ

た。独立心と云うような、個人主義と云うような、妙な偏《かたよ》った一種の考《かんがえ》が、丁稚《でっち》奉公をしてからこの来彼《かた》の頭脳《あたま》に強く染込《しみこ》んで居た。小野の干渉は、彼に取っては、余り心持好くなかった。と言って、この男が無くては、この場合、彼はほとんど手が出なかった。グヅグヅ言いながら、分断《きっぱり》反抗する事も出来なかった。

三時過になると、彼は床屋に行って、それから湯に入った。帰って来ると、家《うち》はもう明《あかり》が点《つ》いていた。

新吉は、「アア」と言って、長火鉢の前に坐った。小野は自分の花嫁でも来るような晴々しい顔をして、「如何《どう》だ新さん待遠しいだろう。茶でも淹《い》れようか。」

「莫迦《ばか》言いたまえ。」新吉は淋しい笑方《わらいかた》をした。

五

するうち綺麗に磨立てられた台ランプが二台、狭苦しい座敷に点《とも》され、火鉢や蒲団も整然《きちん》と駢《なら》べられた。小さい島台《しまだい》や、銚子、盃なども、何時の間にか浅い床に据《す》えられた。台所から、料理が持込まれると、耳の遠い婆さんが、やがて一々叮嚀《ていねい》に拭いた膳の上に幷《なら》べて、それから見事な蝦や蛤を盛った、竹の色の青々した引物の籠をも、ズラリと茶の室《ま》へ幷べた。小野は新聞紙を引裂《ひきさ》いては、埃の被《かぶ》らぬように、御馳走の上に被せて行《ある》いていた。新吉は気が騒々《そわそわ》して来た。切立《きりたて》の銘撰《めいせん》の小袖を著込んで、目眩《まぶ》しいような目容《めつき》で、彼方《あっち》へ行って立ったり、此方《こっち》へ来て坐ったりしていた。

「サア、これで此方の用意は悉皆《すっかり》出来揚った。何時お出でなすっても差閊《さしつかえ》ないんだ。マア一服しよう。」と蜻蛉の眼顆《めだま》のように頭を光らせながら、小野は座敷の真中に坐った。

「イヤ御苦労御苦労。」と新吉も外の二人と一緒に傍に坐って、頭を掻きながら、「私《あっし》ア如何《どう》も、斯様事《こんなこと》にゃ一向慣れねえもんだからね……。」と分疏《いいわけ》していた。

「何に《なあ》、僕だって、何を知ってるもんか、出鱈目さ。」と笑った。

「今夜はマア疲直《つかれなお》しに大いに飲んでくれ給え。君が第一のお客様なんだからね。」

新吉はこの晴々しい席に、親戚《みより》の者と云っては、ただの一人も無いのを、何だか頼《たより》なくも思った。如何かこうかここまで漕ぎつけて来た、長い年月の苦労を思うと、迂廻《うねり》くねった小径を色々に歩《あるい》て、広い大道へ出て来たようで、昨日《きのう》までのことが、夢のように思われた。これからが責任が重いんだと云う感激もあった。明るい、神々しいような燈火が、風もないのに眼先に揺いで、新吉の眼には涙が浮んで来た。花のような自分の新妻が、不思議の縁の糸に引かれて、天上からでも降りて来るような感じもあった。

「しかしもう来そうなものだね。」と小野は膝のうえで見ていた新聞紙から目を離して、

「ひどく思わせ振だな。」と生欠《なまあくび》をした。

「そうですね。」

「けど、まだ暮れたばかりですもの。」と他《ほか》の二人も目を見合せて、伸上って、店口を覗いた。店は入口だけ残して、後は閉切ってある。小僧は火の気のない帳場格子の傍に坐って、懐手をしながら、コクリコクリ居睡《いねむり》をして居た。時計が丁度七時を打った。

小野と新吉とが、間もなく羽織袴を著けて坐直した時分に、静かな宵の町をゴロゴロと腕車《くるま》の響が、遠くから聞え出した。

「ソラ来た！」

小野は新吉と顔を見合って起上《たちあが》った。他の両人《ふたり》も新吉も何と云うことなし起上った。新開の暗い街を、鈍《のろ》く曳いて来る腕車の音は、何となく物々しかった。

四人は店口に肩を駢《なら》べ合って、暗い外を見透《みすか》していた。向《むこう》の塩煎餅屋の軒明《のきあかり》が、暗い広い街の片側に淋しい光を投げて居た。

六

新吉が胸をワクワクさせている間に、五台の腕車が、店先で梶棒を卸した。真先《まっさき》に飛降りたのは、足の先ばかり白い和泉屋であった。続いて降りたのが、丸髷頭の短い首を据えて、何やら淡色の紋附を著た和泉屋の内儀《かみ》さんであった。三番目に見栄《みばえ》のしない小軀《こがら》のお作が、ひょッこりと降りると、その後から、叔父の連合《つれあい》だと云う四十許《ばか》りの女が、黒い吾妻コートを著て、「ハイ御苦労さま。」と軽い東京弁で、若衆《わかいしゅ》に声かけながら降りた。兄貴は黒い鍔広《つばびろ》の中折帽を冠《かぶ》って、殿《しんがり》をしていた。

和泉屋は小野と二人で、一同を席へ就《つ》かせた。

気爽《きさく》らしい叔母はちょっと垢脱《あかぬけ》のした女であった。眉の薄い目尻の下った、ボチャボチャした色白の顔で、愛嬌のある口元から金歯の光が洩れていた。

「ハイ、これは初めまして……私はこれの叔父の家内でございまして、実はこのお袋が生憎二、三日加減が悪いとか申しまして、それで今日は私が出ましたような訳で、万望《どうか》まあ何分宜しく。……この度はまた不束《ふつつか》な者を差上げまして……。」とだらだらと叔母が口誼《こうぎ》を述べると、続いて兄もキウクツ張った調子で挨拶を済ました。

後はしばらく森《しん》として、蒼い莨の煙が、人々の目の前を漂うた。正面の右に坐った新吉は、テラテラした頭に血の気の美しい顔、目のうちにも優しい潤《うる》みを有《も》って、腕組したまま、堅くなっていた。お作は薄化粧した顔をボッと紅くして、俛《うつむ》いていた。坐った膝も詰り、肩や胸のあたりもスッとした方ではなかった。結立《ゆいたて》の島田や櫛笄《くしこうがい》も、夷《ひしゃ》げたような頭には何だか、持って来て載せたようにも見えた。でも、取澄した気振は少しも見えず、折々表情のない目を挙げて、何処を見るともなく瞶《みつ》めると、目眩しそうにまた伏せていた。

和泉屋と小野は、袴をシュッシュッ云わせながら、狭い座敷を出たり入ったりして居たが、するうち銚子や盃が運ばれて、手軽な三々九度の儀式が済むと、赤い盃が二側に居並んだ人々の手へ順々に廻された。

「お愛《め》でとう。」と云う声と一緒に、多勢が一斉にお辞儀を為合《しあ》った。

新吉とお作の顔は、一様に熱《ほて》って、目が美しく輝いていた。

七

盃が一順廻った時分に、小野が何処からか引張って来た若い謡謳《うたうた》いが、末座に坐って、突然《いきなり》突拍子な大声を張揚げて、高砂を謳出《うたいだ》した。同時にお作が次の間へ著換に起って、人々の前には膳が運ばれ、陽気な笑声や、話声が一時に入乱れて、猪口《ちょく》が盛《さかん》に其方此方《そちこち》へ飛んだ。

「サア、お役は済んだ。これから飲むんだ。」和泉屋が言出した。

新吉も席を離れて、「私《あっし》の処も未だ真《ほん》の取著身上《とりつきしんしょう》で、御馳走と言っちゃ何もありませんが、酒だけア沢山有りますから、万望《どうか》マア御ゆっくり。」

「イヤなかなか御鄭重な御馳走で……。」と兄貴は大きい掌《てのひら》に猪口を載せて、莫迦《ばか》叮嚀なお辞儀をして、新吉に差した。「私は田舎者で、何にも知らねえもんでござえますが、何分切望《どうぞ》よろしく。」

「イヤ私《あっし》こそ。」と新吉は押戴いて、「何しろ未だ世帯を持ったばかりでして……それに私ア此方《こっち》には親戚《みより》と云っては一人も無えもんですから、これでなかなか心細いです。マア一つ皆さんのお心添で、一人前の商人になるまでは、真黒になって稼ぐ心算《つもり》です。」

「飛んでもないこって……。」と兄貴は返盃を両手に受取って、「此方《こち》とらと違えまして、技倆《はたらき》がおありなさるから……。」

「オイ新さん、そう銭儲《ぜにもうけ》の話ばかりしていねえで、ちっとお飲《や》りよ。」と小野は向側から高調子で声かけた。

新吉は跋《ばつ》が悪そうに振顧《ふりむ》いて、淋しい顔に笑を浮べた。「笑談《じょうだん》じゃねえ。明日から頭数が一人殖えるんだ。放心《うっかり》しちゃいられんねえ。」と低声《こごえ》で言った。

「イヤ、世帯持はその心懸《こころがけ》が肝腎です。」と和泉屋は、叔母とシミジミ何やら、談《はな》していたが、この時口を容《い》れた。「此処の家へ来た嫁さんは何しろ幸《しあわせ》ですよ。男ッ振は好し、技倆《はたらき》はあるしね。」

「そうでございますとも。」と叔母は楊枝で金歯を弄《せせ》りながら、愛想笑をした。

「これでお内儀《かみ》さんを可愛がれア申分なしだ。」と誰やらが混交《まぜっかえ》した。銚子が後から後からと運ばれた。話声が愈《いよい》よ高調子になって、狭い座敷には、酒の香と莨《たばこ》の煙とが、一杯に漂うた。

「花嫁さんは如何《どう》した如何した。」と誰やらが不平そうに喚《わめ》いた。和泉屋が次の間へ行って見た。お作は何やら糸織の小袖に著換えて、派手な花簪《はなかんざし》を挿《さ》し、長火鉢の前に、灯影に背《そむ》いて、俛《うつむ》いたまま孑然《ぼつねん》と坐っていた。

「サアお作さん、彼処《あすこ》へ出てお酌しなけア不可《いけな》い。」

お作は顔を赧《あから》め、締《しまり》のない口元に皺を寄せて笑った。

八

小野が少し食酔《たべよ》って管《くだ》を捲いたくらいで、九時過に一同無事に引揚げた。叔母と兄貴とは、紛擾《ごたごた》のなかで、長たらしく挨拶して居たが、出る時兄貴の足はふらついて居た。新吉側の友人は、一時《ひとしきり》飲直してから暇《いとま》を告げた。

「アア、人の婚礼でああ騒ぐ奴の気が知れねえ。」と云う様に、新吉は酔の退《ひ》いた蒼い顔をしてグッタリと床に就《つ》いた。

明朝《あした》目を覚すと、お作はもう起きていた。枕頭《まくらもと》には綺麗に火入《ひいれ》の灰を均《なら》した莨盆と、折目の崩れぬ新聞が置いてあった。暁から較《やや》雨が降ったと見えて、軽い雨滴《あまだれ》の音が、眠を貪った頭に心持よく聞えた。豆屋の鈴の音も湿気《しめりけ》を含んでいた。

何だか今朝《けさ》から不時な荷物を背負わされたような心持もするが、店を持った時も同じ不安のあったことを思うと、ただ先が少し暗いばかりで、暗い中には光明はあった。床を離れて茶の間へ出ようとすると、ひょっこりお作と出会った。お作は瓦斯糸織の不断著に赤い襷をかけて、顔は下手につけた白粉が斑《まだら》づくって居た。

「オヤ」と言って赤い顔を俛《うつむ》いて了ったが、新吉は嫣然《にっこり》ともしないで、その儘店へ出た。店には近所の貧乏町から女の子供が一人、赤子を負《おぶ》った四十許《ばかり》の萎《しな》びた爺《おやじ》が一人、炭や味噌を買いに来ていた。

新吉は小僧と一緒に、打って変った愛想の好い顔をして元気よく商《あきない》をした。

朝飯の時、初めてお作の顔を熟視することが出来た。狭い食卓に、昨夜《ゆうべ》の残の御馳走などを駢《なら》べて、差向で箸を取ったが、お作は折々目をあげて新吉の顔を見た。新吉も飯を盛る横顔を熟《じっ》と瞶《みつ》めた。寸法の詰った丸味のある、鼻の小さい顔で額も迫っていた。指節の短い手に何やら石入の指環を嵌《は》めていた。飯が済むと、新吉は急に気忙しそうな様子で、二、三服莨を吸っていたが、やがて台所口で飯を食って居る傭婆《やといばあ》さんに大声で口を利き出した。

「婆さん、この間から話して置いたような訳なんだから、私《あっし》の処はもう可《い》いよ。婆さんの都合で、暇を取るのは何時でも介意《かま》わねえから……。」

婆さんは味噌汁の椀を下に置くと、「ハイハイ。」と二度ばかり頷いた。

「でも今日はまあ、何や彼や後片付もございますし、貴女もお出でになった早々から水弄《みずいじり》も何でしょうからね……。」とお作に笑顔を向けた。

「己《おれ》ン処ア其様《そん》なこと言ってる身分じゃねえ。今日からでも働いて貰わなけれアなんねえ。」と新吉は愛想もなく言った。

「ハア切望《どうぞ》！」とお作は低声《こごえ》で言った。

「オイ増蔵、何を茫然《ぼんやり》見ているんだ。サッサと飯を食っちまいねえ。」と新吉はプイと起《た》った。

九

午前のうち、新吉は二、三度外へ出ては急々《せかせか》と帰って来た。小僧と同じように塩や、木端《こっぱ》を得意先へ配って歩いた。岡持を肩へかけて、少許《すこしばか》りの醬油や酒をも持廻った。店が空きそうになると、「ちょッ為様《しよう》がないな。」と舌打して奥を見込み、「オイ、店が空くから出ていてくんな。」とお作に声をかけた。お作は顔や頭髪《あたま》を気にしながら、極悪《きまりわる》そうに帳場の処へ来て坐った。

新吉は昨夜《ゆうべ》来たばかりの花嫁を捉《とら》えて、醤油や酒の好悪《よしあし》、値段などを教え始めた。

「此辺は貧乏人が多いんだから、皆細《みんなこまか》い商《あきない》ばかりだ。お客は七、八分労働者なんだから、酒の小売が一番多いのさ。店頭《みせさき》へ来て、桝飲を極込《きめこ》む輩《てあい》も、日に二人や三人はあるんだから、そう云う奴が飛込んだら、此処の呑口をこう捻《ひね》って、桝ごと突出してやるんさ。彼奴等《やつら》撮塩《つまみじお》か何かでグイグイ引かけて去《い》かア。宅《うち》は新店だから、帳面の外貸《ほかがし》は一切《いっさい》為《し》ねえと云う極《きめ》なんだ。」とそれから売揚のつけ方なども、一通り口早に教えた。お作はただニヤニヤ笑って居た。解ったのか、解らぬのか、新吉は捂《もど》かしく思った。で、碌《ろく》素法《すっぽう》、莨も吸わず、岡持を担出《かつぎだ》して、また出て行って了う。

晩方少し手隙《てすき》になってから、新吉は質素《じみ》な晴著を著て、古い鳥打帽を被り、店をお作と小僧とに託《あず》けて、和泉屋へ行くと言って宅《うち》を出た。

お作は後で吻《ほっ》としていた。優しい顔に似合わず、気象はなかなか烈《はげ》しいように思われた。無口なようで、何でも彼でも浚《さら》け出す所が、男らしいようにも思われた。昨夜の羽織や袴を畳んで箪笥に仕舞込もうとした時、「其奴《そいつ》は小野が、余所《よそ》から借りて来てくれたんだから……。」と低声《こごえ》に云って風呂敷を出して、自分で叮嚀に包んだ、虚栄《みえ》も人前もない様子が、何となく頼もしいような気もした。初めての自分には、胸がドキリとする程荒い言《ことば》をかけることもあるが、心持は空竹《からだけ》を割ったような男だとも思った。この店も二、三年の中には、グッと手広くする心算《つもり》だから……と、昨夜寝てから話したことなども憶出《おもいだ》された。自分の宅の一ツも建てたり、千や二千の金の出来るまでは、目を瞑って辛抱してくれろと云った言《ことば》を考出すとお作はただ思いがけないような切ないような気がした。この五、六日の不安と動揺とが、懈《だる》い体と一緒に熔合《とろけあ》って、嬉しいような、果敢《はか》ないような思が、胸一杯に漂うていた。

お作は机に肱を突いて、恍然《うっとり》と広い新開の町を眺めた。淡い冬の日は折々曇って、寂しい影が一体に行遍《ゆきわた》っていた。凍《かじか》んだような人の姿が夢のように、往来《ゆきき》している。お作の目は潤《うる》んでいた。まだ明瞭《はっきり》した印象もない新吉の顔が、何か知ら朦朧《ぼんやり》した輪のような物の中から見えるようであった。

一〇

幸福な月日は、滑るように過去った。新吉は結婚後一層家業に精が出た。その働振《はたらきぶり》には以前に比して、多少《いくらか》用意とか思慮とか云う余裕《ゆとり》が出来て来た。小僧を使うこと、仕入や得意を作ることも巧みになった。体を動かすことが、比較的少くなった代りに、多く頭脳《あたま》を使うような傾きもあった。

けれど、お作は何の役にも立たなかった。気立が優しいのと、起居《たちい》が嫺《しとや》かなのと、物質上の慾望が少いのと、ただそれだけがこの女の長所《とりえ》だと云うことが、愈《いよい》よ明かになって来た。新吉が出て了うと、お作は良人に吩咐《いいつ》かったことの外、何の気働きも機転も利かすことが出来なかった。酒の割法《わりかた》が間違ったり、高い醬油《したじ》を安く売ることなどは稀《めずら》しくなかった。帳面の調《しらべ》や、得意先の様子なども、一向に呑込めなかった。呑込もうとする気合も見えなかった。

其様《そん》なことが幾度も重なると、新吉は憤々《ぷりぷり》して怒った。

「此奴《こいつ》は余程《よっぽど》間抜けだな。商人の内儀さんが、其様《そん》なこッて如何《どう》するんだ。三度三度の飯を何処へ食ってやがんだ。」

優しい新吉の口からこう云《い》う言葉が出るようになった。

お作は赤い顔をして、ただニヤニヤ笑っている。

「ちょッ、為様《しよう》がねえな。」と新吉は憤《じ》れったそうに、顔中を曇らせる。「己《おら》ア飛んだ者を背負込んじゃったい。全体和泉屋も和泉屋じゃねえか。友達効《がい》に、少しは何とか目口の明いた女房を世話しるが可《い》いや。媒介口《なこうどぐち》ばかり利きあがって……これじゃ人の足元を見て押附ものをしたようなもんだ。」とブツブツ零《こぼ》している。

お作は、泣面《べそ》かきそうな顔をして、術《じゅつ》なげに俛《うつむ》いて了う。

「明日から引込んでるが可い。店へなんぞ出られると、反って家業の邪魔になる。奥でおん襤褸《ぼろ》でも綴くってる方が猶《まだ》しも優《まし》だ。この位のことが勤まらねえようじゃ、何処へ行ったって勤まりそうな訳がない。それで能《よ》くお屋敷の奉公が勤まったもんだ。」

罵る新吉の舌には、毒と熱とがあった。

お作の目から、ポロポロと熱い涙が零《こぼ》れた。

「私は莫迦《ばか》ですから……。」とおどおどする。

新吉は急に黙って了う。そうしてフカフカと莨を喫《ふか》す。筋張ったような顔が蒼くなって、目が酔漢《よっぱらい》のように据っている。口を利く張合も抜けて了うのだが、胸の中は矢張煮《やっぱりに》えている。

こう黙られると、お作の心は益《ますま》すおどおどする。

「これから精々気をつけますから……。」と顫《ふる》え声で詫びるのであるが、その言《ことば》には自信も決心もなかった。ただ恐怖があるばかりであった。

一一

こんな事のあった後では、お作は必然《きっと》奥の六畳の箪笥の前に坐込《すわりこ》んで、針仕事を始める。半日でも一日でも、新吉が口を利《き》けば、例の目尻や口元に小皺を寄せた、人の好さそうな笑顔を向けながら、素直に受答《うけこたえ》をする外、自分からは熟《う》んだ柿が潰《つぶ》れたとも言出せなかった。

これまで親の膝下にいた時も、三年の間西片町のある教授の屋敷に奉公していた時も、ただ自分の出来るだけの事を正直に、真面目にと勤めて居ればそれで可《よ》かった。親からは女らしい娘だと讃《ほ》められ、主人からは気立の好い、素直な女だと言って可愛がられた。この家へ縁附《かたづ》くことになって、暇を貰う時も、お前なら、必然《きっと》亭主を粗末にしないだろう。世帯持も好かろう。亭主に思われるに決っていると、旦那様から分に過ぎた御祝儀を頂いた。夫人からも半襟や簪《かんざし》などを頂いて、門の外《そと》まで見送られた位であった。新吉に頭から誹謗《けな》されると、お作の心はドマドマして、何が何だか薩張《さっぱり》解らなくなって来る。ただ威張って見せるのであろうとも思われる。故《わざ》と喧《やかま》しく言って脅して見るのだろうと云う気もする。あれ位なことは、今日は失敗《しくじ》っても、二度三度と慣れて来れば造作なく出来そうにも思える。孰《どちら》にしても、あの人《ひと》の気の短いのと、怒りっぽいのは婆やが出てゆく時、私と注意しておいてくれたのでも解っている――と、お作はこう云《い》う心持で、深く気にも留めなかった。怒られる時は、如何《どう》なるのかと戦々《はらはら》して、胸が一杯になって来るが、それもその時限《きり》で、不安の雲はあっても、自分を悲観する程ではなかった。

それでも針の手を休めながら、折々溜息を吐《つ》くことなぞある。独り長火鉢の横に坐って、為《す》る仕事のない静かな昼間なぞは、自然《ひとりで》に涙の零《こぼ》れる事もあった。いっそ宅《うち》へ帰って、旧《もと》の屋敷へ奉公した方が気楽だなぞと考える事もあった。その時分から、お作は能《よ》く鏡に向った。四下《あたり》の人の影が見えぬと、私《そっ》と鏡の被《おおい》を取って、自分の姿を映して見た。髪を直して、顔へ水白粉なぞ塗って、しばらく其処に恍然《うっとり》としていた。そうして昨日のように思う婚礼当時の事や、それから半年余りの楽しかった夢を繰返していた。自分の姿や、陽気な華やかなその晩の光景も、歴々《ありあり》目に浮んで来る。――今ではそうした影も漂うていない。憶出すと泣出したい程情なくなって来る。

店で帳合をしていた新吉が、不意に「アア」と溜息を吐《つ》いて、これも満《つま》らなそうな顔をして奥を窺きに来る。お作は赤い顔をして、急いで鏡に被をして了う。

「オイ、茶でも淹《い》れないか。」と新吉は難《むずか》しい顔をして、後へ引返す。

長火鉢の傍で一緒になると、二人は妙に黙込んで了う。長火鉢には火が消えて、鉄瓶が冷くなっている。

一二

お作は妙におどついて、俄に台所から消炭《けしずみ》を持って来て、星のような炭団《たどん》の火を拾いあげては、折々新吉の顔色を候《うかが》っていた。

「慣《じ》れったいな。」新吉は優しい舌鼓《したうち》をして、火箸を引奪《ひったく》るように取ると、自分でフウフウ言いながら、火を起し始めた。

「一日何をしているんだな。お前なぞ飼っておくより、猫の子飼っておく方が、どのくらい気が利いてるか知れやしねえ。」と戯談《じょうだん》のように言う。

お作は不相変ニヤニヤと笑って、凝《じっ》と火の起るのを瞶《みつ》めている。

新吉は熱《ほて》った顔を両手で撫でて、「お前なんざ、真実《ほんとう》に苦労と云うものを為《し》て見ねえんだから駄目だ。己《おれ》なんざ、何しろ十四の時から新川へ奉公して、十一年間苦役《こきつか》われて来たんだ。食物も碌に食わずに、土間に立詰だ。指頭《ゆびさき》の千断《ちぎ》れるような寒中、炭を挽《ひ》かされる時なんざ、真実《ほんと》に泣いっちまうぜ。」

お作は皮膚の弛んだ口元に皺を寄せて、ニヤリと笑う。

「これから楽すれや可《い》いじゃ有りませんか。」

「戯談《じょうだん》じゃねえ。」新吉は吐出すように言う。「これからが苦労なんだ。今まではただ体を動かせるばかりで辛抱さえしていれア、それで好かったんだが、自分で一軒の店を張って行くことになって見るてえと、そうは行かねえ。気苦労が大したもんだ。」

「その代り楽しみもあるでしょう。」

「如何《どう》云う楽しみがあるね。」と新吉は目を丸くした。「楽しみてえ処へは、まだまだ行かねえ。其処まで漕ぎつけるのが大抵のことじゃ有りゃしねえ。それには内儀さんも毅然《しっかり》していてくれなけアならねえ。……それア己は遣《や》る。必然《きっと》やって見せる。転んでもただは起きねえ。けど、お前《めえ》は如何だ。お前は三度三度無駄飯を食って、毎日毎日モゾクサしてる許《ばかし》じゃねえか。だから俺は働くにも張合がねえ。厭になっちまう。」と新吉はウンザリした顔をする。

「でも、金が残るわ。」

「当然《あたりまえ》じゃねえか。」新吉は嬉しそうな笑を目元に見せたが、直《じき》に可怕《こわ》いような顔をする。お作が始末屋と云うよりは、金を使う気働すらないと云うことは、新吉には一つの気休であった。お作には、此処を切詰めて、此処を如何しようと云う所思《おもわく》もないが、その代り鐚《びた》一文自分の意志で使おうと云う気も起らぬ。此処へ来てから新吉の勝手元は少しずつ豊になって来た。手廻の道具も増えた。新吉が何処からか格安に買って来た手箪笥や鼠入らずがツヤツヤ光って、着物もまず一通り揃った。保険もつければ、別に毎月の貯金もして来た。お作はただの一度も、自分の料簡で買物をした事がない。新吉は三度三度のお菜《かず》までほとんど自分で見繕《みつくろ》った。お作はただ鈍《のろ》い機械のように引廻されていた。

一三

得意場廻をして来た小僧の一人が、ぶらりと帰って来たかと思うと、岡持を其処へ投《ほう》り出《だ》して、

「旦那」と奥へ声をかけた。

「××さんじゃ、酒の小言《こごと》が出ましたよ。彼様《あんな》水ッぽいんじゃ不可《いけな》いから、今度少し吟味しろッて……。今持って行くんです。」

「吟味しろッて。」新吉は顔を顰《しか》めて、「水ッぽい訳はねえんだがな。誰がそう言った。」

「旦那がそう言ったですよ。」

「そう言う訳は決してございませんッて。もっとも少し辛《から》くしろッてッたから、その心算《つもり》で辛口にしたんだが……。」と新吉は店へ飛出して、下駄を突かけて土間へ降りると、何やらブツクサ云っていた。

店ではゴボゴボと云う音が聞える。しばらくすると、小僧はまた出て行った。

「碌な酒も飲まねえ癖に文句ばっかり言ってやがる。」と独語《ひとりごと》を言って、新吉は旧《もと》の座へ帰って来た。得意先の所思《おもわく》を気にする様子が不安そうな目の色に見えた。

お作は番茶を淹《い》れて、それから湿《しと》った塩煎餅を猫板の上へ出した。新吉は何やら考込みながら、無意識にボリボリ食始めた。お作も弱そうな歯で、ボツボツ嚙《かじ》っていた。三月の末で外は大分春めいて来た。裏の納屋の蔭にある桜が、チラホラ白い葩《はなびら》を綻ばせて、暖い日に柔かい光があった。外は人の往来も、何処か騒《ざわ》ついて聞える。新吉は何だか長閑《のどか》なような心持もした。こうして坐っていると、妙に心に空虚が出来たようにも思われた。長い間の疲労が一時に出て来た故《せい》もあろう。多少《いくらか》物を考える心の余裕《ゆとり》がついて来たのも、一つの原因であろう。

お作は何かの話の序《ついで》に、「……花の咲く時分に、一度二人で田舎へ行きましょうか。」と言出した。

新吉は黙ってお作の顔を見た。

「別に見る処といっちゃありやしませんけれど、それでも田舎は好ござんすよ。蓮華《れんげ》や蒲公英《たんぽぽ》が咲いて……野良のポカポカする時分の摘草なんか、真実《ほんとう》に面白うござんすよ。」

「気楽言ってらア。」と新吉は淋しく笑った。「お前の田舎へ行くも可いが、それよか自分の田舎へだって義理としても一度は行かなけアなんねえ。」

「如何してまた、七年も八年もお帰んなさらないんでしょう。随分だわ。」お作は塩煎餅の、喰著《くっつ》いた歯齦《はぐき》を見せながら笑った。

「そんな金が何処にあるんだ。」新吉は苦い顔をする。「一度行けア一月や二月の儲《もうけ》はフイになっちまう。久振《ひさしぶり》じゃ、まさか手ぶらで帰られもしねえ。産故郷《うまれこきょう》となれア、トンビの一枚も引張って行かなけアならねえし。……第一店を如何する気だ。」

お作は急に萎《しょ》げて了う。

「此方《こっち》やそれ所《どころ》じゃねえんだ。真実《ほんとう》だ。」

新吉はガブリと茶を飲干すと、急に立上がった。

一四

桜の繁みに毛虫がつく時分に、お作はバッタリ月経《つきのもの》を見なくなった。お作は冷え性の女であった。唇の色も悪く、肌も綺麗ではなかった。歯性も弱かった。菊が移《すが》れる頃になると、新吉に嗤《わら》われながら、裾へ安火を入れて寝た。これと云う病気もしないが時々食べたものが消化《こな》れずに、上げて来ることなぞもあった。空風の寒い日などは、血色の悪い総毛立った様な顔をして、火鉢に縮かまっていた。少し劇しい水仕業《みずしごと》をすると、小さい手が直《じき》に荒れて、揉手をすると、カサカサ音がする位であった。新吉は、晩に寝るとき、滋養に濃い酒を猪口に一杯ずつ飲《のま》せなどした。伝通院前に、灸点の上手があると聞いたので、それをも試みさした。

「今から斯様《そん》なこって如何するんだ。全然《まるで》婆さんのようだ。」と新吉は笑いかけた。

お作は分疏《もうしわけ》のないような顔をして、その度毎《たびごと》に元気らしく働いて見せた。

こうした弱い体で姙娠したと云うのは、ちょっと不思議のようであった。

「謔つけ。体が如何《どう》かしているんだ。」と新吉は信じなかった。

「いいえ。」とお作は赤い顔をして、「大分前《さき》から如何も変だと思ったんです。占って見たらそうなんです。」

新吉は不安らしい目色《めつき》で、妻の顔を見込んだ。

「如何したんでしょう、斯様《こんな》弱い体で……。」と云った目色で、お作も極悪《きまりわる》そうに、新吉の顔を見上げた。

それから二人の間に、コナコナした湿《しめ》やかな話が始まった。新吉は長い間、絶えず悪口を浴せかけて来たことが、今更気の毒なように思われた。全然《てんで》自分の妻と云う考を持つことの出来なかったのを悔いるような心も出て来た。ついこの四、五日前に、長湯をしたと云って怒ったのが因《もと》で、アクザモクザ罵った果に、何か厄介者でも養っていたように可悔《くや》しがって、出て行け、今出て行けと呶鳴《どな》ったことなども、我ながら浅猿《あさま》しく思われた。

それに、姙娠でもしたとなると、何だか気が更《あらた》まるような気がする。多少の不安や、厭な感じは伴いながら、自分の生活を一層確実にする時期へ入って来たような心持もあった。

お作はもう、お産の時の心配など始めた。初著《うぶぎ》や襁褓《むつき》のことまで言出した。

「私は体が弱いから、必然《きっと》お産が重いだろうと思って……。」お作は嬉しいような、心元ないような目をショボショボさせて男の顔を眺めた。新吉は意地《いじ》らしいような気がした。

お作は十二時を聞いて、急に針を針さしに刺した。稀《めずら》しく顔に光沢《つや》が出て、目のうちにも美しい湿いを有《も》っていた。新吉は恍然《うっとり》した目容《めいろ》で、その顔を眺めていた。

一五

お作は婚礼当時と変らぬ初々《ういうい》しさと、男に甘えるような様子を見せて、其処らに散った布屑《きれくず》や糸屑を拾う。新吉も側で読んでいた講談物を閉じて、「サアこうしちアいられねえ。」と急立《せきた》てられる様な調子で、懈怠《けだる》そうな身節《みぶし》がミリミリ言うほど伸をする。

「もう親父になるのかな。」とその腕を擦《こす》っている。

「早いものですね。全然《まるで》夢のようね。」とお作も恍然した目をして、媚びるように言う。

「私のような者でも、子が出来ると思うと不思議ね。」

二人はそれから婚礼前後の心持などを憶出して、満《つま》らぬことをも意味ありそうに話出した。こうした仲の睦まじい時、能《よ》く双方の親兄弟の噂などが出る。親戚《みうち》の話や、自分等の幼《ちいさ》い折の話なども出た。

「お産の時、阿母《おっか》さんは田舎へ来ていろと云うんですけれど、家にいたって好いでしょう。」

時計が一時を打つと、お作は想出したように、急いで床を延べる。新吉に寝衣を著せて床の中へ入れてから、自分はまた一時《ひとしきり》、脱棄《ぬぎすて》を畳んだり、火鉢の火を消したりしていた。
二、三日はこう云う風の交情《なか》が続く。新吉はフイと側へ寄って、お作の頬に熱いキスをする事などもある。ふと思いついて、近所の寄席へ連出す事もあった。が、そうした後では、直《じき》に暴風《あらし》が来る。思いがけない事から、不意と新吉の心の平衡が破れて来る。
「……少し甘やかしておけア、もうこれだ。」と新吉は昼間火鉢の前で、お作がフラフラと居眠をしかけているのを見つけると、その鼻の先で癪《しゃく》らしく舌打をして、ついと後へ引返してゆく。

お作はハッと思って、胸を騒がすのであるが、こうなるともう手の著け様がない。お作の智恵では如何《どう》することも出来なくなる。よくよく気が合わぬのだと思って、心の中で泣くより外なかった。新吉の仕向《しむけ》は、全然掌裏《まるでてのうら》を飜《かえ》したようになって、顔を見るのも胸糞が悪そうであった。

秋の末になると、お作は田舎の実家《さと》へ引取られることになった。その頃は人並はずれて小さい腹も大分目に立つようになった。伝通院前の叔母が来て、例の気爽《きさく》な調子で新吉に話をつけた。

夫婦間の感情は、糸が縺れたように紛糾《こぐらか》っていた。お作はもう飽《あ》かれて棄てられるような気もした。新吉はお作がこの儘帰って来ないような気がした。お作は左《と》に右《かく》に衆《みんな》の意嚮《いこう》がそうであるらしく思われた。

新吉は小遣を少し持たして、滋養の葡萄酒などを鞄の隅へ入れてやった。

「そのうちには己《おれ》も行くさ。」

「真実《ほんとう》に来て下さいよ。」お作は出遅《でおくれ》をしながら、幾度も念を推《お》した。

一六

お作が行ってから、新吉は物を取落したような心持であった。家が急に寂しくなって、三度三度の膳に向う時、妙に其処に坐っているお作の姿が思出される。お作を毒づいた事や誹謗《へこま》した事などを考えて、傷《いたま》しいようにも思った。何かの癖に、「手前のような能なしを飼って置くより、猫の子を飼っておく方が、迥《はるか》に優《まし》だ。」とか、「さっさと出て行ってくれ、爾《そう》すれア、己も晴々《せいせい》する。」とか云って呶鳴った時の、自分の荒れた感情が浅猿《あさま》しくも思われた。けれど、わざわざお作を見舞ってやる気にもなれなかった。お作から筆の廻らぬ手紙で、東京が恋しいとか、田舎は寂しいとか、体の工合が悪いから来てくれとか云って来る度に、舌鼓《したうち》をして、手紙を丸めて、投出《ほうりだ》した。お袋に兄貴、従妹、と多勢一緒に撮った写真を送って来た時、新吉は、「何奴《どいつ》も此奴《こいつ》も百姓面してやがらア。厭になっちまう。」と吐出すように言って、二目とは見なかった。

その頃小野が結婚して、京橋の岡崎町に間借をして、小綺麗な生活をしていた。女は伊勢の産《うまれ》とばかりで、素性が解らなかった。お作よりか、三つも四つも年を喰って居たが様子は若々しかった。

「君の内儀さんは一体何だね。」と新吉は初めてこの女を見てから、小野が訪ねて来た時不思議そうに訊いた。

「君の目にゃ何と見える。」小野はニヤニヤ笑いながら、悪黠《わるこす》そうな目容《めつき》をした。

「解んねえな。如何《どう》せ素人じゃあるめえ。莫迦に意気な風だぜ、と言って、芸者にしちゃ何処か渋皮の剝《む》けねえ処もあるし……。」

「其様《そん》な代物じゃねえ。」と小野は目を逸《そら》して笑った。

小野は相変らず綺麗な姿をしていた。何やらボトボトした新織の小袖に、コックリした茶博多の帯を締めて、純金の指環など光らせていた。持物も取替え引替え、気取った物を持っていた。この頃何処其処に、こう云う金時計の出物があるから買わないかとか、格安な莨入の渋い奴があるから取って置けとか、能《よ》くそう云う話を新吉に持込んで来る。

「私《あっし》なんぞは、其様《そん》なものを持って来たって駄目さ。気楽な隠居の身分にでもなったら願いましょうよ。」と言って新吉は相手にならなかった。

「だが君は好いね。そうやって年中常綺羅《じょうきら》でもって、それに内儀さんは綺麗だし……。」と新吉は脂《やに》ッぽい煙管を妄《むやみ》に火鉢の縁で敲《たた》いて、「私《あっし》なんざ惨めなもんだ。真実《まったく》失敗しちゃった。」

「その後如何《どう》してるんだい。」と小野はジロリと新吉の顔を見た。

「如何したか、己薩張《おらさっぱり》行って見もしねえ。此限《これっきり》来ねえけれア、なお好いと思っている。」

「子供が出来れアそうも行くまい。」

一七

「如何《どん》な餓鬼が出来るか。」と新吉は忌々《いまいま》しそうに呟いた。

小野は黙って新吉の顔を見ていたが、「だが、見合なんてものは、真実当《まったく》にはならないよ。新さんの前だが、彼女《あれ》は少し買被《かいかぶ》ったね。婚礼の晩に、初めてお作さんの顔を見て、僕はオヤオヤと思った位だ。」

「真実《まったく》だ。」新吉は淋しく笑った。「如何せ縹致《きりょう》なんぞに望のある訳アねえんだがね。……その点は我慢するとしても、彼奴《やつ》には気働と云うものがちっともありゃしねえ。客が来ても、碌素法《ろくすっぽう》挨拶することも知んねえけれア、近処隣の交際《つきあい》一つ出来やしねえんだからね。俺ア飛んだ貧乏籤を引いちゃったのさ。」と新吉は溜息を吐《つ》いた。

「左《と》も右《かく》、もっと考えるんだったね。」と小野も気の毒そうに言う。「だが為方《しかた》がねえ、もう一年も二年も一緒に居たんだし、今更別れると言ったって、君は可《い》いとしても、お作さんが可哀《かわい》そうだ。」

「だが、彼奴《やつ》も満《つま》んねえだろうと思う。三日に挙げず喧嘩して、毒づかれて、打撲《はりとば》されてさ。……己頭《おら》から人間並の待遇《あつかい》はしねえんだからね。」と新吉は空笑をした。

「其奴《そいつ》ア悪いや。」と小野も気の無い笑方をする。

「今度マア如何《どう》なるか。」と新吉は考込むように、「彼奴《やつ》も己の気の荒いにはブルブルしてるんだから、お袋や兄貴に話をして、子供でも産んでしまったら、離縁話でも持ちあがるか、如何せこの儘で収まりッこはありゃしない。如何でも勝手にするが可いや。」と自分で笑いつけた。モヤモヤする胸の中が、抑え切れぬと云う風も見えた。

「そうでもねえんさ。」と小野は自分で頷いて、「女は案外我慢強いもんさ。此方から逐出《おんだ》そうたって、出て行くものじゃありゃしねえ。」

「如何して、そうでねえ。」新吉は目眩《まぶし》そうな目をパチつかせた。「君にゃ好くしてるし、客にも愛想は好いし、己《おれ》ンとこの山の神に比べると雲泥の相違だ。」

二人顔を合すと、何時でもこうした噂が始まる。小野は如何《いか》にも暢気《のんき》らしく、得意そうであった。小野が帰って了うと、新吉は何時でも気の脱けた顔をして、満《つま》らなそうに考込んでいる。何や彼や思詰めると、齷齪《あくせく》働く甲斐がないようにも思われた。

忙しい十二月が来た。新吉の体と頭脳《あたま》はもう其《そ》んな問題を考えている隙もなくなった。働けばまた働くのが面白くなって、一日の終には言うべからざる満足があって、枕に就くと、去年から見て今年の景気の好いことや、得意場の増えたことを考えて楽しい夢を結んだ。この上不足を言う処がないように思われた。

「少し手隙《てすき》になったら、一度お作を訪ねて、奴にも悦《よろこ》ばしてやろう。」などと考えた。

一八

ある朝新吉が、帳場で帳面を調べていると、店先へ淡色の吾妻コートを著た銀杏返の女が一人、腕車《くるま》で遣って来た。それが小野の内儀さんのお国であった。

お国は下町風の扮装《つくり》をしていた。物の好くないお召の小袖に、桔梗がかった色気の羽織を著て、意気な下駄を穿いていた。女は小作で、清《すず》しいながら目容《めつき》は少し変だが、色の白い、ふッくらとした愛嬌のある顔である。「御免下さい。」と蓮葉のような、無邪気なような声で言って、スッと入って来た。其処に腰かけて、得意先の帳面を繰っていた小僧は、周章《あわ》てて片隅へ避《よ》けた。新吉は筆を耳に挟んだまま、軽く挨拶した。

「新さん、マア大変なことが出来ちゃったんです。」女は菓子折の包を其処に置くと、ショールを脱《と》って、コートの前を外《はず》した。頰が寒い風に逢って来たので紅味を差して、湿みを持った目が美しく輝いた。が、何処となく恐怖を帯びている。唇の色も淡く、紊《ほつれ》毛《げ》も乱《そそ》けていた。

「如何したんです。」新吉は不安らしくその顔を瞶《みつ》めたが、直《じき》に視線を外して、「マアお上んなさい。此様《こんな》汚い処で、坐る処もありゃしません。それに嗅はいませんし、ずっと、男世帯で、気味が悪いですけれど、マア奥へお通んなさい。」

「いいえ、如何《どう》致しまして……。」女は嫣然《にっこり》笑って、其方此方《そっちこっち》店を見廻した。

「真実《ほんとう》に景気の好さそうな店ですこと。心持のいいほど品物が入っているわ。」

「いいえ、場所が場所だから、てんでお話になりゃしません。」

新吉は奥へ行って、蒲団を長火鉢の前へ敷きなどして、「サア切望《どうぞ》……。」声かけた。

「お忙しいところ、どうも済みませんね。」とお国はコートを脱《ぬ》いで、奥へ通ると、

「どうもしばらく……。」と更《あらた》まって、お辞儀をして、ジロジロ四辺《あたり》を見廻した。

「随分整然《きちん》としていますわね。それに何から何まで揃って、小野なんざとても敵《かな》やしません。」と包の中から菓子を出して、片隅へ推遣《おしや》ると、低声《こごえ》で何やら言っていた。

新吉は困ったような顔をして、「そうですか。」と頭を搔きながら、お辞儀をした。

「商人も店の一つも持つようでなくちゃ駄目ね。堅い商売してる程確なことはありゃしないんですからね。」

新吉は微温《ぬる》い茶を汲んで出しながら、「私なんざ駄目です。小野君のように、体に楽をしていて金を儲ける伎倆《はたらき》はねえんだから。」

「でもメキメキ仕揚げるじゃ有りませんか。前に伺った時と店の様子が悉皆《すっかり》変ったわ。小野なんざアヤフヤで駄目です。」と言って、女は落胆《がっかり》したように口を噤《つぐ》んだ。顔の紅味が何時か褪《ひ》いて蒼くなっていた。

一九

お国はしばらくすると、極悪《きまり》そうに、昨日の朝、小野が拘引されたと云う、不意の出来事を話出した。その前の晩に、夫婦で不動の縁日に行って、彼方此方《あちこち》歩いて、買物をしたり、蕎麦《そば》を食べたりして、疲れて遅く帰って来たことから、翌日朝夙《はや》く、寝込に踏込まれて、碌々顔を洗う間もなく引張られて行った始末を詳しく話した。小野は勃然《むっくり》起上ると、「拘引されるような覚《おぼえ》はない。行けば解るだろう。」と著物を著替えて、紙入や時計など持って、刑事に従いて出た。

「何《なあ》に何かの間違だろう。直ぐ帰って来るから心配するなよ。」とオロオロするお国を窘《たしな》める様に言ったが、出る時は何だか厭な顔色をしていた。それ限《きり》何の音沙汰もない。昨夕《ゆうべ》は一晩中寝ないで待ったが、今朝になっても帰されて来ぬ処を見ると、今日も如何やら異《あや》しい。何か悪いことでもして未決へでも打込《ぶちこ》まれているのではなかろうか。刑事の口吻《くちぶり》では、オイそれと云って出て来られそうな様子も見えなかったが……。

「一体如何したんでしょう。」とお国は、新吉の顔に不安らしい目を据えた。

「サア……。」と言って新吉は口も利かず、考込んだ。

お国の目は一層深い不安の色を帯びて来た。「小野と云う男は、如何云う人間なんでしょうか。」

「如何《どん》なって、畢竟《つまり》あれッ限《きり》の人間だがね……。」とまた考込む。

「すると何かの間違でしょうか。間違なら嫌疑とか何とかそう言って連れて行きそうなもんじゃありませんかね。」とお国は馴々しげに火鉢に頬杖をついた。

「解んねえな。」と新吉も溜息を吐《つ》いた。「だが、今日は帰って来ますよ。心配することはねえ。」

「でも、あの人の田舎の裁判所から、此方へ言って来たんだそうですよ。刑事がそう言っていましたもの。」とお国は一層深く傷口に触るような調子で附加《つけくわ》えた。「だから、私何だか変だと思うの。田舎で何か悪いことをしてるんじゃないかと思って。」と猜疑《うたぐり》深《ぶか》い目を見据えた。

「田舎の事ア私《あっし》にゃ解んねえが、マア孰《どっ》ちにしても、今日は何とか様子が解るだろう。」

新吉の頭脳には、小野がこの頃の生活の贅沢な事が直《じき》に浮んで来た。必然《きっと》危いことをしていたに違ないと云うことも頷かれた。「だから言わねえこッちゃない。」と独《ひと》りでそう思った。

お国は十二時頃まで話込んでいた。話のうちに新吉は二度も三度も店へ起った。お国は新吉の知らない、小野の生活向《くらしむき》のコマコマした秘密話などして、連《しきり》に小野の挙動や、金儲の手段が疑わしいと云うような口吻を洩していた。

二〇

小野の拘引事件は思ったより面倒であった。拘引された日に警視庁から直に田舎の裁判所へ送られた。詳しい事情は解らなかったが、田舎のある商人との取引上、何か約束手形から生じた間違だと云う事だけが知れた。期限の切れた手形の日附を書直して利用したとか云うのであった。訴えた方も狡猾だったが、小野の遣方《やりかた》も黠《ずる》かった。小野からは内儀さんの処へ二、三度手紙が来た。新吉へも寄越した。お国には東京に力となる親もないから、万事お世話を願う。青天白日の身になった暁、きっと恩返をするからと云う意味の依頼もあった。弁護士を頼むについて、金が欲しいと云うような事も言って来た。暮の二十日過に、お国は新吉と相談して、方々借集めたり、著物を質に入れなどして、少し纏《まとま》った金を送ってやった。

お国と新吉とはほとんど毎日のように顔を合すようになった。新吉の方から出向かない日は、大抵お国が表町へやって来る。話は何時でも未決に居る小野の事や、裁判の噂で持切っている。もし二年も三年も入れられるようだったら、如何したものだろうと云う、相談なども持ちかける。

「色々人に訊いて見ますと、ちょっと重いそうですよ。二年位は如何しても入るだろうと云うんですがね。二年も入っていられたんじゃ、入っている者よりか、残された私が耐《たま》らないわ。向うは官費だけれど此方はそうは行かない。それにもう指環や櫛のような、少し目星いものは大概金にして送ってやって終ったし……。」とお国は零《こぼ》しはじめる。

新吉は、「何、私《あっし》だって小野君の人物は知ってるから、まさか貴女一人くらい日干にするような事はしやしない。如何《どう》かなるさ。」と言っていたが、これと云う目論見《もくろみ》も立たなかった。

押迫るにつれて店は段々忙《せわ》しくなって来た。門《かど》にはもう軒並竹が立てられて、ざわざわと風に鳴っていた。殺風景な新開の町にも、年の瀬の波は押寄せて、逆上《のぼ》せたような新吉の目の色が渝《かわ》っていた。お国は何時の間にか、この二、三日入浸《いりびたり》になっていた。奥の事は一切取仕切って、永い間の手練《てなれ》の世帯向のように気が利いた。新吉の目から見ると、為《す》ることが少し蓮葉で、派手のように思われた。けれど働振《はたらきぶり》が活々《いきいき》している。箒一つ持っても、心持好い程綺麗に掃いてくれる。始終薄暗かったランプが何時も皎々と明るく点《ともさ》れて、長火鉢も鼠不入《ねずみいらず》も、テラテラ光っている。無器用なお作が拵えてくれた三度三度のゴツゴツした煮附や、薄い汁物は、小器用なお国の手で拵えられた東京風のお菜《かず》と代って、膳の上には美《うま》い新香《しんこ》を欠かした事がなかった。押入を開けて見ても、台所へ出て見ても、痒《かゆ》い処へ手が届くように、整理が行届いている。

二一

新吉は何だかむず痒いような気がした。何処か気味悪いようにも思った。

「そんなにキチキチされちゃ反って困るな。」と顔を顰《しか》めて言う。「商売が商売だから、如何せそう綺麗事に行きゃしない。」

「でも心持が悪いじゃありませんか。」とお国は遠慮して手を著けなかったお作の針函や行李や、釈《ほどき》ものなどを始末しながら、古い足袋、腰巻などを引張出していた。「何だか埃々《ごみごみ》してるじゃありませんか、お正月が来るってのに、これじゃ為様《しよう》がないわ。私はまた、自分の損得に拘らず、見ると放擲《うっちゃ》って置けないと云う性分だから……。もう何時からか此処が気に懸って為様がなかったの。」と色々な雑物《ぞうもの》を一束にしてキチンと行李に仕舞込んだ。

新吉は苦い顔をして引込む。

こう云《い》う様な仕事が二日も三日も続いた。お国はちょいちょい外へ買物にも出た。〆《しめ》飾《かざり》や根松を買って来たり、神棚に供えるコマコマした器《うつわ》などを買って来てくれた。帳場の側に八寸ばかりの紅白の鏡餅を据えて、それに鎌倉蝦魚《えび》や、御幣を飾って呉れたのもお国である。喰積《くいつみ》とか云うような物をも一通拵えてくれた。晦日の晩には、店頭《みせさき》に積上げた菰冠《こもかぶり》に弓張が点《とも》されて、幽暗《ほのぐら》い新開の町も、この界隈ばかりは明るかった。奥は奥で、神棚の燈明がハタハタ風に揺《ゆら》めいて、小さい輪飾の根松の緑に、もう新しい年の影が見えた。

お国は近所の髪結に髪を結わして、小紋の羽織など引かけて、晴々した顔で、長火鉢の前に坐っていた。

九時過に、店の方はほぼ形がついた。新吉は小僧二人に年越のものや、蕎麦を饗応《ふるま》うてから、代番《かわりばん》こに湯と床屋にやった。店も奥も漸く闃寂《ひっそり》として来た。油の乏しくなった燈明がジイジイ云う微《かすか》な音を立てて、部屋には何処か寂しい影が添《そわ》って来た。黝《くろ》ずんだ柱や、火鉢の縁に冷い光沢《つや》が見えた。底冷の強い晩で、表を通る人の跫音《あしおと》が、硬く耳元に響く。

新吉は火鉢の前に胡坐《あぐら》をかいて、俛《うつむ》いて何やら考込んでいた。未だ真《ほん》の来たてのお作と一所に越した去年の今夜の事など想出《おもいだ》された。

「何を茫然《ぼんやり》考えているんです。」お国は銚子を銅壺から引揚げて、極悪《きまり》そうな手容《てつき》で新吉の前に差出した。

新吉は、「何、私《あっし》や勝手にやるで……。」とその銚子を受取ろうとする。「可《い》いじゃ有りませんか。酒のお酌くらい……。」お国は新吉に注いでやると、「私もお年越だから少し頂きましょう。」と自分にも注いだ。

新吉は一杯飲干すと、今度は手酌でやりながら、「どうも色々お世話さまでした。今年は私《あっし》もお蔭で、何だか年越らしいような気がするんで……。」

二二

お国は手酌で、もう二、三杯飲んだ。新吉は見て見ぬ振をしていた。お国の目の縁が少し紅味をさして、猪口を嘗める唇にも綺麗な湿《うるおい》を持って来た。睫毛の長い目や、生際の綺麗な額の辺が、俛《うつむ》いていると、莫迦《ばか》に好く見える。が、それを見ているうちにも新吉の胸には、冷い考が流れていた。この三、四日、何だか家中引掻廻されている様な、一種の不安が始終頭脳《あたま》に附絡《つきまと》うていたが、今夜の女の酒の飲ッ振などを見ると、一層不快の念が兆《きざ》して来た。何処の馬の骨だか……と云う侮蔑や反抗心も起って来た。

お国は平気で、「如何《どう》せ他人の為《す》ることですもの、お気には入らないでしょうけれど、私もこの暮は独《ひとり》で、満《つま》りませんよ。あの二階の部屋に、安火に当ってクヨクヨしていたって始まらないから、気晴にこうやってお手伝しているんです。春が来たって、私は何の楽しみもありゃしない。」

「だが、そうやって私《あっし》の処で働いていたって為様がないね。私は誠に結構だけれど、貴女が満《つま》らない。」と新吉は何処か突放《つッぱな》すように、恩に被《きせ》るような調子で言った。

お国は萎《しょ》げたような顔をして黙って了った。そうして猪口を下において何やら考込んだ。その顔を見ると、「新さんの心は私には丁《ちゃん》と見え透《す》いている。」と云うようにも見えた。新吉も気が差したように黙って了った。

しばらくしてから、女は銚子を持《もち》あげて見て、「お酒はもう召食《めしあが》りませんか。」と叮嚀な口を利く。

「小野さんも、この春は酒が飲めねえで、弱っているだろう。」と新吉はふと言出した。

それから二人の間には、小野の風評《うわさ》が始まった。お国はあの人と知っているのは、もう二、三年前からの事で、これまでにも随分好い加減な嘘を聞かされた。その頃は自分も未だ一向初《うぶ》である若い書生肌の男と一緒に東京へ出て来た。宅《うち》は田舎で百姓をしている。その男が意気地がなかったので、長い間苦労をさせられた。それから間もなく小野と懇意になった。会社員だと云う触込であったが、観《み》ると聴くとは大違で、一緒に世帯を持って見ると、色々の襤褸《ぼろ》が見えて来た。金は時偶《ときたま》三十四十と摑《つか》んでは来るが、表面に見せているほど、内面は気楽でなかった。才は働くし、弁口もあるし、附いていれば、まさか踣《のめ》って死ぬようなこともあるまいけれど、何だか不安でならなかった。著物も著せてくれるし、芝居も見せてくれるが、それはその場限《きり》で、前途《さき》の見越がつかぬから、それだけで満足の出来よう道理がない……とお国はシンミリした調子で、柄にないジミな話を為始《しはじ》めた。

「私真実《ほんとう》にそう思うわ。明けるともう二十五になるんだから、これを汐に綺麗に別れて了おうかと……。」

新吉は黙っていた。聞いているうちに、何だか女と云うものの心持が、多少《いくらか》胸に染みるようにも思われた。

二三

正月になってから、新吉は一度お作を田舎に訪ねた。

町が寂れているので、此処は春らしい感じもなかった。通り路は、何処を見ても皆窓の戸を鎖《さ》して寝ているかと思う宅《うち》ばかりで、北風に白く晒された路の其処此処に、凍《い》ついたような子守や子供の影が、ちらほら見えた。低い軒が何《どれ》もこれもよろけているようである。呉服屋の店には、色の褪《さ》めたような寄片《よせぎれ》が看《み》るから手薄に並べてある。埃深い唐物屋の古著屋の店なども年々衰えてゆく町の哀さを思わせている。ふと何時か飛込んだことのある小料理屋が目に入った。怪しげな其処の門を入って、庭から離房《はなれ》めいた粗末《がさつ》な座敷へ通され、腐ったような刺身で、悪い酒を飲んで、お作一家の内状を捜った時は、自分ながら莫迦莫迦《ばかばか》しいほど真面目であった。新吉は外方《そっぽう》を向いて通過ぎた。

こう云う町に育ったお作の身の上が、何だか哀なように思われてならなかった。この寂《さび》れた淋しい町に、もう二月の以上も、大きい腹を抱えて、土臭い人達と一緒に居ることを思うと、それも可哀想であった。ショボショボしたような目、かッ詰ったような顔、蒼白い皮膚の色、ザラザラする掌《て》や足、それがもう目に著くようであった。何だか済まないような気もしたが、行って顔を見るのが厭なような心持もした。

一里半ばかり、鼻のもげるような吹曝《ふきさら》しの寒い田圃道を、腕車《くるま》でノロノロやって来たので、梶棒と一緒に店頭《みせさき》へ降されたとき、ちょっとは歩けないくらい足が硬張《こわば》っていた。車夫《くるまや》に賃銀を払っていると、「マア！」と云ってお作が障子の蔭から出て来た。新吉が新調のインバネスを著て、紺がかった色気の中折を目深に冠った横顔が、見違えるほど綺麗に見え、俛《うつむ》いて蟇口から銭を出している様子が何だか一段も二段も人品が上ったように思えた。

「よく来られましたね。寒かったでしょう。」

とお作は帽子やインバネスを脱せて、先へ奥に入ると、

「阿母《おっか》さん、宅《うち》で被入《いらっしゃ》いましたよ。」と声をかけた。

新吉が薄暗い茶の間《ま》の火鉢の側に坐ると、寝恍《ねぼ》けたような顔をして、納戸のような次の室《ま》から母親が出て来た。リウマチが持病なので、寒くなると炬燵《こたつ》にばかり潜込《もぐりこ》んでいると聞いたが、何時か見た時よりは肥っている。気の故《せい》か蒼脹れたようにも見える。目の性が悪いと見えて、縁が赭《あか》く、爛《ただれ》気味《ぎみ》であった。

母親は長々と挨拶をした。新吉が歳暮の砂糖袋と、年玉の手拭とを一緒に断《ことわ》って出すと、それにも二、三度叮嚀にお辞儀をした。

二四

嫂《あによめ》と云うのも、何処かこの近在の人で、口が一向に無調法な女であった。額の抜上《ぬけあが》った姿《なり》も恰好もない、ひょろりとした体勢《からだつき》である。これまでにも二度ばかり見たが、顔の印象が残らなかった。先もそうであったらしい。今日こそは一ツ、お作の自慢の婿さんの顔を能《よ》く見てやろう……と云った風でジロジロと見ていた。お作はベッタリ新吉の側へ喰著いて坐って、不相変ニヤニヤと笑っていた。

「サア、此処は悒鬱《むさくる》しくて不可《いけ》ません。お作や、奥へお連申《つれもう》して……何はなくとも、春初めだから、お酒を一口……。」

「イヤ、そうもしていられません。」と新吉は頭を掻いた。「留守が誠に不安心でね……。」

「好いじゃありませんか。」お作は自分の実家《さと》だけに、甘えたような、浮《うわ》ずったような調子で言う。

「サア、彼方《あちら》へ入らっしゃいよ。」

新吉は奥へ通った。お作が母親や嫂に口を利くのを聞いていると、良人の新吉のことを、主人か何かのように言っている。嫂に対してはそれが一層激しい。「余り御酒は召《めし》食《あが》りませんのですから。」とか、「宅《うち》は真実《ほんとう》に急々《せかせか》した質《たち》で被在《いらっしゃ》るんですから……。」とか云う風で……が、嫂の耳には格別それが異様にも響かぬらしい。「ヘエ、さいですか。」と新吉の顔ばかり見ている。新吉はこそばゆいような気がした。

しばらくすると、お作と二人限《きり》になった。藁灰のフカフカした瀬戸物の火鉢に、炭をカンカン起して、駢《なら》んで当っていた。お作は何時の間にか、小紋の羽織に著替えていた。が東京に居た時より、顔が多少《いくらか》水々している。水っぽいような目のうちにも一種の光があった。腹も思ったほど大きくもなかったが、それでも肩で息をしていた。気が重いのか、口の利方《ききかた》も鈍かった。差向になると黙って俛《うつむ》いて了うのであるが、折々媚びるような素振をして、私《そっ》と男の顔を見上げていた。新吉は外方《そっぽう》を向いて、壁に懸った東郷大将の石版摺の硝子張の額など見ていた。床の鏡餅に、大きな串柿が載せてあって、花瓶に梅が挿してあった。

「今日はお泊りなすっても可《い》いんでしょう。」お作は何かの序《ついで》に言出した。

「イヤ、そうは行かねえ。日一杯に帰る心算《つもり》で来たんだから。」新吉は素気《そっけ》もない言方をする。

しばらく経ってから、「この頃、小野さんのお内儀《かみ》さんが来ているんですって……。」

「ア、お国か、来ている。」と新吉は如何《どう》云うものか大きく出た。

お作は俛《うつむ》いて灰を弄《いじ》っていた。またしばらく経ってから、「あの方、ずっと居る心算《つもり》なんですか。」

「サア、如何云う気だか……彼女《あれ》も何だか変な女だ。」新吉は投出すように言った。

二五

「でも、ずるずるべったりに居られでもしたら困るでしょう。」お作は気の毒そうに、赤い顔をして言った。

新吉は黙っている。

「今のうち、断っちまう訳には行かないんですの。」

「そうもいかないさ。お国だって、差当り行く処がないんだからね。」と新吉は胡散《うさん》くさい目容《めつき》をして、「それに宅《うち》だって、全然《まるきり》女手がなくちゃ遣切れやしない。人を傭《やと》うとなると、これまたちょっと臆劫なんです。だから此方《こっち》も別に損の行く話じゃねえし……。」と独《ひとり》で頷いて見せた。

お作は一層不安そうな顔をした。

「でもこの間、和泉屋さんが行った時、あの方が一人で宅を切廻していたとか……何だか其様《そんな》ようなお話を、小石川の叔父さんに為《し》ていたそうですよ。」とお作は怵々《おずおず》言った。「それに、貴方は少しも来て下さらないし、気分でも少し悪いと、私何だか心細くなって……何だって斯様《こんな》処へ引込んだろうと、熟々《つくづく》そう思うわ。」

「お前の方で引取ったのじゃないか。親兄弟の側で産せれば、何につけ安心だからと云うんで、小石川の叔母さんが来て連れて行ったんだろう。」と新吉は邪慳《じゃけん》そうに言った。

「それは爾《そう》ですけれど。」

「その時私《あっし》が丁《ちゃん》と小遣まで配《あてが》って、それから何分お願い申しますと、叔母っ子に頼んだ位じゃないか。」と新吉の語気は少し急になって来た。

「己《おれ》は為《す》ることだけは丁《ちゃん》と為《し》ているんだ。お前に不足を言われる処はねえ心算《つもり》だ。小野なんぞの為ることを見ねえ、あの内儀《かみ》さんと一緒になってから、もう大分になるけれど、今に人の宅《うち》の部屋借なんぞしてる始末だ。色々聞いて見ると随分内儀さんを困らしておくそうだ。その揚句に今度の事件だろう。内儀さんは裸になって了ったよ。居る処もなけれア、喰うことも出来やしない。その癖あの内儀さんと来たら、なかなか伎倆《はたらき》もんなんだ。客の応対振だって、立派なもんだし、宅もキチンキチンとする方だし……如何してお前なんざ、とても脚下《あしもと》へも追著きゃしねえ。」

お作は赤い顔をして俛《うつむ》いていた。

「私《あっし》なんざ、内儀さんには好くする方なんだ。これで不足を言われちゃ埋《うま》らないや。」

「不足を言う訳じゃないんですけれど……。」お作は彼方《あちら》の部屋へ聞えでもするかと独《ひと》りで悔々《はらはら》して居た。

「真実《ほんと》に……。」と鼻頭《はなさき》で笑って、「和泉屋の野郎、余計なことばかり弁《しゃべ》りやがって、彼奴《あいつ》に私が何の厄介になった。干渉される謂《いわ》れはねえ。」と新吉はブツブツ言っていた。

「そうじゃないんですけれどね……。」お作はドギマギして来た。

二六

「マア一口……。」と言って、初手に甘ッ弛《たる》い屠蘇《とそ》を飲まされた。それから黒塗の膳が運ばれた。膳には仕出屋から取ったらしい赤い刺身や椀や、鯔《いな》の塩焼などが駢《なら》べてあった。

「サア、お作や、お前お酌をしてあげておくれ。生憎《あいにく》お相手《あいて》をする者が居りませんでね……。」

お作は無器用な手容《てつき》で、大きな銚子から酒を注いだ。新吉は刺身をベロベロと食って、けろりとしているかと思うと、思出したように猪口を口へ持ってゆく。

「阿母さん、一つ如何《どう》ですな。」とやがて母親へ差した。

「さようでございますかね。それでは……。」と母親は似而非《えせ》笑をして、両手で猪口を受取った。

そうしてお作に少しばかり注がせて、直《じき》に飲干して返した。

「これも久しく東京へ出ていた故《せい》でござりますか、大変に田舎を寂しがりまして……それに、段々産月《うみづき》も近づいて参りますと、気が鬱《ふさ》ぐと見えまして、もと自分で穴掘って入《へえ》るような事ばかり言って居るでござります。」とそれからお作が亭主や家思いの、気立の至って優しいものだと云うことを説出《ときだ》した。前《ぜん》に奉公していた邸で、殊の外惜まれたと云うこと、稚《ちいさ》い時分から、親や兄に、口答《くちごたえ》一つ為《し》たことのない素直な性質だと云うことも話した。生来《うまれつき》体が弱いから、お産が重くでもあったら、さぞ応《こた》えるであろうと思って、朝晩に気を注《つ》けて大事にしていること、牛乳を一合ずつ飲《のま》して、血の補《おぎない》をつけておる事なども話した。産れる子の初著《うぶぎ》などを、お作に持って来さして、お産の経験などを娓々《くどくど》と話した。

新吉は、「ハ、ハ」と空返辞ばかりしていたが、その時はもう酒が大分廻って来た。

「お店の方も、追々御繁昌で、誠に結構でございます。」母親は話を変えた。

「お蔭でまア如何かこうか……。」と新吉は大概肴を荒して了って、今度は莨を喫出《すいだ》した。そうして気忙しそうに時計を引出して、「もう四時だ。」

「マア、貴方可《よ》うござりましょう。春初めだからもっと御寛《ごゆっく》りなすって……そのうちには兄も帰ってまいります。」と母親は銚子を替えに立った。

二人とも黙って俛《うつむ》いて了った。障子の日が、もう蔭って了って、部屋には夕気づいたような幽暗《ほのぐら》い影が漂うていた。風も静まったと見えて、外は闃《ひっそり》としていた。

「今日は、真実《ほんとう》に可《い》いんでしょう。」お作はおずおず言出した。

「商人が家《うち》を明けて如何するもんか。」と新吉は冷い酒をグッと一口に飲んだ。

それから彼此《かれこれ》一時間も引留められたが、暇を告げる時、お作は低声《こごえ》で、「お産の時、必然《きっと》来て下さいよ。」と幾度も頼んだ。

店頭《みせさき》へ送って出る時、目に涙が一杯溜っていた。

二七

腕車《くるま》がステーションへ著く頃、灯が其処此処の森蔭から見えていた。前の濁醪屋《どぶろくや》では、暖かそうな煮物の好い匂が洩れて、濁声《だみごえ》で談笑している労働者の影も見えた。寒い広場に、子守が四、五人集って、哀な調子の唄を謳っているのを聞くと、自分が田舎で貧しく育った昔の事が想出《おもいだ》される。新吉はふと自分の影が寂しいように思って、「己の親戚《みうち》と云っちゃ、まアお作の家だけなんだから……。」と独言《ひとりごと》を言っていた。

汽車は間もなく出た。新吉は硬いクッションの上に縮《ちぢ》かまって横になると、直《じき》に目を瞑った。中野あたりまで取留もなくお作のことを考えていた。余り可愛いと思ったこともないが、何だか深く胸に刻込まれて了ったようにも思えた。そのうちに、ウトウトと眠ったかと思うと、東京へ入るに従って、客車が追々雑沓して来るのに気がついた。

飯田町のステーションを出る頃は、酔がもう悉皆《すっかり》醒めていた。新吉は何かに唆《そその》かされるような心持で、月の冴えた広い大道をフラフラと歩いて行った。

店では二人の小僧が帳場で講釈本を読んでいた。黙って奥へ通ると、茶《ちゃ》の室《ま》には湯の沸《たぎ》る音ばかりが耳に立って、その隅ッこの押入の側で、蒲団を延べて、按摩に腰を揉ましながら、グッタリとお国が生体《しょうたい》もなく眠っていた。後向になった銀杏返の首が、ダラりと枕から落ちそうになって、体が斜に俯伏《うつぶし》になっていた。立働く時のキリリとしたお国とは思えぬ位であった。貧相な男按摩は、薄気味の悪い白眼を剝出《むきだ》して、折々灯の方を瞶《みつ》めていた。

坐って鉄瓶を下す時の新吉の顔色は変っていた。煙管《きせる》を二、三度、火鉢の縁に敲《たた》きつけると、疎《うと》ましそうに女の姿を見遣って、スパスパと莨を喫《す》った。するうちお国は目を覚した。

「お帰りなさい。」と舌のだらけたような調子で声かけた。「少し御免なさいよ。余り肩が凝《こ》ったもんですから……貴方もお疲れでしょう。後で揉んでお貰いなすっては如何です。」

新吉は何とも言わなかった。

しばらくすると、お国は懈《だる》そうに、俛《うつむ》いたまま顔を半分此方へ向けた。

「如何でした、お作さんは……。」

「イヤ、別に変りはないようです。」新吉は空を向いていた。

お国は未だ何やら、寝恍《ねぼ》け声で話しかけたが、後は呻吟《うめ》くように細い声が聞えて、直《じき》にウトウトと眠に陥ちて了う。

新吉は茶を二、三杯飲むと、ツと帳場へ出た。大きな帳面を拡げて、今日の附揚《つけあげ》を為《し》ようとしたが、妙に気がイライラして、落著かなかった。可恐《おそろし》い自堕落な女の本性が、始めて見えて来たようにも思われた。

「莫迦《ばか》にしてやがる。もう明日からお断りだ。」

二八

療治が済むと、お国は自分の財布から金をくれて按摩を返した。近所ではもうパタパタ戸が閉る頃である。

お国は何時までも、孑然《ぼつねん》と火鉢の前に坐っていたが、新吉も十一時過まで帳場にへばり著いていた。

寝支度に取りかかる時、二人はまた不快《まず》い顔を合した。新吉はもう愛想がつきたと云う顔で、碌々口も利かず、蒲団の中へ潜込《もぐりこ》んだ。お国は洋燈《ランプ》を降したり、火を消したり、茶道具を洗ったり、何時もの通り働いていたが、これも気のない顔をしていた。

寝しなに、ランプの火で煙草を喫《ふか》しながら、気が怏々《くさくさ》する様な調子で、「アア、何だか厭になって了った。」と溜息を吐《つ》いた。「もう孰《どち》でも好いから、早く決ってくれれば可い。裁判が決らないうちは、如何することも出来やしない。ね新さん、如何したんでしようね。」

新吉は寝た振をして聴いていたが、この時ちょっと身動きをした。

「解んねえ。けど、まア入るものと決めて置いて、自分の体の振方をつけた方が好かないかね。私《あっし》あそう思うがね。」と声が半分蒲団に籠っていた。「そうして出て来るのを待つんですね。」

「ですけど、私だって、そう気長に構えてもいられませんからね。」と寝衣姿《ねまきすがた》のまま自分の枕頭《まくらもと》に蹲跪《つくば》って、煙管をポンポン敲いた。「あの人の体だって、出て来てから如何なるか解りゃしない。」

新吉はもう黙っていた。

翌日目を覚して見ると、お国はまだ寝ていた。戸を開けて、顔を洗っているうちに、漸く起きて出た。

朝飯が済んで了うと、お国は金盥に湯を取って、顔や手を洗い、お作の鏡台を取出して来て、お扮飾《つくり》を為《し》はじめた。それが済むと、余所行《よそゆき》に著替えて、スッと店頭《みせさき》へ出て来た。

「私ちょいと出かけますから……。」と帳場の前に膝を突いて、何処へ行くとも言わず出て了った。

新吉は何処か気懸のように思ったが、黙って出してやった。小僧連は、一様に軽蔑するような目容《めつき》で出て行く姿を見送った。

お国は昼になっても、晩になっても帰らなかった。新吉は一日不快そうな顔をしていた。晩に一杯飲みながら、新吉は女の噂を為始《しはじ》めた。

「如何《どう》せ彼奴《あいつ》は帰って来る気遣ないんだから、明朝《あした》から皆《みんな》で交《かわ》り番こに飯を爨《た》くんだぞ。」

小僧は手々《てんで》に女の悪口を言出した。内儀さん気取でいたとか、お客分の心算《つもり》でいるのが小面《こづら》悪《にく》いとか、あれはただの女じゃあるまいなどと言出した。

新吉はただ苦笑していた。

二九

二月の末――お作が流産をしたと云う報知《しらせ》があってからしばらく経って、新吉が見舞に行った時には、お作はまだ蒼い顔をしていた。小鼻も目肉《めじし》も落ちて、髪も多少《いくらか》抜けていた。腰蒲団など当てて、足がまだよろつくようであった。

胎児は綺麗な男の子であったとか云うことである。少し重い物――行李を棚から卸した時、手を伸したのが悪かったか知らぬが、その中には別に重いと云う程の物もなければ、棚が然程《さほど》高いと云うほどでもない。が何しろ体が尫弱《ひよわ》い処へ、今年は別して寒《かん》じが強いのと、今一つはお作が苦労性で、色々の取越苦労をしたり、今の身の上を心細がったり、表町の宅《うち》の事が気に懸ったり、それやこれやで、余り神経を使い過ぎた故《せい》だろう……と云うのが分疏《いいわけ》のような愚痴のような母親の言分であった。

お作は流産してから、直《じき》に気が遠くなり、其処らが暗くなって、このまま死ぬのじゃないかと思った、その前後の心持を、母親の説明の間々《あいだあいだ》へ、喙《くち》を容《い》れて話した。そうしてもう暗い処へやって了ったその子が不憫でならぬと言って泣出した。いくら何でも自分の血を分けた子だのに、顔も見に来てくれなかったのは、私は左《と》に右《かく》、死んだ子が可哀想だと怨んだ。

新吉も詳しい話を訊いてみると、何だか自分ながら可恐《おそろ》しいような気もした。そう云う薄情な心算《つもり》ではなかったが、言われて見ると自分の心は如何にも冷かったと、熟々《つくづく》そう思った。

「私《あっし》はまた、如何せ死んでるんだから、慦《なまじ》い顔でも見ちゃ、反って好い心持がしねえだろうから、見ない方が優《まし》だと云う考で……それにあの頃は、小野の公判があるんで、東京から是非もう一人弁護士を差向けてほしいと云う、当人の希望《のぞみ》だったんだから、お国と二人で、其方此方《そっちこっち》奔走していたんで……友達の義理で如何も為方《しかた》がなかったんだ。」

と分疏をした。

「それなら切《せ》めて初七日にでも入らして下されば……。」とお作は目に涙を一杯溜めて怨んだ。「それに貴方は、お国さんのことと言うと、家のことは打抛《うっちゃ》っても……。」と口の中でブツブツ言った。

これが新吉の耳には際立って鋭く響く。無論お国は今でも宅《うち》へ入浸っている。一度二度喧嘩して逐出《おいだ》したこともあるが、初めの時は此方が宥《なだ》めて連れて帰り、二度目の時は、女の方から黙って帰って来た。連れて来たその晩には、京橋で一緒に天麩羅屋へ入って、飯を食って、電車で帰った。表町の角まで来ると、自分は一町ほど先へ歩いて、明るい自分の店へ別々に入った。何の意味も無かったが、ただそうしなければ気が済まぬように思った。それからのお国は、以前よりは素直であった。自分も初めて女と云うものの、暖かいある物に裹《つつ》まれているように感じた。

三〇

それから二、三日は、また仲を善く暮すのであるが、後から直《じき》に些細な葛藤が起きる。それでお国が出てゆくと、新吉は妙にその行先などが気に引懸って、一日腹立しいような胸苦しいような思でいなければならぬのが、如何にも苦しかった。

「莫迦を言っちゃ可《い》けねえ。」新吉は故意笑《わざと》いつけた。「お国と己とが、如何かしてるとでも思ってるんだろう。」

「いいえ、そう云う訳じゃありませんけれどね、子供が死んでも来て下さらない処を見れば、貴方は私のことなんぞ、もう何とも思って被在《いらっし》ゃらないんだわ。」

新吉は横を向いて黙って居た。無論お作の流産の事を想出すと、病気に取著かれるようであった。彼奴《やつ》も可哀そうだ、一度は行って見てやらなければ……と云う気はあっても、さて踏出して行く決心が出来なかった。明日は明日はと思いながら、つい延引《のびのび》になって了った。頭脳《あたま》が三方四方へ褫《と》られているようで、この一月ばかりの新吉の胸の悩ましさと云うものは、口にも辞《ことば》にも出せぬ程であった。その苦しい思いが、何でお作に解ろう。お作はとてもそう云《い》うことを打明ける相手ではないと、そう決めて居た。

「それで、私が帰れば、お国さんは出て了うんですの。」お作は怯々《おずおず》訊いた。

新吉は、口のうちで何やら曖昧な事を言って居た。「義理だから、己から出て行けと云う訳にも行かないが、孰《いず》れお国にも考があるだろう……。それでお前は何時頃帰って来られるね。」

「もう一週間も経てば、大概好いだろうと思うですがね……でも、お国さんが居ては、私何だか可厭《いや》だわ。阿母さんもそう言うんですわ。小石川の叔母さんだけは、それならばなおのこと、速く癒って帰らなければ不可《いけな》いと云うんですけれど……。」

新吉は、二人の間が、もうそう云う危機に迫っているのかと、胸が恟々《はらはら》するようであった。

「孰《どちら》にしても、お前が速く癒ってくれなければ……。」と気安めを言っていたが、そうテキパキ事情の決るのが、何だか可厭《いや》なような気がした。

新吉と別れてから、十日目にお作は嫂《あによめ》に連れられて、表町へ帰って来た。丁度それが朝の十時頃で、三月と云っても、未だ余寒の酷しい、七、八日頃の事であった。腕車《くるま》が町の入口へ入って来ると、お作は何とはなし気が詰るような思であった。町の様子は出て行った時そのままで、寂れた床屋の前を通る時には、其処の肥った禿頭の親方が、細い目を瞠《みは》って、自分の姿を物珍らしそうに眺めた。蕎麦屋も荒物屋も、向《むこう》の塩煎餅屋の店先《みせさき》に孫を膝に載せて坐っている耳の遠い爺さんの姿も、何となく可懐《なつか》しかった。

腕車を降りると、お作はちょっと嫂を振顧《ふりかえ》って躊躇した。

「姉さん……。」と顔を赧《あか》めて、嫂から先へ入らせた。

三一

店には増蔵が一人居る限《きり》で、新吉の姿が見えなかった。奥へ通ると、水口の方で、蓮葉な様な口を利いている女の声がする。相手は魚屋の若衆《わかいしゅ》らしい。干物のお美《いし》いのを持って来て欲しいとか、この間の鮭は不味《まず》かったとか、そう云《い》うような事を言っている。お前さんとこの親方は威勢が好いばかりで、肴は一向新しくないとか、刺身の作方が拙《まず》くて為様《しよう》がないとか云う小言《こごと》もあった。

お作は嫂と一緒に、お客にでも来たように、火鉢を一尺も離れて、キチンと坐って聞いていた。

「それじゃね、晩にお刺身を一人前……可《い》いかえ。」と言って、お国は台所の棚へ何やら収込《しまいこ》んでから、茶《ちゃ》の室《ま》へ入って来た。軟ものの羽織を引被《ひっか》けて、丸髷に桃色の手絡《てがら》をかけていた。生際がクッキリしていて、お作も美しい女だと思った。

お国は、キチンと手を膝に突いている二人の姿を見ると、

「オヤ。」と吃驚《びっくり》したような風を為《し》て、

「何てえんでしょう、私ちっとも知りませんでしたよ。それでも、もう其様《そんな》に快《よ》くお成んなすって。汽車に乗っても好いんですか。」と火鉢の前に座を占めて、鉄瓶を持ちあげて、火を直した。

「え、もう……。」とお作は淋しい笑顔を挙げて、「まだ十分と云う訳には行きませんけれど……。」と嫂の方を向いて、「姉さん、この方《かた》が小野さんのお内儀《かみ》さん……。」

「さようでございますか。」と嫂が挨拶しようとすると、お国はジロジロその様子を眺

めて、少し横の方へ出て、洒々《しゃあしゃあ》した風で挨拶した。そうして菓子を出したり、茶を煎《い》れたりした。

「貴方も流産なすったんですってね。私一度お見舞に上ろうと思いながら……何しろ手が足りないんでしょう。」

お作は嫂と顔を見合して俛《うつむ》いた。

「暮だって、お正月だって、私一人限《きり》ですもの。それに新さんと来たら、なかなか難《むずか》しいんですからね……。マアこれで漸《やっ》と安心です。人様の家《うち》を預る気苦労と云うものはなかなか大抵じゃありませんね。」

「真実《ほんとう》にね。」とお作は赤い顔をして、気の毒そうに言った。「如何《どう》にも永々済みませんでした。」

お作はしばらくすると、著物を著換えて、それから台所へ出た。お国は、取っておいた鰺《あじ》に、塩を少しばかり撒《ふ》って、鉄灸《てっきゅう》で焼いてくれとか、漬物は下の方から出してくれとか、火鉢の側から指図がましく声かけた。お作は勝手なれぬ、人の家にいるような心持で、ドギマギしながら、昼《ひる》飯の支度にかかった。

飯時分に新吉が帰って来た。新吉はお作の顔を見ると、「ホ……。」と言った限《きり》で、話を為《し》かけるでもなかった。飯の時、お作はお国の次に坐って、我家の飯を砂を噛むような思で食った。

三二

それでも、嫂の居るうちは、多少《いくらか》話が持てた。そうして家が賑かであった。日の暮方になると、嫂は急に気を変えて、これから小石川へもちょっと寄らなければならぬからと云って、暇《いとま》を告げようとした。お作は遽《にわか》に寂しそうな顔をした。

お作は嫂を台所へ呼出して、水口の方へ連れて行って、何やら密談《ないしょばなし》を為《し》始《はじ》めた。

「お国さんは、真実《まったく》変ですよ。私何だか厭で厭で、為《し》ようがないわ。」と顔を顰《しか》めた。

「真実《ほんとう》に勝手の強そうな、厭な女だね。」と嫂も心から憎そうに言った。「でも、何時までも居る訳じゃないでしょう。私でも帰ったら、あの人も帰るでしょう。介意《かま》わないから、テキパキ極《きめ》著けてやると好い。」

「でも、宅《うち》は如何云う気なんでしょう。」

「サア、新さんが柔和《おとな》しいからね。」と嫂も曖昧な事を言った。そして溜息を吐《つ》いた。その顔を見ると、何だか望《のぞみ》少そうに見える。「お前さんは、余程《よっぽど》毅然《しっかり》しなくちゃ駄目だよ。」と言っているようにも見えるし、「あの女にゃ、如何せ敵《かな》やしない。」と失望しているようにも見える。

三、四十分、顔を突合していたが、別に如何《どう》と云う話も纏まらない。いずれその内にはお国も帰るだろうからとか、新さんだってまさか、あの人を如何しようと云う気でもあるまいから、しばらく辛抱お為《し》なさいとか、その位の事であった。

お作は嫂の口から、その事を能《よ》く新吉に話してくれと云う事を頼んだ。

「姉さんから、宅《うち》の人の料簡を訊《き》いて見て下さいよ。」と言った。

「それはお作さんから訊く方が好いわ。私がそれを訊くと、何だか物に角が立って、反《かえ》って拙《まず》かないかね。」

「そうね。」とお作は困ったような顔をする。

台所から出て来た時、お国は店に居た。新吉も店に居た。お作と嫂の茶《ちゃ》の室《ま》へ入って来る気勢がすると一緒に、お国も茶の室へ入って来た。それを機《きっかけ》に、嫂が、「どうもお邪魔を致しました……。」と暇を告げる。

「オヤ、もうお帰り。マア可いじゃ有りませんか。」お国は空々しいような言方をした。

嫂を送出して、奥へ入って来ると、未だ灯《あかり》の点《つ》かぬ部屋には夕方の色が漂うていた。

お作は台所の入口の柱に凭《より》かかって、何を思うともなく、物思に沈んでいた。裏手の貧乏長屋で、力のない赤子《あかご》の啼声《なきごえ》が聞えて、乳が乏しくて、脾弛《ひだる》いような嗄《か》れた声である。四下《あたり》は闃《ひっそり》として、他《ほか》に何の音も聞えない。お作は亡った子供の声を聞くように感ぜられて、何とも云えぬ悲しい思が胸に迫って来た。冷い土の底に、未だ死切れずに泣いているような気もした。涙がボロボロと頬に伝った。

お作は水口へ出て、しばらく泣いていた。

三三

部屋へ入って来ると、お国が精々《せっせ》と其処いらを掃出していた。「茫然《ぼんやり》した内儀さんだね。」と言いそうな顔をしている。

「あの、ランプは。」とお作がランプを出しに行こうとすると、「可《よ》ござんすよ。貴方は御病人だから。」と大きな声で言って、埃《ごみ》を掃出して了い、箒を台所の壁の処へかけて、座蒲団を火鉢の前へ敷いた。「サア、お坐んなさい。」

お作はランプを点《つ》けてから脊が低いので、それをお国にかけてもらって、「へ、へ」と人の好さそうな笑方をして、その片膝を立てて坐った。

晩飯の時、お国の話ばかり出た。小野の公判が今日ある筈だが、結果が如何だろうかと、新吉が言出した。もし長く入るようだったら、私はもう破れかぶれだ……と云うことをお国が言っていた。

「そうなれア気楽なもんだ。女一人くらい、何処へ如何転《ころが》ったって、まさか口干《ひぼし》になるようなことは有りゃしませんからね。」と棄鉢を言った。

お作は惘《あき》れたような顔をした。

「お前なんざ幸福《しあわせ》ものだよ。」と新吉はお作に言いかけた。「お国さんを御覧、添《そ》って二年になるかならぬにこの始末だろう。己なんざ、仮令《たとい》どんな事があったって、一日も女房を困らすような事を為《し》て置きやしねえ。拝んでいても好い位のもんだ。真実《まったく》だぜ。」

お作はニヤニヤ笑っていた。

飯が済んでから、お作が台所へ出ていると、新吉とお国が火鉢に差向でベチャクチャと何か話していた。お国が帰ると言うのを新吉が止めているようにも聞えるし、またその反対で、お国が出て行くまいと言って、話がごてつくようにも聞えるが、その話は大分込入《こみい》っているらしい。色々な情実が絡合《からみあ》っているようにも思える。お作は洗うものを洗ってから、手も拭かずに、しばらく考え込んでいた。と、新吉が何か憤々《ぷりぷり》して、ふいと店へ出て了ったらしい。お作が入って来た時、お国は長煙管で、スパスパと莨を喫《ふか》していた。

その晩三人は妙な工合であった。お作はランプの下で、仕事を始めようとしたが、何だか気が落著かなかった。それにしばらく俛《うつむ》いていると、血の加減か、直《じき》に頭脳《あたま》がフラフラして来る。お国に何か話しかけられても、不思議に返辞をするのが臆劫であった。

て来なかった。

新吉は湯に行くと言って出かけた限《きり》、近所で油を売っていると見えて、何時までも帰って来なかった。

十一時過に、お作は床についても、矢張《やっぱり》気が落著かなかった。それでウトウトするかと思うと、厭な夢に魘《おそ》われなどしていた。新吉とお国と枕を駢《なら》べて寝ている処を、夢に見た。側へ寄って、引起《ひきおこ》そうとすると、二人はお作の顔を瞶《みつ》めて、ゲラゲラと笑っていた。目を覚して見ると、お国は独《ひと》り離れて店の入口に寝ていた。

三四

小野の刑期が、二年と決った通知が来てから、お国の様子が、一層不穏になった。時とすると、小野の為に、恁麽《こんな》に酷《ひど》い目に逢されたのが可悔《くや》しいと云って、小野を呪うて見たり、こうなれば、私は腕一つで遣通すと言って、鼻息を荒くする事もあった。

お国にのさばられるのが、新吉に取っては、もう不愉快で堪らなくなって来た。如何かすると、お国の心持が能《よ》く解ったような気がして、シミジミ同情を表することもあったが、後からは直に、お国の我儘が癪に触って、憎い女のように思われた。お作が愚痴を零《こぼ》し出すと、新吉は何時でも鼻で遇《あしら》って、相手にならなかったが、自分の胸には、お作以上の不平も鬱積していた。

三人は、毎日不快《まず》い顔を突合して暮した。お作は、お国さえ除《の》けば、それで事は済むように思った。が、新吉はそうも思わなかった。

「如何するですね、矢張《やっぱり》当分田舎へでも帰ったら如何かね。」と新吉はある日の午後お国に切出した。

お国はその時、少し風邪の心地で、蟀谷《こめかみ》の処に即効紙《そっこうし》など貼って、取散した風をしていた。

「それでなけア、東京で何処か奉公にでも入るか……。」と新吉は何時にない冷かな態度で、「私《あっし》の処に居るのは、何時まで居ても、それは一向介意《かま》わないようなもんだがね。小野さんなんぞと違って、宅《うち》は商売屋だもんだて、何だか訳の解らない女がいるなんぞと思われても、余り体裁が好くねえしね……。」

新吉は何時からか、言《い》おうと思っている事を浚出《さらけだ》そうとした。

ずッと離れて、薄暗い処で、針仕事をしていたお作は、折々目を挙げて、二人の顔を見た。

お国は嶮相な蒼い顔をして、火鉢の側に坐っていたが、しばらくすると、「え、それは私だって考えているんです。」

新吉は、まだ一つ二つ自分の方の都合を駢《なら》べた。お国は熟《じっ》と考込んでいたが、大分経

ってから、莨を喫《ふか》し出すと一緒に、

「御心配入りません。私のことは何方《どっち》へ転んだって、体《からだ》一つですから……。」と淋しく笑った。

「そうなんだ。……女てものは重宝《ちょうほう》なもんだからね。その代り何処へ行くと云うことが決れば、私《あっし》もそれは出来るだけの事は為《す》る心算《つもり》だから。」

お国は黙って、釵《かんざし》で自棄《やけ》に頭を掻いていた。晩方飯が済むと、お国は急に押入を開けて、行李の中を掻廻していたが、帯を締直して、羽織を著替えると、二人に更《あらたま》った挨拶をして、出て行こうとした。

その様子が酷く落著払っていたので、新吉も多少不安を感じ出した。

「何処へ行くね。」と訊いて見たが、お国は、「え、ちょいと。」と言った限《きり》、ふいと出て行った。

新吉もお作も、後で口を利かなかった。

三五

高ッ調子のお国が居なくなると、宅《うち》は水の退《ひ》いた様にケソリとして来た。お作は場所《ばしょ》塞《ふさげ》の厄介物を攘《はら》った気で居たが、新吉は何となく寂し相な顔をしていた。お作に対する物の言振にも、妙に角が立って来た。お国の行先について、多少の不安もあったので、帰って来るのを、心待に待ちもした。

が、翌日も、お国は帰らなかった。新吉は帳場にばかり坐込んで、往来に差す人の影に、鋭い目を配っていた。偶《たま》に奥へ入って来ても、不愉快そうに顔を顰《しか》めて、碌々坐りもしなかった。

お作も急に張合が無くなって来た。新吉の顔を見るのも切《せつ》ないようで、出来るだけ側に寄らぬ様にした。昼飯の時も、黙って給仕をして、黙って不旨《まず》ッぽらしく箸を取った。新吉がふいと起って了うと、何と云うことなし、ただ涙が出て来た。二時頃に、お作はちょくちょく著に著更《きが》えて、出難《でにく》そうに店へ出て来た。

「あの、ちょっと小石川へ行って来ても可《よ》うございますか。」と怵々《おずおず》云うと、新吉はジロリとその姿を見た。

「何か用かね。」

お作は明白《はっきり》返辞も出来なかった。

出ては見たが、何となく足が重かった。叔父に厭な事を聞かすのも、気が進まない。叔父に色々訊《き》かれるのも、厭であった。叔父の処へ行けないとすると、差当り何処へ行くと云う的《あて》もない。お作はただフラフラと歩いた。

表町を離れると、其処は激しい往来であった。外は大分春らしい陽気になって、日の光も目眩《まぶし》い位であった。お作の目には、坂を降りて行く、幾組かの女学生の姿が、如何にも快活そうに見えた。何を考えるともなく、歩《あし》が自然《ひとりで》に反対の方向に嚮《む》いていたことに気がつくと、急に四辻の角に立停《たちどま》って四下《あたり》を見廻した。

何だか、元《も》と奉公していた家《うち》が可懐《なつか》しいような気がした。始終拭掃除をしていた部屋のちんまりした様子や、手懸けた台所の模様が、目に浮んだ。何処かに中国訛のある、優しい夫人の声や目が憶出《おもいだ》された。出る時、赤子であった男の子も、もう大《おお》くなったろうと思うと、その成人振も見たくなった。

お作は柳町まで来て、最中《もなか》の折を一つ買った。そうしてそれを風呂敷に包んで、一端《いっぱし》何か酬いられたような心持で、元気よく行出《あるきだ》した。

西片町界隈は、古いお馴染《なじみ》の町である。この区域の空気は一体に明るいような気がする。お作は櫻《かなめ》の垣根際を行《ある》いている幼稚園の生徒の姿にも、一種の可懐《なつか》しさを覚えた。此処の桜の散る頃の、遣瀬《やるせ》ないような思も、胸に湧いて来た。

家は松木と云って、通を少し左へ入った処である。門から直《じき》に格子戸で、庭には低い立木の頂《いただき》が、スクスクと新しい塀越に見られる。お作は以前愛された旧主の門まで来て、ちょっと躊躇した。

三六

門のうちに、綺麗な腕車《くるま》が一台供待《ともまち》をしていた。

お作は蓊鬱《こんもり》した杜松《ひば》の陰を脱けて、湯殿の横からコークス殻《がら》を敷いた水口へ出た。障子の蔭から窃《そっ》と台所を窺《のぞ》くと、誰もいなかったが、台所の模様は多少《いくらか》変っていた。瓦斯《ガス》など引いて、西洋料理の道具などもコテコテ並べてあった。自分の居た頃から見ると、何処か豊そうに見えた。

奥から子供を愛《あや》している女中の声が洩れて来た。夫人が誰かと話している声も聞えた。客は女らしい、華やかな笑声もするようである。

しばらくすると、束髪に花簪《はなかんざし》を挿して、整然《きちん》とした姿をした十八、九の女が、ツカツカと出て来た。赤い盆を手に持っていたが、お作の姿《なり》を見ると、丸い目をクルクルさせて、「誰方《どなた》?」と低声《こごえ》で訊いた。

「奥様在《いらっ》しゃいますか。」とお作は赤い顔をして言った。

「え、在しゃいますけれど……。」

「別に用はないんですけれど、前《ぜん》におりましたお作が伺ったと、そう仰《おっしゃ》って……。」

「ハ、さよでございますか。」と女中はジロジロお作の様子を見たが、盆を拭いて、それに小さいコップを二つ載せて、奥へ引込んだ。

しばらくすると、二歳《ふたつ》になる子が、片言交《かたことまじ》りに何やら言う声がする。咲割《えみわ》れるような、今の女中の笑声が揺れて来る。その笑声には、何の濁《にごり》も蟠《わだかま》りもなかった。お作はこの暖かい邸で過した三年の静かな夢を憶出《おもいだ》した。

奥様は急に出て来なかった。大分経ってから、女中が出て来て、「あの、此方《こちら》へお上んなさいな。」

お作は女中部屋へ上った。女中部屋の窓の障子の処に、凸凹の鏡が立懸けてあった。白い前垂や羽織が壁に懸っている。しばらくすると、夫人がちょっと顔を出した。瘦《やせ》ぎすな、顔の淋しい女で、此頃殊に毛が抜上ったように思う。お作は平《ひらた》くなってお辞儀をした。

「この頃は如何ですね。商売屋じゃ、随分気骨が折れるだろうね。――お前何だか顔色が悪いようじゃないか。病気でもお為《し》かい。」と夫人は詞《ことば》をかけた。

「え……。」と云ってお作は早産のことなど話そうとしたが、夫人は気忙《きぜわ》しそうに、「マア寛《ゆっく》り遊んでおいで。」と言棄てて奥へ入った。

しばらく女中と二人で、子供を彼方《あっち》へ取り此方《こっち》へ取りして、愛《あや》していた。子供は乳色の顔をして、能《よ》く肥《ふと》っていた。先月中小田原の方へ行って居て、自分も伴をしていたことなぞ、お竹は気爽《きさく》に話出した。話は罪のない事ばかりで、小田原の海が如何だったとか、梅園がこうだとか、何処のお嬢さまが遊びに来て面白かったとか……お作は浮《うわ》の空で聞いていた。

外へ出ると、其処らの庭の木立に、夕靄が被《かか》っていた。お作は新坂をトボトボと小石川の方へ降りて行った。

三七

帰って見ると、店が何だか紛擾《ごたごた》していた。何時も能く来る、赭《あか》ちゃけた髪毛《かみのけ》の長く伸びた、目の小さい、鼻の夷《ひしゃ》げた汚い男が、跣足《はだし》のまま突立って、コップ酒を呷《あお》りながら、何やら大声で怒鳴っていた。小僧達の顔を見ると、一様に不安そうな目色をして、酔漢《よっぱらい》を見守っている。奥の方でも何だかごてついているらしい。上口《あがりぐち》に蓮葉な脱方《ぬぎかた》をしてある、籐表の下駄は、お国のであった。

「お国さんが帰って?」と小僧に訊くと、小僧は、「今帰りましたよ。」と胡散臭《うさんくさ》い目容《めつき》でお作を見た。

私《そっ》と上って見ると、新吉は長火鉢の処に立膝して莨を吸っていた。お国は奥の押入の前に、行李の蓋を取って、これも片膝を立てて、目に殺気を帯びていた。お作の影が差しても、二人は見て見ぬ振をしている。

新吉はポンポンと煙管を敲《たた》いて、「小野さんに、それじゃ私《あっし》が済まねえがね……。」と溜息を吐《つ》いた。

「新さんの知ったことじゃないわ。」とお国は赤い胴著のような物を畳んでいた。髪が昨日《きのう》よりも一層強《きつ》い紊方《みだれかた》で、立てた膝のあたりから、友禅の腰巻などが媚《なま》めかしく零《こぼ》れていた。

「私や私の行き処へ行くんですもの。誰が何と言うもんですか。」と凄じい鼻息であった。

お作は茫然《ぼんやり》入口に突立っていた。

「それも、東京の内なら、私《あっし》も文句は言わねえが、何も千葉くんだりへ行かねえだって……。」と新吉は少し激したような調子で、「千葉は何だね。」

「何だか、私も知らないんですがね、私もとても、東京で堅気の奉公なんざ出来やしませんから……。」

「それじゃ千葉の方は、お茶屋ででもあるのかね。」

お国は黙っている。新吉も黙って見ていた。

「私の体なんか、何処へ如何流れて如何なるか解りゃしませんよ。一つ体を沈めて了う気になれア、気楽なもんでさ。」とお国は投出すよう言出した。

「だけど、何も、それ程までに為《せ》んでも……。」と新吉はオドついたような調子で、

「そう棄鉢になることもねえ訳だがね。」と同じような事を繰返した。

「それア、私だって、何も自分で棄鉢になりたかないんですわ。だけど、如何《どう》云うもんだか、私アそうなるんですのさ。小野と一緒になる時なぞも、もう丁《ちゃん》と締る心算《つもり》で……。」とお国は口のなかで何やら言っていたが、急に溜息を吐《つ》いて、「真実《ほんとう》に放抛《うっちゃ》っておいて下さいよ。小野の処から訊いて来たら、何処へ行ったか解らない、とそう言ってやって下さい。この先は如何なるんだか、私にも解らないんですから。」

「じゃ、マア、行くんなら行くとして、今夜に限《かぎ》ったこともあるまい。」

店が遽《にわか》にドヤドヤして来た。酔漢《よっぱらい》は、咽喉を絞るような声で唄出した。

三八

しばらくすると、食卓《ちゃぶだい》がランプの下に立てられた。新吉は連《しきり》に興奮した様な調子で、

「酒をつけろ酒をつけろ。」とお作に呶鳴った。

「それじゃお別れに一つ頂きましょう。」お国も素直に言って、其処へ来て坐った。髪を撫《な》でつけて、キチンとした風をしていた。お作はこの場の心持が、能く呑込めなかった。

お国が何処へ何為《なにし》に行くかも能く解らなかった。新吉に叱られて、無意識に酒の酌などして、傍《そば》に畏《かしこ》まっていた。

お国は険《けわ》しい目を光らせながら、グイグイ酒を飲んだ。飲めば飲むほど、顔が蒼くなった。外眦《めじり》が少し釣上って、蟀谷《こめかみ》の処に脈が打っていた。唇が美しい潤を有《も》って、頬が削《こ》けていた。

新吉は赤い顔をして、俛《うつむ》きがちであった。お国が千葉のお茶屋へ行って、今夜のように酒など引被《ひっかぶ》って、棄鉢を言っている様子が、歴々《ありあり》目に浮んで来た。頭脳《あたま》がガンガン鳴って、心臓の鼓動も激しかった。が、胸の底には、冷いある物が流れていた。

「新さん、じゃ私これでおつもりよ。」とお国は猪口を干して渡した。

お作が黙ってお酌をした。

「お作さんにも、大変お世話になりましたね。」とお国は言出した。

「いいえ。」とお作はオドついたような調子で言う。

「彼方《あちら》へ行ったら、ちっとお遊びに入らして下さい……と言いたいんですけれどね、実は私は姿を見られるのも極《きまり》が悪い位の処へ行くんですの。これッきり、もう誰方《どなた》にもお目にかからない積《つもり》ですからね。」

お作はその顔を見あげた。

酔漢《よっぱらい》はもう出たと見えて、店が森《しん》としていた。生温《なまぬる》いような風が吹く晩で、凝《じっ》としていると、澄切った耳の底へ、遠くで打っている警鐘の音が聞えるような気がする。かと思うと、それが裏長屋の話声で消されて了う。

「ア、酔った！」とお国は燃えている腹の底から出るような息を吐いて、「じゃ新さん、ここで綺麗にお別れにしましょう。酔った勢でもって……。」と帯の折れていた処を、キュと仕扱《しご》いてポンと敲《たた》いた。

「じゃ、今夜立つかね。」新吉は女の目を瞶《みつ》めて、「私《あっし》送っても可《い》いんだが……。」

「いいえ、そうして頂いちゃ反って……。」お国はもう一度猪口を取りあげて無意識に飲んだ。

お国は腕車《くるま》で発《た》った。

新吉はランプの下に大の字になって、しばらく寝ていた。お国が未だ居るのやら居ないのやら、解らなかった。持って行き処のない体《からだ》が曠野《あれの》の真中《まんなか》に横《よこたわ》っているような気がした。

大分経ってから、掻捲を被《き》せてくれるお作の顔を、ジロリと見た。

新吉は引寄せて、その頬にキッスしようとした。お作の頬は氷のように冷かった。

＊　＊　＊

「開業三周年を祝して……」と新吉の店に菰冠《こもかぶり》が積上られたその秋の末、お作はまた身重になった。

解　説

佐伯一麦

今回、ひさしぶりに「あらくれ」「新世帯」を再読しながらしばしば思い浮かべたのは、徳田秋声を「日本の『最高のもの』に通じた作家」として尊んだ川端康成が以前の解説で述べていたこんな感想である。

〈私はこの「解説」を書くために、まず「あらくれ」から読みはじめたところが、すらすらとは進まないし、注意を集めて向っていないとのみこみにくいしで、思いのほか時日をついやした。私の耄碌《もうろく》のためではあるまい。作品の密度のためであろう。秋声は「作品の密度」と、よく言った。「あらくれ」が速く軽くは読めないように、秋声は楽に読めない作家であるらしい。〉

まさしく同様の思いを抱きつつ、じっくりとゆっくりと読み進めることとなったが、それはもとより苦痛ではなく、とくに、目の詰まった密度の濃い文章で女主人公お島の特異な半生が綴られた、自然主義文学の代表作の一つとされる「あらくれ」を味読することは、身体の隅々の毛細血管にいたるまで血がめぐり、こわばった神経が揉みほぐされていくような体感をもたらした。

長篇小説「あらくれ」は、大正四(一九一五)年、秋声四十三歳の一月十二日から七月二十四日まで『読売新聞』に連載され、同年の九月に単行本として刊行された。

まず、冒頭の一にある、お島が七歳の秋の末の晩方に、昔気質の律儀な父親に手を引かれて辿り着いた隅田川のほとりの風景が描かれた文章、

——お島はその時、ひろびろした水のほとりへ出て来たように覚えている。それは尾久の渡しあたりでもあったろうか、のんどりした暗碧《あんぺき》なその水の面《おも》にはまだ真珠色の空の光がほのかに差していて、静かに漕《こ》いでゆくさびしい舟の影が一つ二つみえた。岸には波がだぶだぶと浸って、怪獣のような暗い木の影が、そこにゆらめいていた。お島の幼い心も、この静かな景色をながめているうちに、頭のうえから爪先《つまさき》まで、一種の畏怖《いふ》と安易とにうたれて、黙ってじっと父親のやせた手にすがっているのであった。

これを、じっさいに声には出さないまでも、一字一句もゆるがせにせずに頭の中で音にして、読んでみてほしい。明治とおぼしい時代の出来事が、令和の読者に対しても、自分の古層に潜んでいた無意識を目の当たりにさせられたような思いにいざなうのではないだろうか。「ひろびろした」「のんどりした」「だぶだぶと」「じっと」という、近代的な理性からは潔癖に排されがちなオノマトペも、音声が聞こえてくるとともに、庶民の情念を表すのに効果を上げている。ほかにも、「こてこて受ける」「うそうそそばへ寄って来た」「いらいらしい目」「がしゃがしゃ働いていた」「ぞべらぞべらした日本服」……といった、類型的ではなく、独特の活きた感じがあるオノマトペの多用は、本作にかぎらず、浄瑠璃の影響を受けているとされる秋声の散文全般に見られる特色の一つである。

このときお島は、「深い憎しみを持っている母親の暴《あら》い怒りと惨酷な折檻《せっかん》からのがれるために」父親とともに彷徨《さまよ》っていたのだった。父親はおそらく、お島を捨てにきたのだろうが、あるいは殺そうとしていたのかもしれない。お島は「水を見ている父親の暗い顔の底に、ある恐ろしい惨忍な思いつきが潜んでいるのではないかと、ふと幼心に感づいて、おびえた。父親の顔には悔恨と懊悩《おうのう》の色が現われていた」と暗示されているからである。

母恋いが描かれることが多い日本文学の中で、継子いじめの説話はあっても、当時はまだ農村地帯だった王子の近くの、昔は庄屋だった大きな植木屋に生まれ、赤子のおりから里にやられて、家に引き取られてからも気強い母親に疎まれがちで、「小さい手に焼け火箸《ひばし》を押しつけられ」るほどの惨酷な折檻を実母から受ける、というような境遇を描いたものは少ないのではないだろうか。状況はことなるものの、富士川のほとりで三つばかりの捨子が泣いているのに出くわして、「いかにぞや、汝ちゝに悪《にく》まれたるか、母にうとまれたるか。ちゝは汝を悪《にくむ》にあらじ、母は汝をうとむにあらじ。唯これ天にして、汝が性のつたなきなけ」と袂より喰物を投げて通った芭蕉の『野ざらし紀行』の一節が思い浮かぶぐらいだ。

もっとも、捨て子については、「お前はこの家の子ではない。橋の下から拾われてきた子だ」というように、実の親が子をからかう民間伝承が日本各地にあったことが知られており、昭和三十年代に生まれた解説者にも身に覚えがある。日本には昔から「ひろいおや」といわれる俗習があり、生まれたての子を仮に辻や家の前に捨てて、あらかじめ頼んでおいた人に拾ってもらって仮親となってもらう、というようなことが行われていた。それは、両親のどちらかが厄年にあたっていたり、また親の悪い条件が嬰児に影響するのを恐れて、仮に親子の縁を切るまじない行為で、産児の健全な成育を祈るためになされたのである。その呪術的慣習としての捨て子が、いつしか言葉だけによる真似に変化していったのではないか、と考えられる。とはいえ、そうした俗習が生まれるには、かつては子供を里子に出したり、養子をもらったりすることが珍しくなかった、という時代背景も関わっているにちがいない。

じつは秋声自身も、まだ母の胎内にいたころには、産まれ落ちたら農家へくれてやられる約束になっていたものの、いざ産まれてみると、父親が不憫がって渡さなかったということが、秋声研究では欠かせない二つの基礎資料といえる野口冨士男『徳田秋聲伝』、松本徹『徳田秋聲』双方ともの記述に見られる。

秋声こと徳田末雄は、明治四(一八七一)年十二月二十三日に、旧加賀藩の家老横山家の家人であった徳田十右衛門の長子、雲平と四番目(三番目としている説もあるが、ここでは松本徹氏による周到な調査に拠る)の妻タケとの間に生まれた。その年の七月には廃藩置県が行われて、没落士族の家庭は経済的危機に見舞われることとなり、その中で異母兄弟姉妹六番目の子供であり、三男だった秋声は、「宿命的に影の薄い生をこの世に享けて来たのであった」と、後年になって自伝的小説『光を追うて』の中で書いている。

古い民間伝承につながるような主人公お島の生い立ちから始まる発端部分は、そうした秋声の幼年期の心情が反映しているとも読み取れる(もっとも、秋声自身は、病弱で気が弱かったこともあり、父親や異母兄姉たちからは愛情を注がれたようで、とくに姉の仲間たちと遊び耽ることが多かったといい、後に触れるが、そのことが作家となってからのすぐれた女性描写に繋がっているかもしれない)。

お島は、偶然に「渡し場でその時行きあった父親の知り合いの男の口入れで」、紙漉場を持つ富裕な養家に貰われていく。そして、その養家にもまた、一夜の宿を求めた一人の六部(行脚僧)が「貰い多くの小判」を残して立ち去ったという作り物語めいた話があった。実際は、六部が泊まった夜に急病で落命し、死んだ彼の懐にあった小判を養父母がそっくり自分のものとしたらしく、あるいはそのために六部を殺害した疑いも拭えない。

だが小説は、お島が、六部の泊まったという仏壇のある薄暗い八畳を通る度に、「身うちが慄然《ぞっ》とするような事があった」とはされても、古風な因縁話に陥るわけではない。また、先のお島自身の実父母との軋轢も、それにことさら拘泥するのではなしに、どうせ望まれない生存ならば、自分だけの力で生き抜いてみよう、というような他人の思惑を気にせず恐れを知らぬ行動力の源泉となっていくのである。

それ以降のあらすじを松本徹氏の記述を参照しつつまとめると、大まかに四つのパートに分けることができる。

――養家で荒仕事を好む働き者に成長したお島は、養父母の甥の作男で、のそのそしている作太郎との結婚を強要されて、怒って逃げ出す。(二七まで)

お島は実家で肩身の狭い日々を送った後、十歳近くも年上の鑵詰屋の鶴さんの後妻となるが、色白で目鼻立ちのやさしい鶴さんの浮気に苦しみ、胎児の父親を疑われたこともあって実家に戻り、母親との諍《いさか》いで流産し、鶴さんとは別れてしまう。(四五まで)

北関東の山国で漂浪の生活を続けている兄に誘われてお島は手伝いに出かけるが、兄の借金のかたとして置き去りにされ、やむなく旅館浜屋で働き出し、病身の妻を持つ色の小白い面長な優男の主人と深い仲になったところを、噂を聞きつけた律儀な父親に連れ戻される。(六一まで)

お島が預けられた、裁縫をしている伯母のもとで、若い裁縫師の小野田を知り、一緒に独立して洋服屋を開くが、のっしりしたいかつい小野田の腕が悪く怠け者であることと、お島の無計画ぶりもあって、三度店を潰し、四度目にようやく店を軌道に乗せ、お島は洋装で自転車を乗り回して活発に働くようになる。そのいっぽうで、遊び人風となっていく小野田との夜が耐えられなくなり、お島は浜屋を訪ねて行くが、主人は事故で急死したあとで、近場の温泉宿に落ち着いた彼女は、心を移すようになった店の職人と

小僧を呼び寄せて、小野田と別れて独立するかもしれないことをほのめかす。(最終回一一三まで)

作は、やや唐突な印象があるものの、余情を残したままに締めくくられ、このあたりも、秋声文学が庶民の無理想、無解決を体現していると言われるゆえんだろう。

作中には、浜屋の主人と交情を持った翌朝のお島の描写(五四)にみられる省略の巧みさなど、影響を受けたにちがいない川端康成の『雪国』のおぼめかしの技巧を先取りしている箇所がある。また、男勝りで勝ち気だと評されることの多いお島だが、たしかに負けず嫌いな性格ではあるものの、小学校すら卒業していない境遇ながら、親の財産を当てにしたり、男の庇護を受けることなく、男とも対等の立場をつらぬき、失敗はしても誰にも迷惑をかけたくない、という生き方を通しているのであり、実母をはじめ周りは自分の欲が強い人たちの中にあって、幼い頃から人のためにつくす働き者で、養父母の肩を揉み、植木屋の植源の隠居の足腰をさすって寝かしつけてやるような性質を併せ持っていることにも作者がちゃんと目を配らせている点など、お島を扁平的な性格付けだけで描くのではなしに、多面的な球体人物として捉えており、小説の生命である細部の読みどころにも充ちている。

解説者として特に指摘しておきたいのは、水のイメージが、作中にさまざまに形を変えて変奏され、その自然描写に導かれるようにして、冒頭の水のほとりでお島がうたれた畏怖と安易の相反した感情が反復される表現の見事さである。

その晩は月はどこの森の端《は》にも見えなかった。深く澄みわたった大気の底に、銀《ぎん》梨地《なしじ》のような星影がちらちらして、水藻《みずも》のような蒼《あお》い濛靄《もや》が、一面に地上から這《は》いのぼっていた。思いがけない足もとに、濃い霧を立てて流れる水の音が、ちょろちょろと聞こえたりした。お島はこの二、三日、気が狂ったような心持ちで、あらん限りの力を振り絞って、母親とたたかって来た自分が、不思議なように考えられた。（二一六）

赤い山躑躅《やまつつじ》などの咲いた、その崖《がけ》の下には、迅《はや》い水の瀬が、ごろごろころがっている石や岩に砕けて、水沫《しぶき》を散らしながら流れていた。危うい丸木橋が両側の巌鼻《いわはな》に架け渡されてあった。お島はどこか自分の死を想像させるような場所をのぞいてみたいような、いたずらな誘惑にそそられて、そこへ降りて行ったのであったが、流れの音や、あたりの静けさが、次第にもどかしいような彼女の心をなだめて行った。（二六〇）

お島は死に場所でも捜しあるいている宿なし女のように、橋のたもとをぶらぶらしていたが、時々欄干にもたれて、争闘につかれたからだに息をいれながら、ぼんやりたたずんでいた。寒い汐風《しおかぜ》が、蒼《あお》い皮膚を刺すようにしみとおった。

やがてほの暗い夜の色が、縹渺《ひょうびょう》とした水のうえに這《は》いひろがって来た。そしてそこを離れるころには、気分の落ち着いて来たお島は、腰の方にまたはげしい疼痛《とうつう》を感じた。(七四)

バイタリティ溢れ、負けん気の強いお島にはモデルがあったことが当初から知られており、野口冨士男の調査によれば、秋声夫人はまの実弟である小沢武雄の配偶者になった鈴木ちよという女性だという。そして、ラストに名前も与えられずに「若い職人」としてだけ出てくるのが小沢武雄だというわけである。秋声自身は、「あらくれ」についてこう述べている。

――『あらくれ』は初め『野獣の如く』という題で書きたいと思って居たのを、書く間際になってから変えたのだ。あの材料に就いては大分空想じみたことを考えていた。つまり現代の極く神経の荒っぽい、人情を解さない――世間の義理人情と云うようなことは少しも頓着もなく、絶えず活動して行く人間を書こうとしたのだ。そういう人間は実際にあまり無い。けれども私は自身の生活の煩わしいところから、そういう点に憧憬を感じていたので、其処へあの主人公のモデルにした女が、いくらかそう云う傾きの女なので、つまり私はその女に自分の憬憬（＊解説者註　憧憬か）をあてはめて書こうとしたのだ。然し実際書いてみると、私の所期は二三しか成功していない。初め「野獣の如く」という題で書こうとしたものとは離れて、書いていく中に、余り事実に即《つ》き過ぎてしまった。

自分の憧憬をあてはめて書こうとしたというのは、冒頭の水辺のシーンをはじめ、鑵詰屋の鶴さんの後妻となった後、旅館浜屋の主人と関係を持ち、父親に連れ戻されるところまでの、ちょうど作品の半分ほどにあたる六一までは、作者の想像も織り交ぜられているらしい語りにふくらみがあり、たしかにその趣が感じられる。それが、小野田と知り合ってからの後半は、モデルや周囲から聞かされた話が主体となって事実を追いかけるに忙しく、語りもお島に即き過ぎた感は否めない。とはいえ、男尊女卑が当たり前だった時代に、対等に男と渡り合い、性懲りもなく浮き沈みを繰り返すお島の行動から、こんな女性もいたのか、と読者が目を離せない思いとなることもたしかである。最後の作で未完に終わった『縮図』の主人公のモデルとなった小林政子が白山にひらいた芸者屋に出入りして、「ゆかたの袖を肩へたぐしあげて、熱心にそろばんをはじいて」いる、融通無碍ともいえる晩年の秋声の姿を林芙美子が紹介しているように、幼少期から女性の前でも分け隔てなくくつろぐことができた秋声だからこそ、ざっくばらんな身の上話を聞き取ることが可能だったのだろう。

その話は、ストーリーはあってもプロットがない、という印象を受ける。大岡昇平『現代小説作法』によれば、プロットはふつう「筋」と訳されることが多く、ストーリーと混同されがちだが、ほんらいは「計略」という意味を持ち、「筋立」「仕組」と訳すのが適切だという。つまり、ストーリーは時間の順序にしたがって物語るが、プロットは物語の順序をあらかじめ仕組み、伏線を張る。人生のあるがままはストーリーしか持たないが、それが小説に書かれるときには、読者を満足させるために通例はプロットの技術が用いられる。それは、現代のほとんどの小説はもとより、夏目漱石の小説にも見られる傾向であり、秋声と同じく自然主義文学者といわれる島崎藤村の小説もプロットを立てて書かれている。

夏目漱石は「あらくれ」について、

〈『あらくれ』は何処をつかまえても嘘らしくない。此嘘らしくないのは、此人の作物を通しての特色だろうと思うが、世の中は苦しいとか、穢わしいとか――穢わしいでは当らないかも知れない。女学生などの用いる言葉に「随分ね」と云うのがある。私はその言葉をここに借用するが、つまり世の中は随分なものだというような意味で、何処から何処まで嘘がない。（中略）

つまり徳田氏の作物は現実其儘を書いて居るが、其裏にフィロソフィーがない。（中略）初めから或るアイデアがあって、それに当て嵌めて行くような書き方では、不自然の物となろうが、事実其の儘を書いて、それが或るアイデアに自然に帰着して行くと云うようなものが、所謂深さのある作物であると考える。徳田氏にはこれがない〉（「文壇のこのごろ」）

と手厳しい感想を述べている。

英文学に学んだ漱石は、プロットが小説を活かすことを知悉していたからこそ、「初めから或るアイデアがあって、それに当て嵌めて行くような書き方では、不自然の物となろうが」と断ってはいるものの、プロットのない秋声の書き方では、嘘がないのはわかるとしても、読者を深く納得させることができない、というのだろう。これに対して秋声は、漱石の「あらくれ」批判について直接ではないが、後年になって、作家生活五十年祝賀会の感想を綴った「祝賀会の後」という文章にこう記している。

――私は芸術に哲学が不要だとは言わない。学問が無用だとも思わない。ただそういうもののために累されて、真の人間を見ることのできないものには共鳴することが出来ないと言うにすぎない。

プロットを重視した小説には、ある納得のさせられ方はあるが、ときとして登場人物の行動がわざとらしかったり、筋に奉仕した操り人形じみていることも否めない。いっぽう「あらくれ」のお島の行動に、読者は納得はさせられないかもしれないが、そうした人間がいる実在感はよく伝わってくる。漱石のもっとも自然主義的な作である『道草』での健三の妻の描かれ方をみれば、実在する人間としての女の描き方は秋声に分がありそうだ。漱石も養子に出され、実父と養父の対立に翻弄されて、学問によってその境遇から抜け出ようともがいたのが漱石の文学であるとすれば、秋声はそうした境遇をあるがままにみとめた。

本作の基底に、自然主義文学の特徴である、人生の暗い面があるがままに見据えられてはいることは疑えないものの、そこから転じた、旧来の形には嵌まらない市井の人物像が、明治三十年代中頃から大正を迎える頃までの西洋化——罐詰屋、洋服屋などの新しい職業や、ミシン、アイロン、自転車などの新製品、日露戦争や博覧会などで沸き立つ社会背景——と相まって、活き活きとした文章で捉えられていることが、現代でも読みつがれる最大の魅力だと思われる。その上で、翻って言えば、すっかり西洋化して根を無くしていると見える現代の人間にあっても、じつは親や祖父母、先祖たちの生存の暗さ、後ろ暗さとけっして無縁ではないことを探り当てること、そして、繋累を断ち切って、単身で身を起こそうとするときには、お島の困難は、けっして他人事では済まされない、古さの中にそうしたいまに繋がる新しさの萌芽を見出すこと、それが、いまに秋声の自然主義文学を読む意味だと言えるのではないか。

最後に付け加えると、とくに年若い読者には、昭和三十二(一九五七)年に成瀬巳喜男監督によって撮られ、高峰秀子主演で映画化された『あらくれ』を観てみることをぜひすすめたい。解説者もインターネットの映画配信で観て、畏怖と安易の心理的な葛藤を画面で描くことは難しく、脚本で設定が変えられているところもあるものの、ところどころに流れる物売りの声など、生まれる以前の見知らぬ風俗や、抑揚をともなったかつての日本語の話し言葉に触れることができて、小説の理解に大いに役立ったからである。

ちなみに、大正十三(一九二四)年に北海道で生まれた高峰秀子も、養女に出されたという境遇がお島とだぶり、「あらくれ」の撮影中に、「丸まげに縞柄の衣装でセットの帳場机の前に座ったとき、私は突然、隙間風がしのび入るように生母イソを思い出したことがある」(『わたしの渡世日記』)と述懐していた。

＊

もう一つの収録作「新世帯」は、明治四一(一九〇八)年十月十六日から十二月六日にかけて、高浜虚子の依頼によって『国民新聞』に連載された中篇小説で、秋声が自然主義作家と見なされる契機となった作品である。

秋声がかつて住んでいた新開地の若い酒屋夫婦をモデルとした話で、小僧から修行して暖簾分けされて店を出す、険しいほどの働き者の主人の淋しげな活力というものに、見覚えがある心地がして、自ずと目が留まる。そして、肯定も否定も、そもそも不可能と思われるような己の出自、お里を突きつけられ、親、そのまた親たちの流動や営為の結果として、己が今この世にあること、子の親でもあることの不思議さと、それゆえのある充実した感じとしかいいようのないものを思っては嘆息させられる。いまでも、世帯を構える、という言い方があるが、婚姻によってではなく、働きによって生活が成り立ってはじめて世帯となり、それもまたなかなか定まらない、ということを描き得た小説だといえるだろう。

さらにまた、妻のお作が出産のために国元へ帰ったところに、罪を犯して入獄した友人の妻お国が、新吉のところへと転がり込んでくる。女房気取りでまめまめしく立ち働くお国は、「あらくれ」のお島の原型のようにも読める。

「人間の生活は総て相対的である。芸術も元来相対性のものである。絶対へ行こうとすれば、行詰まるに決まっている」と述べた秋声は、人間の無根拠な生を凝視した作家だった。

略年譜

明治四（一八七一）年

12月23日　石川県金沢市横山町に、父・徳田雲平の三男、六番目の子として生まれる。本名・末雄。母タケは、雲平の四番目の妻であった。

明治十七（一八八四）年　13歳

金沢区高等小学校に入学。

明治十九（一八八六）年　15歳

春　石川県専門学校（後、第四高等中学校（旧制四高の前身））に入学。

明治二十四（一八九一）年　20歳

第四高等中学校中退。

明治二十五（一八九二）年　21歳

3月　桐生政次（悠々）と共に上京。

明治二十六（一八九三）年　22歳

投稿した「ふゞき」が『葦分船』一・三月号に掲載された。4月　帰郷。北陸自由新聞社に出入りする。

明治二十八(一八九五)年 24歳

1月　再び上京。4月　博文館に入社。6月　泉鏡花の紹介で紅葉の門下に入る。

明治二十九(一八九六)年 25歳

8月　「藪かうじ」を『文芸倶楽部』に発表。文壇第一作となる。

明治三十二(一八九九)年 28歳

12月　紅葉の推薦で読売新聞社に入社。

明治三十三(一九〇〇)年 29歳

8月　「雲のゆくへ」を『読売新聞』に連載。泉鏡花、小栗風葉、柳川春葉とともに紅葉門下の四天王として認められるようになる。

明治三十四(一九〇一)年 30歳

4月　読売新聞社退社。9月　『雲のゆくへ』(春陽堂)刊行。

明治三十五(一九〇二)年 31歳

7月頃　小沢はまと結婚生活が始まる。

明治三十九(一九〇六)年 35歳

晩春、本郷区(現、文京区本郷)森川町一番地に転居、ここで生涯を過ごした。

明治四十一(一九〇八)年 37歳

10月　高浜虚子の勧めで『国民新聞』に「新世帯」を連載開始(16日から12月6日まで)。

明治四十二(一九〇九)年　38歳

9月　『新世帯』(新潮社)刊行。

明治四十四(一九一一)年　40歳

8月　夏目漱石の推薦で「黴」を『東京朝日新聞』に連載(1日から11月3日まで)。

明治四十五・大正元(一九一二)年　41歳

1月　『黴』(新潮社)刊行。4月　『足迹』(新潮社)刊行。

大正二(一九一三)年　42歳

7月　『爛』(新潮社)刊。

大正四(一九一五)年　44歳

1月　「あらくれ」を『読売新聞』に連載開始(12日から7月24日まで)。9月　『あらくれ』(新潮社)刊。

大正九(一九二〇)年　49歳

11月　『或売笑婦の話』(日本評論社)刊。

大正十五・昭和元(一九二六)年　55歳

1月　妻・はま死去。弟子の山田順子との交際が始まる。

昭和八（一九三三）年　62歳
3月　「町の踊り場」を『経済往来』に発表。
昭和十（一九三五）年　64歳
7月　「仮装人物」を『経済往来』に連載開始（昭和十三年8月まで）。
昭和十一（一九三六）年　65歳
3月　『勲章』（中央公論社）刊。10月　『秋声全集』（全十四巻＋別巻一、非凡閣）刊行開始（昭和十二年12月完結）。
昭和十三（一九三八）年　67歳
12月　『仮装人物』（中央公論社）刊。
昭和十六（一九四一）年　70歳
6月　28日から「縮図」を『都新聞』に連載を始めるが、情報局の干渉にあい、9月15日に、八十回で中断する。
昭和十八（一九四三）年　享年、満71歳。
11月18日　死去。
平成九（一九九七）年
11月　『徳田秋声全集』（全四十二巻＋別巻一、八木書店）の刊行開始（平成十八年7月完結）。

平成十七（二〇〇五）年

4月　徳田秋聲記念館が開館。

作成に当たり、「年譜」（榎本隆司・徳田一穂編、『徳田秋声集』（筑摩現代文学大系10）、筑摩書房、一九七七年）、「徳田秋聲年譜」（徳田秋聲記念館総合図録『秋聲』）を参照した。

（岩波文庫編集部）

〔編集附記〕

一　本書に収録した作品は、『あらくれ』(岩波文庫、改版一九七二年九月)、『新世帯・足袋の底——他二篇』(同、一九五五年十一月)を底本とした。

一　原則として漢字は新字体に、仮名づかいは現代仮名づかいに改めた。

一　漢字語のうち、使用頻度の高い語を一定の枠内で平仮名に改めた。平仮名を漢字に変えることは行わなかった。

一　明らかな誤記・誤植は訂正した。

一　漢字語に、適宜、振り仮名を付した。

一　本文中に、今日からすると不適切な表現があるが、原文の歴史性を考慮してそのままとした。

(岩波文庫編集部)

あらくれ・新世帯《あらじょたい》

2021年11月12日　第1刷発行

作　者　徳田秋声《とくだしゅうせい》

発行者　坂本政謙

発行所　株式会社　岩波書店
〒101-8002 東京都千代田区一ツ橋 2-5-5
案内 03-5210-4000　営業部 03-5210-4111
文庫編集部 03-5210-4051
https://www.iwanami.co.jp/

印刷・精興社　製本・中永製本

ISBN 978-4-00-310227-5　　Printed in Japan

読書子に寄す

――岩波文庫発刊に際して――

岩波茂雄

真理は万人によって求められることを自ら欲し、芸術は万人によって愛されることを自ら望む。かつては民を愚昧ならしめるために学芸が最も狭き堂宇に閉鎖されたことがあった。今や知識と美とを特権階級の独占より奪い返すことはつねに進取的なる民衆の切実なる要求である。岩波文庫はこの要求に応じそれに励まされて生まれた。それは生命ある不朽の書を少数者の書斎と研究室とより解放して街頭にくまなく立たしめ民衆に伍せしめるであろう。近時大量生産予約出版の流行を見る。その広告宣伝の狂態はしばらくおくも、後代にのこすと誇称する全集がその編集に万全の用意をなしたるか。千古の典籍の翻訳企図に敬虔の態度を欠かざりしか。さらに分売を許さず読者を繋縛して数十冊を強うるがごとき、はたしてその揚言する学芸解放のゆえんなりや。吾人は天下の名士の声に和してこれを推挙するに躊躇するものである。このときにあたって、岩波書店は自己の責務のいよいよ重大なるを思い、従来の方針の徹底を期するため、すでに十数年以前より志して来た計画を慎重審議この際断然実行することにした。吾人は範をかのレクラム文庫にとり、古今東西にわたって文芸・哲学・社会科学・自然科学等種類のいかんを問わず、いやしくも万人の必読すべき真に古典的価値ある書をきわめて簡易なる形式において逐次刊行し、あらゆる人間に須要なる生活向上の資料、生活批判の原理を提供せんと欲する。この文庫は予約出版の方法を排したるがゆえに、読者は自己の欲する時に自己の欲する書物を各個に自由に選択することができる。携帯に便にして価格の低きを最主とするがゆえに、外観を顧みざるも内容に至っては厳選最も力を尽くし、従来の岩波出版物の特色をますます発揮せしめようとする。この計画たるや世間の一時の投機的なるものと異なり、永遠の事業として吾人は微力を傾倒し、あらゆる犠牲を忍んで今後永久に継続発展せしめ、もって文庫の使命を遺憾なく果たさしめることを期する。芸術を愛し知識を求むる士の自ら進んでこの挙に参加し、希望と忠言とを寄せられることは吾人の熱望するところである。その性質上経済的には最も困難多きこの事業にあえて当たらんとする吾人の志を諒として、その達成のため世の読書子とのうるわしき共同を期待する。

昭和二年七月

《日本文学（現代）》〔緑〕

- 怪談 牡丹燈籠　三遊亭円朝
- 真景累ヶ淵　三遊亭円朝
- 塩原多助一代記　三遊亭円朝
- 小説神髄　坪内逍遥
- 当世書生気質　坪内逍遥
- 青年　森鷗外
- 阿部一族 他二篇　森鷗外
- 山椒大夫・高瀬舟 他四篇　森鷗外
- 渋江抽斎　森鷗外
- 舞姫・うたかたの記 他三篇　森鷗外
- 鷗外随筆集　千葉俊二編
- 森鷗外 椋鳥通信 全三冊　池内紀編注
- 浮雲　二葉亭四迷 十川信介校注
- 野菊の墓 他四篇　伊藤左千夫
- 吾輩は猫である　夏目漱石
- 坊っちゃん　夏目漱石
- 草枕　夏目漱石
- 虞美人草　夏目漱石
- 三四郎　夏目漱石
- それから　夏目漱石
- 門　夏目漱石
- 彼岸過迄　夏目漱石
- 漱石文芸論集　磯田光一編
- 行人　夏目漱石
- こころ　夏目漱石
- 硝子戸の中　夏目漱石
- 道草　夏目漱石
- 明暗　夏目漱石
- 思い出す事など 他七篇　夏目漱石
- 文学評論 全二冊　夏目漱石
- 夢十夜 他二篇　夏目漱石
- 漱石文明論集　三好行雄編
- 倫敦塔・幻影の盾 他五篇　夏目漱石
- 漱石日記　平岡敏夫編
- 漱石書簡集　三好行雄編
- 漱石俳句集　坪内稔典編
- 漱石・子規往復書簡集　和田茂樹編
- 文学論 全二冊　夏目漱石
- 坑夫　夏目漱石
- 漱石紀行文集　藤井淑禎編
- 二百十日・野分　夏目漱石
- 五重塔　幸田露伴
- 運命 他一篇　幸田露伴
- 努力論　幸田露伴
- 天うつ浪 全二冊　幸田露伴
- 渋沢栄一伝　幸田露伴
- 子規句集　高浜虚子選
- 病牀六尺　正岡子規
- 子規歌集　土屋文明編
- 墨汁一滴　正岡子規

書名	著者・編者
仰臥漫録	正岡子規
歌よみに与ふる書	正岡子規
子規紀行文集	復本一郎編
金色夜叉 全二冊	尾崎紅葉
二人比丘尼 色懺悔	尾崎紅葉
不如帰	徳冨蘆花
謀叛論 他六篇 日記	徳冨健次郎 中野好夫編
武蔵野	国木田独歩
愛弟通信	国木田独歩
蒲団・一兵卒	田山花袋
田舎教師	田山花袋
藤村詩抄	島崎藤村自選
破戒	島崎藤村
春	島崎藤村
千曲川のスケッチ	島崎藤村
桜の実の熟する時	島崎藤村
新生 全二冊	島崎藤村
夜明け前 全四冊	島崎藤村
生ひ立ちの記 他一篇	島崎藤村
にごりえ・たけくらべ	樋口一葉
大つごもり・十三夜 他五篇	樋口一葉
修禅寺物語 正雪の二代目 他四篇	岡本綺堂
高野聖・眉かくしの霊	泉鏡花
歌行燈	泉鏡花
夜叉ケ池・天守物語	泉鏡花
草迷宮	泉鏡花
春昼・春昼後刻	泉鏡花
鏡花短篇集	川村二郎編
日本橋	泉鏡花
外科室・海城発電 他五篇	泉鏡花
湯島詣 他一篇	泉鏡花
鏡花随筆集	吉田昌志編
化鳥・三尺角 他六篇	泉鏡花
鏡花紀行文集	田中励儀編
俳句はかく解しかく味う	高浜虚子
回想 子規・漱石	高浜虚子
有明詩抄	蒲原有明
上田敏全訳詩集	山内義雄 矢野峰人編
宣言	有島武郎
一房の葡萄 他四篇	有島武郎
ホイットマン詩集 草の葉	有島武郎選訳
寺田寅彦随筆集 全五冊	小宮豊隆編
柿の種	寺田寅彦
与謝野晶子歌集	与謝野晶子自選
与謝野晶子評論集	鹿野政直 香内信子編
私の生い立ち	与謝野晶子
入江のほとり 他一篇	正宗白鳥
つゆのあとさき	永井荷風
濹東綺譚	永井荷風
荷風随筆集 全二冊	野口冨士男編
おかめ笹	永井荷風

摘録 断腸亭日乗 全二冊　永井荷風　磯田光一編
すみだ川・新橋夜話 他一篇　永井荷風
夢の女　永井荷風
あめりか物語　永井荷風
江戸芸術論　永井荷風
下谷叢話　永井荷風
ふらんす物語　永井荷風
浮沈・踊子 他三篇　永井荷風
花火・来訪者 他十一篇　永井荷風
問はずがたり・吾妻橋 他十六篇　永井荷風
斎藤茂吉歌集　山口茂吉　柴生田稔　佐藤佐太郎編
桑の実　鈴木三重吉
小鳥の巣　鈴木三重吉
千鳥 他四篇　鈴木三重吉
鈴木三重吉童話集　勝尾金弥編
小僧の神様 他十篇　志賀直哉
万暦赤絵 他二十二篇　志賀直哉

暗夜行路 全二冊　志賀直哉
志賀直哉随筆集　高橋英夫編
高村光太郎詩集　高村光太郎
北原白秋歌集　高野公彦編
北原白秋詩集 全二冊　安藤元雄編
フレップ・トリップ　北原白秋
野上弥生子随筆集　竹西寛子編
野上弥生子短篇集　加賀乙彦編
お目出たき人・世間知らず　武者小路実篤
友情　武者小路実篤
釈迦　武者小路実篤
銀の匙　中勘助
鳥の物語　中勘助
犬 他一篇　中勘助
若山牧水歌集　伊藤一彦編
新編 みなかみ紀行　若山牧水　池内紀編
新編 啄木歌集　久保田正文編

時代閉塞の現状・食うべき詩 他十篇　石川啄木
蓼喰う虫　谷崎潤一郎　小出楢重画
春琴抄・盲目物語　谷崎潤一郎
吉野葛・蘆刈　谷崎潤一郎
卍（まんじ）　谷崎潤一郎
幼少時代　谷崎潤一郎
谷崎潤一郎随筆集　篠田一士編
多情仏心 全二冊　里見弴
道元禅師の話　里見弴
今年竹 全二冊　里見弴
萩原朔太郎詩集　三好達治選
郷愁の詩人 与謝蕪村　萩原朔太郎
猫町 他十七篇　萩原朔太郎　清岡卓行編
恩讐の彼方に・忠直卿行状記 他八篇　菊池寛
父帰る・藤十郎の恋 菊池寛戯曲集　石割透編
河明り 老妓抄 他一篇　岡本かの子
春泥・花冷え　久保田万太郎

大寺学校 ゆく年	久保田万太郎
室生犀星詩集	室生犀星自選
犀星王朝小品集	室生犀星
出家とその弟子	倉田百三
羅生門・鼻・芋粥・偸盗	芥川竜之介
地獄変・邪宗門・好色・藪の中 他七篇	芥川竜之介
河童 他二篇	芥川竜之介
歯車 他二篇	芥川竜之介
蜘蛛の糸・杜子春・トロッコ 他十七篇	芥川竜之介
芭蕉雑記・西方の人 他七篇	芥川竜之介
侏儒の言葉・文芸的な、余りに文芸的な	芥川竜之介
芥川竜之介俳句集	加藤郁乎編
芥川竜之介随筆集	石割透編
蜜柑・尾生の信 他十八篇	芥川竜之介
年末の一日・浅草公園 他十七篇	芥川竜之介
芥川竜之介紀行文集	山田俊治編
都会の憂鬱	佐藤春夫

美しき町・西班牙犬の家 他六篇	佐藤春夫 池内紀編
海に生くる人々	葉山嘉樹
日輪・春は馬車に乗って 他八篇	横光利一
宮沢賢治詩集	谷川徹三編
童話集 風の又三郎 他十八篇	宮沢賢治 谷川徹三編
童話集 銀河鉄道の夜 他十四篇	宮沢賢治 谷川徹三編
山椒魚・遙拝隊長 他七篇	井伏鱒二
川釣り	井伏鱒二
井伏鱒二全詩集	井伏鱒二
太陽のない街	徳永直
伊豆の踊子・温泉宿 他四篇	川端康成
雪国	川端康成
山の音	川端康成
川端康成随筆集	川西政明編
三好達治詩集	桑原武夫 大槻鉄男選
詩を読む人のために	三好達治
夏目漱石 全二冊	小宮豊隆

社会百面相 全二冊	内田魯庵
新編 思い出す人々	内田魯庵 紅野敏郎編
檸檬《レモン》・冬の日 他九篇	梶井基次郎
蟹工船 一九二八・三・一五	小林多喜二
風立ちぬ・美しい村	堀辰雄
富嶽百景・走れメロス 他八篇	太宰治
斜陽 他一篇	太宰治
人間失格・グッド・バイ 他一篇	太宰治
津軽	太宰治
お伽草紙・新釈諸国噺	太宰治
真空地帯	野間宏
日本唱歌集	堀内敬三 井上武士編
日本童謡集	与田準一編
森鷗外	石川淳
至福千年	石川淳
近代日本人の発想の諸形式 他四篇	伊藤整
小説の認識	伊藤整

岩波文庫の最新刊

内村鑑三著

キリスト信徒のなぐさめ

内村鑑三が、逆境からの自己の再生を綴った告白の書。発行三十年を記念した特別版(一九二三年)に基づく決定版。(注・解説＝鈴木範久)

〔青一一九-二〕 **定価六三八円**

梶山雄一・丹治昭義・津田真一・田村智淳・桂紹隆 訳注

梵文和訳 華厳経入法界品(下)

大乗経典の精華。善財童子が良き師達を訪ね、悟りを求めて、遍歴する雄大な物語。梵語原典から初めての翻訳、下巻は第三十九章―第五十三章を収録。(全三冊完結)

〔青三四五-三〕 **定価一一一一円**

豊川斎赫編

丹下健三都市論集

東京計画1960、大阪万博会場計画など、未来都市を可視化させ、その実現構想を論じた丹下健三の都市論を精選する。

〔青五八五-二〕 **定価九二四円**

森崎和江著

まっくら
――女坑夫からの聞き書き――

筑豊の地の底から石炭を運び出す女性たち。過酷な労働に誇りをもって従事する逞しい姿を記録した一九六一年のデビュー作。(解説＝水溜真由美)

〔緑二二六-一〕 **定価八一四円**

紅野謙介編

黒島伝治作品集

黒島伝治(一八九八―一九四三)は、貧しい者の哀しさ、戦争の惨さを、短篇小説、随筆にまとめた。戦争、民衆を描いた作品十八篇を精選。

〔緑八〇-二〕 **定価八九一円**

……今月の重版再開……

高津春繁訳

ソポクレス **コロノスのオイディプス**

定価四六二円 〔赤一〇五-三〕

オクターヴ・オブリ編／大塚幸男訳

ナポレオン言行録

定価九二四円 〔青四三五-一〕

定価は消費税10%込です　2021.10

岩波文庫の最新刊

ジェイン・オースティン作／新井潤美・宮丸裕二訳

マンスフィールド・パーク（上）

オースティン作品中〈もっとも内気なヒロイン〉と言われるファニーを主人公に、マンスフィールドの人間模様を描く。時代背景の丁寧な解説も収録。（全二冊）

〔赤二二二-七〕 定価一三二〇円

ポール・ヴァレリー著／塚本昌則訳

ドガ ダンス デッサン

親しく接した画家ドガの肉声と、著者独自の考察がきらめくたぐい稀な美術論。幻の初版でのみ知られる、ドガのダンスのデッサン全五十一点を掲載。〔カラー版〕

〔赤五六〇-六〕 定価一四八五円

徳田秋声作

あらくれ・新世帯

一途に生きていく一人の女性の半生を描いた「あらくれ」。男と女の微妙な葛藤を見詰めた「新世帯（あらじょたい）」。文豪の代表作二篇を収録する。（解説＝佐伯一麦）

〔緑二二-七〕 定価九三五円

バーリン著／松本礼二編

反啓蒙思想 他二篇

徹底した反革命論者ド・メストル、『暴力論』で知られるソレルなど、啓蒙の合理主義や科学信仰に対する批判者を検討したバーリンの思想史作品を収録する。

〔青六八四-二〕 定価九九〇円

……今月の重版再開……

徳田秋声作

縮図

〔緑二二-二〕 定価七七〇円

幸田文作

みそっかす

〔緑一〇四-一〕 定価六六〇円

定価は消費税 10% 込です　2021.11